GAROTOS DE LUGAR NENHUM

ELISE McCREDIE

GAROTOS DE LUGAR NENHUM

TRADUÇÃO
ANA CAROLINA MESQUITA

ROCCO
JOVENS LEITORES

Título original
NOWHERE BOYS

Publicado em 2014 por Hardie Grant Egmont
Ground Floor, Building 1, 658 Church Street
Richmond, Victoria 3121, Austrália.

Todos os direitos reservados, incluindo o de reprodução
no todo ou em parte sob qualquer forma.

Copyright do texto © 2014 *by* Elise McCredie, baseado na série de TV
Nowhere Boys, criada por Tony Ayres © Matchbox Pictures

Direitos para a língua portuguesa reservados
com exclusividade para o Brasil à
EDITORA ROCCO LTDA.
Av. Presidente Wilson, 231 – 8º andar
20030-021 – Rio de Janeiro – RJ
Tel.: (21) 3525-2000 – Fax: (21) 3525-2001
rocco@rocco.com.br | www.rocco.com.br

Printed in Brazil/Impresso no Brasil

Preparação de originais
FLÁVIA DE LAVOR

CIP-Brasil. Catalogação na fonte.
Sindicato Nacional dos Editores de Livros, RJ.

M429g
   McCredie, Elise
     Garotos de lugar nenhum / Elise McCredie; tradução de
Ana Carolina Mesquita. Primeira edição. Rio de Janeiro: Rocco
Jovens Leitores, 2017.

     Tradução de: Nowhere boys
     ISBN: 978-85-7980-362-8
     ISBN: 978-85-7980-366-6 (e-book)

     1. Ficção australiana. I. Mesquita, Ana. II. Título.

17-40302   CDD: 028.5
                                                               CDU: 087.5

O texto deste livro obedece às normas do
Acordo Ortográfico da Língua Portuguesa.

Para Cassidy

felix: na floresta

Os dedos de Felix batiam violentamente nas cordas de sua guitarra, como se estivesse a fim de dar cabo nela. As cordas guincharam pelo amplificador em uma harmonia entrecortada com a sua voz.

*"Água, fogo, terra e ar,
Elementos que precisamos partilhar."*

Felix cantava e olhava para a porta fechada do seu quarto, torcendo para que ela continuasse assim. Ouviu os sons abafados de seus pais falando alto na sala e aumentou o volume do amplificador para cobrir o ruído. Não havia muito tempo.

*"A água lava nossos pecados,
A terra nos guia para um lugar."*

Teve certeza de que agora conseguira. Olhou para seu diário de capa preta aberto em cima da escrivaninha – seu Livro das Sombras. Pra lá ia tudo o que era macabro ou interessante: imagens baixadas da internet, histórias sobre acontecimentos estranhos, poemas e, lógico, a letra daquela música.

*"O vento traz consigo o medo,
Chamas que precisamos enfrentar."*

Fechou os olhos. Vinha trabalhando nessa música há semanas e agora a conhecia de cor. Sua pele se arrepiou de expectativa enquanto a guitarra guinchava, rumo ao final apoteótico.

*"Caminhe de novo sobre esta terra,
Caminhe sobre esta terra..."*

Uma batida todo-poderosa na porta interrompeu Felix. Seu pai enfiou a cabeça para dentro do quarto, visivelmente estressado.

– Por favor, rapaz! Dá pra baixar isso aí? Ei, você viu a chave do carro da sua mãe?

Felix interrompeu a gravação que fazia em seu celular. Suspirou. Pelo menos tinha conseguido chegar até o refrão.

– Não.

– Precisamos levar o Oscar pro hospital. Venha ajudar a gente a procurar.

Felix desligou o amplificador e colocou a guitarra de lado. Enfiou o seu Livro das Sombras na mochila.

Seus pais andavam com os nervos à flor da pele desde o acidente com seu irmão. Bastava uma mínima febrinha ridícula de Oscar que os dois já surtavam. Por ele estar em uma cadeira de rodas, qualquer infecção poderia ter consequências severas. Felix tentou não pensar no que aquilo significava fora do jargão médico, ou seja, no discurso de gente normal. Oscar nunca mais voltaria a andar. Daria para as consequências ficarem mais graves do que isso?

Felix apanhou a mochila e foi para a sala onde a família estava reunida. Sua mãe girava de um lado para o outro como um pião de tamanho gigante.

– Já olhei até nos vasos de flores. Ken, você deve ter esquecido a chave no bolso do terno que levou para a lavanderia.

No meio da confusão, Oscar, sentado na cadeira de rodas, parecia afogueado, mas calmo, com um termômetro enfiado na boca. Olhou para Felix e revirou os olhos.

– Não conte pra eles – pediu ele –, mas estou vermelho assim por causa dos 10 quilômetros que corri hoje de manhã.

Felix sorriu. Oscar era incrível. Estava ali, preso numa cadeira de rodas, mas mesmo assim conseguia fazer piada disso.

– Massa essa sua música – continuou Oscar. – Bem *goth metal*.

– Valeu, *bro* – disse Felix, tentando manter o tom leve para combinar com o de Oscar.

– Ken! – exclamou sua mãe. – Você me ouviu?

– Felix! – exclamou seu pai. – Não fique aí parado. Venha ajudar sua mãe!

Felix suspirou e caminhou até a cômoda baixa, onde estava a bolsa dela. Vasculhou ali dentro, a esmo. Lá no fundo... surpresa! Havia um conjunto de chaves.

– Eram essas que você estava procurando?

– Graças a Deus! – disse sua mãe, apanhando as chaves da mão dele e conduzindo a cadeira de rodas de Oscar até a porta da casa. – Vamos! Ken, você dirige.

Com certa ansiedade, Felix observou sua família saindo aos trancos e barrancos de casa. Ergueu a mão para se despedir.

– Valeu pela ajuda, Felix. Não foi nada, mãe – murmurou ele consigo mesmo.

Sua mãe virou-se e, por um segundo, Felix achou que ela iria mesmo agradecer.

– Ah, eu já ia me esquecendo. Felix? Descarregue a lava-louça. E se a gente não voltar até de noite, o lixo para reciclagem precisa...

Felix avistou o pedido de autorização para a excursão da escola em cima da cômoda da sala.

– Vocês não assinaram a autorização! – interrompeu ele. Apanhou o papel e correu até os pais. – A excursão é hoje!

Seu pai estava colocando Oscar no banco de trás do carro enquanto sua mãe guardava a cadeira de rodas no porta-malas.
Parado à porta, Felix observou os dois. Adiantava alguma coisa? Oscar olhou para ele pela janela do carro e murmurou um melodramático "Socorro".
Felix deu um sorrisinho para o irmão e voltou a entrar em casa. Ali dentro estava um caos, mas ele não ligou. A lava-louça podia esperar. Ele tinha coisas mais importantes com o que se preocupar.
Olhou-se no espelho do corredor. Seu cabelo tingido de preto tinha crescido e as raízes castanho-claras espiavam dali do alto com um jeito conservador. Passou a franja para cima na tentativa de cobrir aquilo do melhor jeito possível, ajustou o piercing do lábio, enfiou os fones de ouvido na mochila e colocou-a sobre o ombro. Seu estômago roncou. Ele não havia tomado o café da manhã, mas não havia tempo. Não podia perder a excursão de jeito nenhum.
Fechou a porta de casa e começou a ouvir a música que havia gravado no celular. Parecia boa. Assim, meio poderosa.
Uma mão puxou um de seus fones de ouvido.
Felix virou-se e viu Ellen, sua vizinha e melhor amiga desde sempre. Estava vestida de preto dos pés à cabeça, tal como ele. Começou a andar no mesmo passo que o de Felix enquanto enfiava o fone roubado em um dos ouvidos.
– Uau, sonzeira! – Sorriu para Felix, e o batom roxo-escuro fez seus dentes parecerem mais brancos. – Foi você quem compôs?
Felix assentiu e depois sacou o papel da autorização.
– Ei, assina isto aqui pra mim?
Ellen olhou para ele por um instante.
– Fala sério.
– É sério.
– Você tem uma desculpa ótima pra não ir nesse lance ridículo na floresta e vai desperdiçá-la assim, sem mais nem menos?
Felix encolheu os ombros.
– Na verdade, eu fiquei bem a fim de ir.

– Mas você odeia a natureza – disse ela, encarando-o.

Felix olhou para o outro lado. Será que ela estava desconfiando?

– Pois é – disse ele devagar, tentando inventar alguma coisa convincente. – Mas é melhor do que ficar aqui. – Apontou para a sua casa.

Ellen pareceu entender o que ele queria dizer.

– As coisas estão ruins?

– Ruins, não. Péssimas – respondeu ele com sinceridade. – Na maioria dos dias, eles nem sequer olham para a minha cara.

Ellen levantou o braço e, então, embora não soubesse direito o que ia fazer, decidiu dar um tapinha carinhoso no ombro dele.

Felix olhou para a mão dela em seu braço.

– O que está fazendo?

Ela deixou cair o braço.

– Nada.

– Não sou um cachorro, falou?

Felix não queria que sentissem pena dele. Já havia professores e parentes demais pressionando-o para "conversar". Conversar não o ajudava a se sentir melhor e com certeza não mudaria absolutamente nada.

– Passe isso pra cá, então. – Ellen estendeu a mão. Rabiscou a assinatura de Kathy Ferne e atirou o papel de volta para Felix.

– Nada mal – disse Felix. Sempre podia contar com Ellen.

– Pois é, eu devia empregar minhas habilidades em falsificação ideológica, e não nessas besteiras de imitar assinatura de pais. Mas, olhe só, preste atenção nas minhas botas. Comprei no eBay.

Ellen levantou a saia e revelou botas pretas com salto plataforma e spikes roxos e perigosos nas laterais.

Felix sorriu.

– Maneiras.

Um grande ônibus estava estacionado na frente da escola. O professor de ciências da décima série, sr. Bates, empilhava balizas de orientação no porta-malas. Felix sentiu um frio começar a subir pela barriga. Com certeza era melhor ter comido alguma...

Tum!

Uma bola atingiu sua cabeça.

– Gol da Bremin! – berrou uma voz.

Felix virou-se e viu Jake Riles, líder dos atletas da escola, agitando o punho fechado no ar. Fez uma careta e esfregou a cabeça. O melhor amigo de Jake, Trent, passou na frente dele e apanhou a bola.

– Ops. Foi mal aí, esquisitão. Você é tão branco e esquelético que sem querer confundi você com uma trave.

Jake caiu na gargalhada.

– Quer dizer então que você não marcou um gol, não é, seu zero à esquerda? – interveio Ellen. – Marcou ponto. – Ela virou-se para Felix. – Tudo bem contigo? Tenho pomada de arnica aqui, se quiser.

– Ooooh, a esquisitona vai cuidar do pobrezinho do esquisitão – zombou Jake.

Felix mordeu o lábio. Não iria deixar Jake Riles tirá-lo do sério. Não hoje.

O sr. Bates descolara um minimegafone e agora berrava:

– Atenção, turma! Hora de embarcar. Nada de bagunça, por favor. Entreguem as autorizações antes de entrar no ônibus.

Ellen cutucou Felix.

– Saca só a *boy band*.

Um Subaru havia estacionado ao lado do ônibus, e os três filhos dos Conte – Sam, Vince e Pete – saíram. Felix observou a mãe deles soprar um beijinho no ar para Sam e imaginou como devia ser ter pais que gostavam de você.

Sam colocou o skate no chão e deslizou até sua namorada, Mia, que estava esperando por ele.

Mia era a garota mais popular da escola. Felix olhou para o outro lado. A vida perfeita e brilhante de Sam era um pouco demais para se engolir de estômago vazio.

Felix e Ellen entregaram suas autorizações e caminharam pelo corredor do ônibus. Como sempre, os assentos do fundo tinham sido tomados pela galera de Jake e Trent.

Enquanto Felix sentava ao lado de Ellen, sentiu uma coisa dura e molhada atingir a parte de trás de sua cabeça. Uma bola de cuspe.

– Quando foi a última vez que vocês tomaram banho, seus rejeitados? – gritou Jake.

Felix ignorou a provocação. Olhou ao redor, vasculhando os rostos para checar se todo mundo de que ele precisava estava ali. O motorista do ônibus ligou o motor e as portas se fecharam.

Felix saltou do assento: eles não podiam ir embora ainda!

– Sr. Bates?

Bates estava fazendo a chamada com uma prancheta.

– Sim, Felix?

– A gente não vai sair agora, né?

– O ônibus sai às dez em ponto.

– Ah, mas os esquisitões precisam fazer pipizinho, sr. Bates – gritou Trent.

– Chega! – disse Bates com firmeza. – Algum problema, Felix?

Felix pensou rápido. Precisava ganhar tempo.

– É que... eu acho que nem todo mundo...

Pela janela, viu alguém correndo na direção do ônibus. Parecia uma mochila com pernas. Quando chegou mais perto, Felix reconheceu Andy Lau, o nerd que ganhou o primeiro lugar na feira de ciências do distrito durante três anos seguidos. Ele estava sem fôlego por carregar uma mochila monstruosa, com direito a saco de dormir, múltiplos cantis, um mata-moscas e uma redinha de pesca. As portas do ônibus chiaram ao se abrirem para ele entrar.

Felix sentou de novo, aliviado.

– Não foi nada, professor. Podemos ir.

Ellen olhou para ele cheia de curiosidade.

– Por que você fez isso?

– Por nada – respondeu Felix, e desviou o olhar. Nunca guardara nenhum segredo de Ellen antes. Os dois contavam tudo um para o outro. Só que... aquilo? Felix tinha certeza absoluta de que nem mesmo Ellen entenderia. Ou, se entendesse, gostaria de se envolver, e Felix não poderia correr esse risco.

Uma gota de água atingiu a janela. Ótimo. Agora que evitara um desastre, ia chover canivetes? A excursão provavelmente seria cancelada.

– Sr. Bates? – gritou Jake.

– Sim, Jake?

– Parece que vai chover pra caralho.

– Olha o linguajar, Riles!

– Desculpe. Parece que vai chover pra cara... ca, *senhor*.

As risadas tomaram conta do ônibus. Bates não achou graça nenhuma.

– A excursão vai prosseguir independentemente do clima. Talvez por isso vocês sejam desafiados a encontrar uma maneira de lidar com os imprevistos para atingir seus objetivos.

Felix nunca pensou que se sentiria agradecido pelo sr. Bates ser o tipo de professor que não deixava nada atrapalhar seus planos. Ele era do tipo que chegava até mesmo a comparecer à escola durante as greves dos professores. Em geral aquilo era um imenso pé no saco, mas, hoje, bem, Felix quase chegou a gostar de Bates. Quase.

O ônibus rumou para a estrada enquanto Bates fornecia um resumo das atividades do dia:

– Ao chegarmos, vocês serão divididos em grupos de quatro. É um exercício de trabalho em equipe. De aprender a trabalhar de modo colaborativo junto com os colegas.

Ellen virou-se para Felix.

– Se a gente não ficar junto, eu juro que volto a pé.

Felix olhou para ela por um instante e em seguida baixou os olhos para suas botas.

– Com isso aí? Boa sorte.

Ela sorriu e deu uma pancada no braço dele, de brincadeira.

Felix olhou pela janela. Não tinha certeza se ela sorriria caso soubesse da verdade.

– Cada grupo irá receber um mapa contendo os pontos de checagem que precisam identificar e assinalar – prosseguiu Bates. – Há também certos espécimes da fauna e da flora que vocês deverão identificar nesta folha – avisou ele, agitando o papel no ar. – Cada grupo deverá ter um líder responsável pela veracidade dos...

Quando Bates terminou de dar as instruções, o ônibus já estava estacionando no Parque Nacional da Cadeia Montanhosa de Bremin. Então, os alunos do último ano do ensino médio desceram e se reuniram no estacionamento. Felix segurou as alças da mochila com força, tenso. Observou atentamente enquanto Bates pousava uma pilha de mapas e folhas de atividade sobre uma mesa de piquenique.

Bates sacou uma folha:

– Certo, turma. Formem os grupos de quatro enquanto vou lendo seus nomes.

Felix segurou as alças da mochila com mais força ainda. Era agora.

– Daniel, Alexis, Tammy e Mike – gritou Bates. – Mia, Trent, Dylan e Ellen.

Ellen olhou horrorizada para Felix. Felix esforçou-se ao máximo para parecer igualmente indiferente.

– Felix, Jake, Sam e Andy.

Bingo! Seu plano havia funcionado. Felix andou devagar na direção dos estupefatos Jake e Sam.

Andy juntou-se a eles, sorrindo satisfeito.

– Cérebro e músculos reunidos – disse ele. – Uma escolha excelente.

Jake levantou a mão:

— Professor, acho que houve um engano.

— Não houve engano nenhum, Riles. Pegue um mapa e uma folha de atividades e mãos à obra. O primeiro grupo que voltar com tudo preenchido ganha um passe gratuito para a Exposição de Ciências de Ladbroke Ranges.

— Que prêmio magnífico — disse Andy. — Eu fui no ano pas...

— Deixe que eu pego o mapa — disse Felix, cortando Andy. Caminhou até a mesa de piquenique.

Ellen surgiu ao seu lado.

— Venha, vamos pedir carona pra voltar. Não vou conseguir passar quatro horas com essa galera sem noção.

Bates falou novamente pelo megafone:

— Eu ouvi isso, Ellen. Definitivamente, não.

Felix olhou para ela como se pedisse desculpas.

— Foi mal. A gente se encontra lá em casa depois, pra contar como foi.

Ellen balançou a cabeça, desgostosa, e afastou-se.

Felix sentiu vontade de ir atrás dela, mas obrigou-se a permanecer focado. Ellen ficaria bem. Mais tarde ele explicaria tudo à amiga. Quando ela soubesse por que ele estava fazendo aquilo, com certeza iria entender.

Felix apanhou uma folha de atividades sobre a mesa, mas, em vez de pegar também uma cópia do mapa de Bates, rapidamente sacou um mapa desenhado à mão que havia enfiado entre as páginas do seu Livro das Sombras. Abriu-o.

Enquanto caminhava pelo estacionamento até seu grupo, a sensação de que estava sendo observado subiu pela sua espinha. Virou-se depressa. Nada. Virou para o outro lado. Então ele viu: uma mulher de pé entre as árvores. Ela olhava para ele com intensidade.

Num susto, Felix reconheceu quem era ela. Era a mulher daquela loja esotérica, a Arcane Lane. O que estaria fazendo ali? Guardou o mapa no bolso. Talvez de algum jeito ela tivesse descoberto o que ele estava planejando fazer. Mas como? Como teria feito isso? Ele fora tão cuidadoso.

– E aí? Pegou o mapa, esquisitão? – berrou Jake para ele.

Felix virou-se.

– Há-há. Com certeza. – Olhou para trás novamente, para o local onde a mulher estivera há pouco, mas só avistou árvores agitando-se suavemente sob a brisa. Assustado, voltou até seu grupo.

– Não sei como a gente pode ter alguma chance de ganhar, com esses dois zeros à esquerda no nosso grupo – murmurou Jake para Sam enquanto eles entravam na floresta.

Andy lançou um sorriso tenso para Felix e, colocando sua mochila pesada sobre os ombros, foi atrás dos dois.

Felix respirou fundo. À distância, viu Ellen bamboleando de um jeito esquisito atrás de seu grupo. Viu Sam, Jake e Andy desaparecerem por entre as árvores.

Apesar de tudo ter saído exatamente como o planejado, alguma coisa parecia estar errada. Ainda havia tempo de desistir. Não precisava seguir em frente com aquilo.

Mas então uma rajada de vento surgiu do nada e o impulsionou trilha abaixo, atrás dos outros.

– Esperem por mim! – gritou.

E o momento em que ele poderia ter desistido de tudo passou.

andy: à prova de tudo

Um besouro brilhante com patas castanho-avermelhadas caminhava por uma lasca de casca de árvore. Andy observou-o com atenção. Parecia um caruncho comum, mas também possuía algumas das marcas definidoras do escaravelho de tapetes. Ele teria de conferir quais os habitats de cada um antes de ter cem por cento de certeza. Abaixou uma das alças de sua mochila e vasculhou ali dentro em busca do seu *Guia de Pesquisa de Campo de Insetos Australianos*. Estava prestes a abrir o livro quando ouviu uma voz berrando com ele:

— Vamos nessa, nerd! — Jake vinha correndo de volta pela trilha na sua direção.

Andy fincou o pé.

— O sr. Bates disse que precisamos identificar fauna e flora.

Jake apanhou o guia das mãos de Andy e enfiou-o de novo na sua mochila.

— *O sr. Bates, o sr. Bates.* Quem dá a mínima pro que o Bates diz? Jake Riles diz que, se Trent Long ganhar dele, alguém será obrigado a pagar por isso. — Jake colocou a mochila de Andy sobre seus ombros e o empurrou pela trilha.

— Se você ouvisse o que o sr. Bates diz, saberia que só vamos ganhar depois de identificarmos todos os...

Mas Jake já estava longe demais para escutar.

Andy suspirou. Jake podia ser o maior atleta da Bremin High, mas obviamente seus pais não haviam lhe ensinado nada sobre boas maneiras.

Ajustou a mochila nas costas e saiu atrás dele. Havia passado semanas se preparando para aquela excursão, assistindo a todos os episódios de *À Prova de Tudo*. Viu Bear beber sua própria urina, matar porcos-do-mato com gravetos e extrair veneno de uma serpente e depois assá-la sobre brasas acesas.

– Acho que será melhor mesmo a gente ficar junto – disse Felix, acompanhando o passo de Andy.

Na escola, Andy passava a maior parte do horário do almoço escondido na biblioteca para evitar Jake e seus amigos. Porém, Felix, com seu rosto branco e os piercings estranhos, conseguia assustá-lo ainda mais. Andy sorriu, meio nervoso.

Felix estendeu a folha de atividades para ele.

– A gente pode tentar identificar os espécimes da fauna e da flora enquanto anda, se você quiser.

Andy olhou desconfiado para Felix. Por que ele estava sendo tão simpático? Será que estava tentando atraí-lo para alguma cilada? Estaria planejando beber seu sangue? Andy ficou imaginando se Jake e Sam estariam muito longe àquela altura. Tentou parecer à vontade:

– Você sabe algo sobre o ambiente florestal?

– Bom, só sei que se alguma coisa dele tocar minha carne, a minha pele basicamente começa a cair.

Andy o encarou, assustado.

Felix sorriu e balançou a cabeça.

– É brincadeira – disse ele.

– Ah. – Andy riu, nervoso. Felix não tinha a menor graça *mesmo*. A *menor*.

– Vamos, vamos lá alcançar os outros. – Felix apressou o passo.

Andy esforçou-se para acompanhá-lo, mas ficou para trás. Suas costas estavam começando a doer e suas novas botas de caminhada começavam a lhe dar bolhas nos pés.

Talvez sua família tivesse razão. Talvez fosse melhor não ter vindo. Seus pais morriam de medo da natureza, provavelmente porque em Singapura era um milagre ver alguma árvore que não houvesse sido rodeada de concreto e não estivesse em volta de um shopping center qualquer. Só concordaram em assinar a autorização depois que ele prometeu ir adequadamente preparado para qualquer imprevisto. Andy estava começando a perguntar a si mesmo se carregar comida para uma semana, repelente, soro antiofídico, três mudas de roupa e um pacote de acendedores para churrasqueira não seria um desafio ainda maior do que enfrentar os perigos da natureza australiana.

Tropeçou. Sua mochila parecia ficar mais pesada a cada passo. Devia ter feito alguns testes de carregamento de peso antes de concordar em sair por aí carregando o equivalente a seu peso corporal em material de sobrevivência. Olhou para a trilha à sua frente. Até mesmo Felix já tinha sumido de vista agora. Sentiu o suor escorrendo pelo corpo. Destacou um mata-moscas da lateral da mochila e arremeteu na nuvem de mosquitos insistentes que havia fixado residência ao redor da sua cabeça.

Jake virou uma curva e caminhou violentamente em sua direção.

– Beleza, agora chega! Tá vendo ali, entre aquelas árvores? Lá, no primeiro ponto de controle? É a equipe de Trent. Ele está ganhando da gente, e a equipe dele tem garotas.

Através das árvores, Andy avistou um grupo de quatro pessoas afastando-se rapidamente do primeiro ponto de controle.

– Garotas não são necessariamente um impedimento.

Jake puxou a mochila de Andy dos seus ombros.

– Não, mas você é.

Sam e Felix foram correndo até os dois.

– O que você está fazendo? – perguntou Andy, secretamente aliviado por estar livre do peso das suas costas.

Jake abriu o zíper da mochila e virou-a de cabeça para baixo, de modo que tudo o que estava dentro dela caiu pela trilha. Jake, Felix e Sam olharam o conteúdo da mochila. Andy sentiu uma onda de vergonha. Realmente, havia coisas demais para uma trilha de quatro horas. Além disso, ele não havia percebido que sua avó enfiara ali no meio o poncho de flores dela.

– Cara, pra que tanta coisa? – perguntou Sam.

Andy olhou nervosamente para eles.

– É só o essencial.

– Pelo menos tem comida aqui. – Sam abriu a lancheira de Andy, que estava cheia de *xiaolongbao*. Cutucou desconfiado os bolinhos e depois abriu outro compartimento, de onde puxou um pé de galinha. – Pelamordedeus, eu é que não vou comer *isso*!

Jake segurou o poncho.

– E esse cobertor de mulher com um buraco?

Andy sentiu o suor escorrendo pelas laterais de seu corpo. Silenciosamente xingou sua *nai nai*.

– É um poncho. Para quando as temperaturas caem.

Ficou aliviado quando Jake atirou o poncho no meio do mato sem mais comentários.

Jake então apanhou das mãos de Sam uma garrafa térmica com um preparado de ervas.

– Ei! Isso é da minha *nai nai* – disse Andy. – Para manter a temperatura do sangue estável.

Jake, entretanto, já havia jogado tudo fora. Em seguida, atirou a mochila praticamente vazia de volta para Andy e disse:

– Vamos nessa. Ainda temos chance de vencer.

Andy colocou a mochila sobre os ombros. Que leve! Suas costas praticamente suspiraram de alívio. Ainda tinham mais três horas de caminhada, e tudo aquilo seria muito mais agradável. Afinal de contas, Bear Grylls sempre levava pouca coisa. Olhou indeciso para seus pertences espalhados pela trilha.

– Vamos! – berrou Jake. – Provavelmente eles já devem estar no segundo ponto de controle agora!

Andy hesitou.

– Provavelmente vamos conseguir apanhar tudo de novo na volta – consolou Felix. – Vai ser melhor a gente ficar junto.

Andy o olhou com curiosidade. Era a segunda vez que Felix dizia aquilo. Muito estranho vindo de alguém que estava sempre sozinho ou então com aquela sua amiga igualmente esquisita. Olhou pela última vez para seus suprimentos e então, depois de apanhar uma lata de repelente e uma garrafa de água, rumou em direção aos outros. Sentiu-se culpado, mas também estranhamente aliviado.

Jake já estava no primeiro ponto de controle quando ele o alcançou.

– O negócio é o seguinte: vamos ter de correr até o próximo ponto pra alcançar os caras – disse ele.

Felix ergueu o mapa.

– Tem um atalho ali.

Jake deu um tapinha nas costas de Felix.

– Mandou bem, Drácula. Vá na frente.

Andy não gostou nem um pouco:

– Esperem! O sr. Bates enfatizou que era muito importante seguir o caminho indicado.

Jake revirou os olhos.

– Ah, já chega desse lance do sr. Bates. O cara usa camisa polo cor-de-rosa, pelamordedeus.

Andy olhou para o mapa que Felix segurava. Parecia feito à mão. Ele tinha certeza de que os mapas do sr. Bates eram impressos.

– Posso dar uma olhada no mapa? – pediu.

Felix guardou-o rapidamente no bolso e saiu da trilha para o meio do mato, seguido por Sam e Jake.

Andy considerou suas opções. Algo não parecia direito. Com certeza, é sempre melhor prosseguir na trilha se estiver no meio de uma floresta. Não era isso o que se ensinava em Introdução à Sobrevivência na Natureza I?

Mas, com três contra um, ele foi voto vencido. E, se o professor ficasse bravo, Andy poderia alegar que havia sido decidido pela maioria. Olhou ao redor para a floresta estranha. O vento agitava os eucaliptos. Respirou fundo e afastou-se da trilha com cautela.

Abriu caminho pelo mato e foi atrás dos colegas. A vegetação fechou-se atrás dele. Andy olhou para trás, porém a trilha já havia desaparecido. Sentiu um ligeiro tremor de empolgação ao abrir caminho por entre as árvores.

Quando avistou os outros, eles já haviam chegado a uma pequena clareira. Bem à frente deles havia um penhasco íngreme, e ao redor uma vegetação densa e inóspita. O vento aumentou de intensidade e os galhos começaram a se balançar acima de suas cabeças.

O humor de Jake não havia melhorado, mas agora sua raiva estava voltada unicamente para Felix.

– Onde é que a gente está, esquisitão?

Felix olhava para o mapa, preocupado. Andy se aproximou para ajudar.

– Posso checar as coordenadas, se você quiser.

Felix se afastou e rapidamente escondeu o mapa de vista.

– Tá tudo bem. A gente só precisa ir mais para leste até encontrar um regato, e depois...

De repente, o vento arrancou o mapa das mãos de Felix. O papel girou e rodopiou pela clareira, seguindo em direção ao penhasco. Felix saiu correndo atrás do mapa, mas, quando tentou apanhá-lo, escorregou em algumas pedras soltas. Sam e Jake esticaram-se para segurá-lo, mas perderam o equilíbrio e, antes que Andy conseguisse entender o que estava acontecendo, os três desapareceram ravina abaixo.

Andy ficou imobilizado, em choque. O que acontecera? Ouviu os garotos berrando enquanto caíam, depois tudo ficou em silêncio. Ele caminhou até a beira do penhasco e olhou para baixo. Não conseguia ver nada. A ravina era coberta de uma folhagem densa. Talvez eles tivessem se ferido. E se um deles tivesse quebrado a perna? Era melhor voltar, encontrar a trilha e chamar o sr. Bates. Mas o que Bear Grylls faria em seu lugar? Será que Bear deixaria seus amigos sozinhos na floresta? Tudo bem: "amigos" talvez fosse uma palavra forte demais. Aqueles caras eram mal-educados, estranhos e antipáticos. Mas, juntos, formavam sua equipe. E o sr. Bates não disse que eles precisavam trabalhar em conjunto para resolver os problemas que aparecessem pela frente?

Ouviu um grito lá embaixo.

– Andy!

Ah, pelo menos eles estavam conscientes. Andy hesitou. O que sua família gostaria que ele fizesse? Que encontrasse um caminho seguro de volta para casa, óbvio. Bem, talvez não fosse isso o que ele faria. Talvez aquela fosse a sua chance de viver uma aventura. Ele poderia descer por aquela ravina e topar com um porco-do-mato. Poderia lutar com ele com gravetos, desafiar sua família e ser um homem da natureza!

Para realmente se conhecer, era preciso testar seus limites diante da vida selvagem. Para sobreviver, era preciso cavar fundo aquele buraco de peixe-gato com as mãos nuas e tirar de lá o peixe de um metro e vinte, ainda que sua carne ficasse coberta de feridas venenosas.

Andy saltou e saiu em disparada ravina abaixo. Ia depressa, a mochila deslizando contra as rochas cobertas de musgo, os galhos caídos arranhando seus braços. Era dolorido, mas ao mesmo tempo empolgante. Sua mochila sacudia às suas costas e acabou ficando presa em um galho de árvore durante a descida. Ele aterrissou de costas, com um barulho colossal.

Não teve certeza se conseguia ou não se mover. Com cuidado, levantou a perna esquerda e depois a direita. Parecia tudo bem. Ergueu a cabeça.

Os outros três garotos estavam sentados no chão, carrancudos. Andy acompanhou o olhar deles. Daquele ângulo, a ravina onde eles haviam caído parecia quase vertical. Não havia maneira de escalarem aquilo de volta.

Andy sentou-se.

– Encontraram o mapa?

Felix fez que não.

Um silêncio estranho tomara conta do mato. Andy notou que não se ouvia nenhum pássaro cantando e olhou ao redor, nervosamente.

– Certo. Vamos ligar para o sr. Bates. Ele vai conseguir rastrear nossa chamada pelo GPS. – Andy sacou seu celular e olhou para o aparelho. – Ei, eu devia ter sinal pelo menos para uma chamada de emergência!

Todos os outros levantaram seus celulares e mostraram suas telas. Estava na cara que já haviam tentado aquilo. Nada. Nem uma barrinha sequer de sinal.

Andy levantou-se. Estranhamente, não se sentia nem um pouco dolorido.

– E agora? O que é que a gente faz, esquisitão? – perguntou Jake.

Felix olhou ao redor, obviamente sem saber a resposta.

– Bear Grylls procuraria uma fonte de água corrente – interrompeu Andy.

– Pra ficar pelado e comer uma lesma – zombou Jake.

– Não – disse Andy. – Para seguir de volta até a civilização.

Sam olhou para o céu, que começava a escurecer.

– Acho que encontrar água corrente não vai ser um problema.

Como se aquilo fosse uma deixa, os garotos ouviram o estrondo de trovões e um raio cintilou pelo céu escuro. A chuva começou a despencar em sólidos lençóis cor de chumbo.

Os quatro garotos correram atabalhoados em direção ao mato cerrado. Andy mal conseguia enxergar para onde estava indo, de tão pesado o temporal.

– Ali! – berrou Felix.

Andy seguiu sua voz e abriu caminho pelos arbustos até chegar a uma pequena clareira. Parou e olhou em torno. Através da chuva, viu que nos galhos das árvores que circundavam a clareira havia coisas estranhas penduradas. Eram claramente objetos feitos pelo homem. E de aparência muito esquisita.

Jake estremeceu.

– Onde é que a gente está?

– Nossa, parece algum *remake* esquisito de *A Bruxa de Blair* – murmurou Sam.

Andy tocou em um dos objetos. Parecia uma teia de aranha feita de casca de árvore e lá. Nunca tinha visto nada parecido com aquilo antes. De repente, o céu se abriu em dois e um raio furioso iluminou o rosto assustado dos garotos.

– Precisamos nos afastar das árvores! – gritou Andy.

– Tem uma plataforma de pedra bem ali! – berrou Felix, indo naquela direção.

Os garotos se aninharam embaixo da plataforma de pedra. A chuva continuava a cair ao redor, mas pelo menos agora eles estavam minimamente protegidos.

Sam estremeceu.

– Cara, tô com tanta fome que eu seria capaz de comer meu próprio braço.

Andy balançou a cabeça.

– Você não pode comer sua própria carne, é indigerível. – Olhou para os outros, que o estavam encarando. – Que foi?

– Informação superútil, cara – retrucou Sam.

– E agora? O que vamos fazer? – perguntou Jake.

– Bear Grylls acenderia uma fogueira – sugeriu Andy.

– Boa ideia – disse Felix. – Quer dizer, se a gente conseguir encontrar algum galho seco. – Procurou ao redor alguma coisa que pudessem usar como lenha.

– Eles vão esperar pela gente, né? – perguntou Sam.

– Bates vai mandar uma equipe de resgate – respondeu Jake.

– Mas isso pode levar até amanhã de manhã – disse Felix, formando um montinho de folhas e gravetos.

Andy olhou em torno.

– Bear Grylls consegue obter uma faísca com um graveto. Se houver algum graveto comprido por aí...

Felix sacou um isqueiro de plástico e acendeu os gravetos. Jake olhou para ele, impressionado.

– Bem pensado, cara.

Andy sentiu-se excluído. Afinal, na sua mochila *havia* fósforos e acendedores de churrasqueira.

– Provavelmente vamos morrer de fome antes de nos encontrarem – disse Sam.

– E vamos acabar que nem aquela galera do time de futebol que sofreu um acidente de avião nos Andes – disse Felix, soprando os gravetos.

Jake olhou para ele.

– Que galera do futebol?

Andy observou o fogo finalmente atear nos gravetos.

– Ah, deixa pra lá – disse Felix.

– Não, diga – insistiu Jake.

– Ah, você sabe. Os caras ficaram tão famintos que foram obrigados a comer uns aos outros – disse Felix.

Ninguém disse nada durante um minuto.

– Vivos? – sussurrou Andy.

– Não. Os que já estavam mortos.

Sam olhou para Andy.

– Quer dizer que dá pra digerir a carne dos outros, só a sua própria carne é que não?

Andy nunca havia pensado nisso.

– Não sei direito. Preciso perguntar ao meu pai. – Olhou para a mísera fogueirinha que mal tinha fogo e pensou na sua família. No fim das contas, eles tinham razão. Daria qualquer coisa para ter o poncho floral de sua *nai nai* agora, e aquela lancheira cheia de *xiaolongbao* que abandonaram no meio da trilha...

– Que tal uma música pra alegrar o clima? – Felix estava segurando o celular e, sem esperar pela resposta, apertou o play.

Andy não acreditou em seus ouvidos quando a música mais horrorosa e desafinada possível começou a tocar.

Água, fogo, terra e ar,
Elementos que precisamos partilhar,
A água lava nossos pecados,
A terra nos guia para um lugar.

Ele estremeceu. Não gostava muito de música moderna. Sempre ouvia Schubert quando estava estudando e, de vez em quando, os LPs do Wings de seu pai. Mas aquele treco...? Será que dava sequer pra chamar aquilo de *música*?
— Isso aí era pra *alegrar* o clima? – perguntou Sam.
Mas Felix estava de olhos fechados e cantava junto:

O vento traz consigo o medo,
Chamas que...

A música continuou, mas Andy não estava mais escutando nada. O que antes parecia uma grande aventura agora só o deixava triste e, para ser sincero, assustado. Ele não tinha certeza se era coisa da sua imaginação, mas teve a impressão de que a tempestade aumentou ainda mais depois que Felix pôs para tocar aquela música horrorosa. Tudo ficou escuro e úmido. O vento mudou de direção e a chuva caiu numa rajada, em um ângulo perfeito para extinguir o fogo completamente.

felix: não existe lugar como o lar

Felix abriu um olho sonolento. A luz do sol do início da manhã cintilava através das árvores. Tinha a sensação de que seu corpo inteiro estava enrijecido e frio. Pôs a mão no peito e sentiu sua camiseta úmida. Na verdade, todas as suas roupas estavam completamente encharcadas.

Sentou-se assustado. Não era sonho. Eles realmente estavam na floresta. Perdidos. Olhou ao redor e viu que os outros três ainda dormiam. Andy estava de boca aberta com a camiseta puxada até o rosto, para se proteger dos mosquitos. Sam estava enrodilhado em posição fetal e Jake dormia sentado, com a cabeça apoiada em uma pedra achatada.

Felix rolou o corpo para se sentar. Tinha certeza de que havia encontrado o lugar certo, mas, sem o mapa, era difícil ter certeza absoluta. Sabia que ficava no fundo de uma ravina íngreme e que havia uma clareira com uma plataforma de pedra e um círculo de árvores.

Olhou para cima. Agora, com o sol brilhando, as coisas estranhas penduradas nas árvores pareciam quase flores em botão. Oscilavam ao sabor da brisa. Felix sacou o lápis de carvão da sua mochila e começou a desenhá-las. De certa maneira, parecia importante fazer algum registro. Elas deviam ser um sinal de que eles haviam encontrado o lugar certo, não é?

Levantou-se e sem querer trombou com um galho baixo, fazendo com que uma cascata de pingos d'água perfeitos caísse em cima de Andy. Ele acordou engasgando, confuso.

– Dormiu bem? – perguntou Felix.

Andy tirou a camiseta do rosto.

– Pelo menos não fomos devorados pela pantera que mora aqui.

Felix sorriu.

– Você acredita mesmo nessa história?

Ouviram um barulho alto no arbusto ao lado. Felix deu um salto, e Andy apanhou um graveto que estava próximo.

– Que foi isso?

– Sei lá.

Ouviram outro barulho, como se uma fera estivesse caminhando na direção deles.

Sam e Jake acordaram e se levantaram num pulo.

Jake esfregou os olhos.

– Droga, eu estava esperando que tudo isso tivesse sido um pesadelo.

Felix olhou ao redor, nervoso.

– Acho melhor a gente ir nessa.

– Por que não mandaram uma equipe de resgate para encontrar a gente? – perguntou Sam.

– Provavelmente mandaram – respondeu Andy. – A visibilidade aqui é bem baixa. Precisamos alcançar um lugar mais alto para que os helicópteros consigam ver a gente.

De algum ponto entre as árvores, ouviram o estrondo alto de algo se partindo, como se a terra estivesse se abrindo.

– Precisamos dar o fora daqui. *Agora!* – berrou Felix.

– E como vamos saber pra qual direção ir?

– Tanto faz! – Felix liderou o grupo para fora da clareira o mais rápido possível, quebrando galhos para abrir uma trilha. Quanto antes saíssem dali, melhor. – Vamos!

Uma pantera não o assustava. Mas a coisa que estava ali atrás, sim, com toda certeza.

– Para onde estamos indo, alguém sabe? – resmungou Jake.

– Estamos apenas dando o fora – respondeu Felix, sem desacelerar o passo.

Sam olhou para o Sol e disse:

— Meu pai diz que, se você apontar o doze do seu relógio de pulso pro Sol, o Norte vai ficar na metade do caminho entre o ponteiro das horas e o doze.

Então olhou para o seu relógio. Era digital.

Felix parou por um momento e olhou para ele.

— Muito útil — disse, antes de retomar a tarefa de partir galhos.

Lembrou que no mapa havia uma estrada de terra não muito longe da clareira. Só precisava encontrá-la. Não tinha certeza se conseguiriam passar outra noite ali sem suprimentos. Era sua obrigação levar os outros de volta para casa. Até mesmo *ele* queria ir para casa, e, sinceramente, essa era uma sensação que não tinha há muito, muito tempo.

Afastou um galho e pronto: lá estava ela.

— Uma estrada. Vamos! — gritou ele para os outros.

Às suas costas, ouviu os garotos soltarem gritos e urros de alegria. Felix sorriu. Tinham conseguido. O desastre foi evitado. Voltariam para casa e, antes mesmo de se darem conta, já teriam comido um belo café da manhã e inclusive tomado um belo banho quente.

Os outros vieram atrás dele aos tropeções.

— Tenho certeza de que, se seguirmos para o Leste, vamos chegar a Bremin — disse Felix.

— Onde as equipes dos noticiários estarão esperando para receber os heróis! — disse Jake, socando o ar com felicidade. Então, parou.

Felix virou-se para acompanhar o olhar de Jake. No fim da estrada, uma estranha nuvem de poeira estava rodopiando. Só que não era uma nuvem: estava perto demais do chão. E parecia se mover pela estrada na direção deles.

— Que diabo é isso? — perguntou Jake.

Um vento repentino soprou ao redor deles. Gravetos, folhas e pedrinhas foram sopradas no ar, formando estranhos desenhos por um instante, antes de caírem no chão como uma chuva pesada.

Felix ficou paralisado de terror. A nuvem de poeira movimentava-se na direção deles, chicoteando o ar, rodopiando depressa, ganhando intensidade e velocidade como alguma estranha espécie de tornado.

Ele se obrigou a agir:

– Corram!

Todos se viraram e saíram em disparada, enquanto o furacão, ou seja lá o que era aquilo agora, arremetia pela estrada na direção deles, como se estivesse decidido a engoli-los.

O coração de Felix batia com força. Ele olhou por cima do ombro, aterrorizado. A coisa estava se aproximando, ganhando velocidade. Nunca conseguiriam escapar.

– Saiam da estrada! – berrou Felix para os outros. Saiu correndo em direção ao mato cerrado que ladeava a estrada. Os galhos estremeciam e estalavam enquanto ele abria caminho às cegas. Às suas costas, ouviu o som dos outros se movimentando não muito longe dali, por isso teve certeza de que o estavam seguindo. Não fazia a menor ideia de para onde ia, mas sabia que não poderia voltar para casa usando aquela estrada.

Saindo sem fôlego do mato para uma clareira, Felix viu-se diante de um acampamento improvisado e estacou imediatamente. Havia um velho carro Holden, uma barraca... e um homem de pé na frente dela com cara de maluco, brandindo um porrete de guerra aborígene, era um *nulla-nulla* de madeira. Felix congelou. Os outros entraram no acampamento aos tropeções logo atrás dele. O cara parecia furioso e louco: agitou o *nulla-nulla* no ar e caminhou agressivamente na direção dos garotos.

– Não ataque! – Felix levantou as mãos.

O homem olhou para eles, desconfiado.

– Ei, são vocês que estão me atacando, não?

Sam interrompeu:

– De jeito nenhum, cara! Estamos completamente perdidos e acabamos de ser perseguidos por um tornado.

O homem abaixou o *nulla-nulla*.

– Um tornado, aqui? Acho que não. O ar estava tão parado hoje de manhã que nem consegui fazer minha fazenda eólica funcionar. – O homem apontou para seu sistema de minimoinhos, cujas lâminas estavam tão imóveis quanto os ponteiros de um relógio quebrado.

De repente, Felix se deu conta de como o ar estava de fato parado. Não havia a menor brisa no mato. Nada. Apenas o som do canto suave dos pássaros, filtrado através das árvores. O que estaria acontecendo?

– Mas a gente viu uma ventania e um tornado nos perseguindo na estrada! – insistiu Jake, sem fôlego.

O homem sorriu.

– Nem tudo por aqui tem explicação, rapazes. – Estendeu a mão. – Roland.

Os garotos cumprimentaram o homem com apertos de mão e apresentaram-se também.

– E aí, estão com fome?

Sam, Jake e Andy sentaram-se alegremente e encheram a pança de ovos fritos, cortesia das simpáticas galinhas de Roland. Felix ficou afastado. Tinha perdido a fome. Como era possível que um enorme furacão aparecesse do nada e depois sumisse completamente?

Depois da refeição, Roland ofereceu uma carona de volta para a cidade. Os garotos se espremeram no banco de trás do Holden velho, e, depois de tentar dar a partida cinco vezes, Roland finalmente conseguiu fazer o carro funcionar. Saíram sacolejando pela estrada em direção a Bremin.

Pela janela do carro, Felix observou o mato denso dar lugar às casas. Quanto mais perto chegavam de Bremin, melhor ele se sentia. Tudo ficaria bem. Seja lá o que fosse aquilo que estava no meio do mato, era lá que ficaria. Eles haviam sobrevivido. Suas famílias ficariam felicíssimas em vê-los, e ele nunca mais precisaria se enfiar em nenhuma floresta de novo. Ellen tinha razão: definitivamente, ele odiava a natureza.

Jake abriu a janela e gritou com toda força:

– Bremin, eu te amo!

Felix sorriu. Nada como uma noite passando fome e necessidade para fazer você amar sua cidade natal. Quando Roland entrou na rua principal, Felix teria sido capaz de lhe dar um beijo.

– Certo, rapazes. Se comportem! – gritou Roland, enquanto eles saltavam do carro e cobriam o homem de agradecimentos.

Ficaram na calçada observando o Holden sacolejando de volta para a estrada. Felix olhou em torno. Tudo era completamente familiar. Mas, ao mesmo tempo...

– Nossa, pensei que fariam uma festa de boas-vindas. A gente ficou sumido uma noite inteira – disse Jake, olhando ao redor. As pessoas da rua principal da cidade cuidavam de suas vidas, completamente desinteressadas nos quatro adolescentes de roupa amassada.

Sam encolheu os ombros.

– Ah, provavelmente eles ainda estão lá na floresta, procurando a gente com helicópteros e esse tipo de coisa.

Fazia sentido, mas ainda assim a sensação de incômodo não abandonou Felix.

Jake sacou o celular e olhou para o aparelho por um instante.

– Estranho. Estou sem sinal.

Os outros também checaram os seus celulares: mesma coisa.

– Agora a gente já devia ter sinal. – Andy levantou o telefone. – Talvez os celulares tenham dado curto-circuito um no outro, por causa da tempestade elétrica.

Felix guardou seu telefone no bolso novamente.

– Gente, preciso me mandar – disse. Não ligava a mínima se seu telefone estava quebrado ou não; a única coisa que queria era voltar para casa.

– Não podemos simplesmente nos separar! Tivemos uma experiência unificadora. Que tal um abraço de grupo? – sugeriu Andy, esperançoso.

– Só nos seus sonhos, nerd – retrucou Jake. – Galera, também já fui. Tenham uma boa vida, seus sem-noção! – gritou ele, afastando-se.

Sam deu um tapinha nas costas de Andy.

– Desculpa, CDF, mas tô morrendo de fome. – Virou-se para Felix. – Até mais, gótico.

– A gente se vê na escola – disse Felix para Andy.

Felix afastou-se depressa. Precisava chegar logo em casa. Começou a correr. Mal podia esperar para ver sua família. Mal podia esperar para ver se havia funcionado.

Chegou em casa e correu pela trilha da entrada. Lá estava Oscar sentado no gramado, brincando com seu helicóptero de controle remoto. Que bom. Seja lá o motivo que levara o irmão para o hospital ontem, não tinha sido nada sério. Felix correu até Oscar.

– E aí, Oscie?

Oscar olhou para ele.

– Como foi lá no hospital? – perguntou Felix.

– Que hospital? – Oscar ficou de pé.

Felix olhou para ele e sentiu uma onda de felicidade indescritível.

– Você consegue andar!

Oscar olhou para ele de um jeito esquisito.

– É claro que consigo andar.

– Mas, Oscar, isso é incrível! – Felix não parava de sorrir incontrolavelmente.

– Como você sabe o meu nome?

O sorriso de Felix sumiu do seu rosto.

– Quem é você? – perguntou Oscar.

jake: oh mãe, onde estás tu?

Jake correu pelas ruas de Bremin, desesperado para chegar em casa. Sua mãe devia estar arrancando os cabelos de preocupação. Na noite passada, os Bremin Bandicoots haviam disputado a semifinal do campeonato e Jake e sua mãe planejavam assistir à partida. Era seu ritual anual: preparar um piquenique, levar cobertores e uma garrafa térmica e torcer até ficarem roucos. Faziam isso todos os anos desde que Jake conseguia se lembrar. Certa vez, quando ele era bem pequenininho, seu pai os acompanhou. Isso foi antes do divórcio. Antes de seu pai virar um desempregado preguiçoso.

Jake balançou a cabeça. Agora não pensaria nisso.

Sacou o celular enquanto corria. Precisava ligar para sua mãe e dizer que estava tudo bem. Nada de sinal ainda. Droga. O celular devia ter se estragado com toda aquela água. Guardou-o de volta no bolso.

Esperava que aquele agente imobiliário zero à esquerda, Phil, não houvesse voltado na sua ausência. Os corretores deviam ser a forma mais primária de vida que existia neste mundo – sempre pressionando as pessoas por causa de dinheiro e andando por aí em seus carrões, como se fossem mais importantes do que Deus. O atraso do aluguel da casa não era culpa da sua mãe. Era tão injusto que quem acabasse sendo importunada fosse sua mãe, que trabalhava dois turnos na lanchonete de peixe e batata frita Scaly Jim's só para conseguir pagar as contas, enquanto seu pai, que nunca pagou pensão, saísse ileso.

Jake chegou em sua rua. Lá estava sua casa. Nunca sentiu tanta felicidade em vê-la, muito embora estivesse caindo aos pedaços.

Algum idiota tivera a brilhante ideia de cobrir as ripas de madeira da fachada com tijolos de plástico. Agora eles estavam descascando e a casa mais parecia vítima de uma queimadura de sol violenta. Mas, ei, lar é lar.

Jake retirou a chave do bolso, que milagrosamente continuava ali. Enfiou-a na fechadura. Não entrou.

Há?

Virou a chave. Nada.

– Mãe! – gritou ele.

Nenhuma resposta.

Jake espiou pela janela. Uma Harley-Davidson gigantesca tomava conta do corredor quase todo. De onde tinha vindo?

Jake rodeou a casa. A janela da sala estava aberta. Içou o corpo e entrou.

Ficou boquiaberto de espanto. O que sua mãe fizera? Cadê os sofás de veludo verde que há dez anos ela dizia que mandaria cobrir com uma capa? Cadê o bufê com a coleção de fotos de golfinhos que ela orgulhosamente deixava à mostra? Cadê as fotos das vitórias dele no futebol australiano? O velho relógio da sua avó, que badalava alto demais? Tudo havia desaparecido. O chão estava coberto com lençóis velhos. Havia chaves-inglesas e chaves de parafuso sobre os lençóis, ao lado de caixas de pizza e uma TV novinha em folha, recém-saída da embalagem.

Devia haver alguma explicação para isso.

Então ele entendeu tudo: Phil devia ter expulsado sua família. No breve período em que Jake esteve ausente, Phil veio e colocou todo mundo para fora. Devia ter sacado que teria melhores chances de fazer aquilo enquanto Jake estivesse longe, porque, com toda certeza, Jake jamais permitiria que aquilo acontecesse. Provavelmente Phil é que havia planejado que Jake se perdesse na floresta. Aquele mentiroso, trapaceiro...

Jake ouviu o som de passos vindo pelo corredor. Rapidamente escondeu-se atrás de um sofá. Os passos aumentaram de volume e intensidade. Jake olhou pelo canto: um motoqueiro enorme, com um colete de couro franjado abotoado na frente por cima da barriga tatuada, entrou na sala, abrindo uma latinha de cerveja. Apanhou o controle remoto para ligar a televisão.

Jake estremeceu. Como avisar a esse camarada que ele estava assistindo à TV na casa errada? Ele era totalmente a favor de defender o seu território e tudo o mais, mas contra aquele gigante...?

O motoqueiro soltou um arroto colossal. Jake olhou ao redor, procurando uma saída. Se o motoqueiro o visse ali, ele estaria frito.

Um telefone celular começou a tocar. Jake instintivamente levou a mão até o bolso, mas, então, com um palavrão, o motoqueiro foi de novo até o corredor para apanhar seu celular.

Jake aproveitou a oportunidade, deu um pulo, alcançou o peitoril da janela e saiu correndo em disparada. Aterrissou de um jeito estranho em cima de um arbusto de hortênsias e correu de novo até a rua. Seu vizinho Telly, de seis anos de idade, estava sentado na cerca quebrada da sua casa, brincando com o celular da mãe.

– Telly! Que diabo está acontecendo por aqui? – perguntou Jake, sem fôlego. – Você viu minha mãe?

– Há? – Telly olhou para ele, mas sua expressão era vazia. Dois rios de catarro escorriam do seu nariz.

– Minha mãe. Você viu o que aconteceu?

– Quem é você?

– Deixe de ser besta! – Jake apanhou o celular da mão de Telly.

– Ei, devolve pra mim!

– Cala essa sua boca, falou? Preciso fazer uma ligação!

Jake digitou o número da sua mãe.

– O número chamado encontra-se temporariamente fora de serviço.

Devolveu o celular com grosseria para Telly.

– Você deve ter visto alguma coisa – disse Jake.

Telly simplesmente olhou para ele, sem dizer nada. A BMX do menino estava caída no chão ao seu lado. Jake apanhou a bicicleta e saiu pedalando.

– Ei, é minha! – gritou Telly.

Jake não estava nem aí. Não estava nem aí que Telly começara a chorar. Não estava nem aí que a bicicleta era tão pequena que seus joelhos quase batiam no seu queixo quando ele pedalava. A única coisa que importava era o fato de que sua mãe não só tinha sido chutada para fora de casa como também não teve dinheiro para pagar a conta do celular.

Será que seria melhor procurar seu pai? Porém, a ideia de ver o apartamento deprimente do pai o encheu de terror. Além disso, se a família estava naquela situação, a culpa era dele. Seu pai nunca pagou nem um centavo para sua mãe, e ontem de manhã ainda por cima teve a cara de pau de aparecer na porta de casa para pedir dinheiro emprestado. Jake fez a mãe prometer que não lhe emprestaria nada, mas sabia que seu pai conseguiria enrolá-la. Ela era boazinha demais. Provavelmente havia lhe emprestado cinquenta pratas e agora cortaram a linha do seu celular. Enquanto isso, seu pai ficava sentado no sofá, assistindo ao futebol australiano e bebendo todo o dinheiro dela. Não, não iria até lá de jeito nenhum – provavelmente acabaria socando aquele preguiçoso desgraçado.

Jake pedalou mais depressa. Subir o morro com aquela bicicletinha minúscula não era nada fácil. Levantou-se nos pedais e começou a pedalar com mais força.

Certo, racionalmente, onde ela poderia estar? Ou procurando por ele, ou no trabalho. Isso mesmo, a Scaly Jim's. Era para lá que ele iria.

———

– O óleo ainda não esquentou, não vai dar pra lhe servir nada, amigão – avisou Jim, o dono, olhando para Jake por cima da panela de fritura.

– Não quero comer nada. Vim procurar minha mãe. Ela tem um turno aqui hoje.

Jim olhou para ele, de alto a baixo.

– Sua mãe tem um turno aqui?

– É. Ela sempre trabalha aos sábados.

– Só entre nós, amigão: não contrato coroas. Preciso manter as despesas baixas, sabe como é. Então...

– Mas ela vem trabalhar aqui todo dia!

Jim olhou para ele de um jeito estranho.

– Como você disse mesmo que ela se chamava?

– Sarah. Dá um tempo, Jim, não tem graça.

– Tem uma Sue aqui, mas, se for sua mãe, deve ter parido você aos dois anos de idade! – riu ele.

Jake mordeu o lábio inferior.

– Não é brincadeira.

– Não é, amigão. E administrar um negócio também não é, portanto, se você não vai mesmo pedir nada é melhor dar o fora.

Jake saiu bufando da lanchonete. Por que Jim estava tirando onda com a cara dele? Seria alguma espécie de brincadeira, e ele estava por fora? Talvez sua mãe estivesse louca da vida por ele não haver ligado para ela ontem à noite. Mas isso, na verdade, não fazia o menor sentido. Ela devia estar mais preocupada do que brava.

Apanhou a bicicleta de Telly. Se Jim não iria lhe contar a verdade, então ele iria atrás de Phil. Há-há: é isso mesmo o que ele iria fazer. Iria até lá e perguntaria, na cara dura, por que ele escolheu justamente a noite em que Jake não estava em casa, e que certamente tinha sido dado como morto, para atirar sua família no olho da rua. Meu Deus do céu! Coitada da sua mãe, que teve de lidar com tudo aquilo em uma única noite!

Jake entrou estrondosamente na recepção decorada em tons de cinza e violeta da corretora imobiliária de Phil Mason.

– Em que posso ajudar? – perguntou a recepcionista.

Jake passou reto por ela e entrou na sala de Phil.

– Como você se atreve a despejar a gente?

Phil, um homem que estava ficando careca e penteava o cabelo para o lado para esconder isso, saltou da sua cadeira reclinável e guardou depressa numa gaveta a revista que estava lendo.

– Em que posso ajudar?

Jake cerrou os punhos. Estava sendo muito difícil se controlar.

– Você não pode simplesmente tomar nossa casa assim, sem mais nem menos. Precisa dar um aviso de despejo antes!

Phil olhou para ele, sem entender.

– E sua casa é a...?

– Você sabe muito bem. Já foi lá mais do que o suficiente pra tentar assustar a mamãe!

Phil levantou-se.

– Certo, rapaz. Você precisa se acalmar.

Jake podia sentir as unhas afundarem-se nas palmas de suas mãos. Sentia tanta raiva que seria capaz de... Respirou fundo e contou até dez mentalmente, como o psicólogo da escola havia lhe ensinado. Tentou falar devagar e com calma.

– Você vai ter de me dizer onde está minha mãe.

– Meu chapa, não faço a menor ideia do que você está falando.

Jake abriu os punhos e segurou o braço de Phil. Era demais. Não dava mais para aguentar.

– Escuta aqui, seu gordo bizarro! Ou você me diz agora...

A última coisa da qual Jake se lembra é da recepcionista e Phil arrastando-o para fora da sala, levando-o até a rua.

Phil balançou a cabeça.

– Dá um tempo nas drogas, meu chapa.

Jake sentiu vontade de berrar. O que estava acontecendo? Por que todo mundo agia como se não tivesse a menor ideia de quem ele era?

Voltou até a bicicleta de Telly. A única coisa que podia pensar em fazer era um boletim de ocorrência, informando o desaparecimento da sua mãe. Era muito estranho que ele tivesse sumido num dia e no dia seguinte fosse a vez dela. A menos, é claro, que ela houvesse desaparecido enquanto procurava por ele. Mas, nesse caso, como então explicar aquele motoqueiro? E Jim fingindo que não o conhecia? E Phil? Meu Deus do céu, como sua cabeça doía.

Subiu as escadas da delegacia e abriu a porta. Um jovem guarda, sentado na recepção, olhou para ele.

– Posso ajudar?

Jake desabafou tudo: ele se perdera na floresta ontem à noite, mas conseguira voltar para casa. O problema é que agora ele já não tinha mais casa, não conseguia encontrar sua mãe e ninguém parecia conhecê-la.

– Calma aí, mais devagar – disse o guarda. – Sua mãe está desaparecida. Você já tentou telefonar para ela?

– Óbvio! Mas meu pai pegou dinheiro emprestado com ela, e por isso ela não conseguiu pagar a conta do celular, e aí a operadora cortou a linha da minha mãe, e isso quer dizer que...

– Certo, certo, volte para trás um instante. Primeiro vamos começar pelo nome da sua mãe, para que eu possa conferir as internações.

Jake olhou para ele.

– Internações? Tá querendo dizer, tipo, nos hospitais?

– Isso mesmo.

– Você acha que alguma coisa ruim aconteceu com ela? Um acidente?

– É só uma formalidade. Como se chama?

– Sarah. Sarah Riles.

O policial parou, com a caneta erguida acima do papel.

– Sarah Riles?

– É.

– Tem certeza?

– Acho que eu sei o nome da minha mãe.

– Algum parentesco com Gary Riles?

– Eles foram casados. Ele é meu pai, mas não faz o menor sentido ligar pra ele. Ele não tem nem telefone!

O guarda abaixou a caneta e depois chamou alguém por cima do ombro.

– Chefe? Acho que o senhor vai querer conferir um assunto aqui.

Um instante depois, o sargento Gary Riles apareceu e olhou Jake de cima a baixo.

– Qual o problema, rapaz?

Jake ficou de boca aberta. O zero à esquerda do seu pai era um maldito policial?

sam: o mesmo sam, mas completamente diferente

Sam estava dando um rolê. Cara, como era bom estar sobre rodas de novo! Vinte e quatro horas inteirinhas só na sola dos seus pés? Aquilo provavelmente era um recorde para ele. Sua mãe sempre brincava que, se deixasse, ele iria de skate da sua cama até a geladeira e vice-versa.

Seus irmãos, Vince e Pete, não deram a mínima quando ele chegou em casa. Os dois nem sequer desviaram os olhos de *Mortal Kombat* quando ele entrou. Sam tomou um banho quente, apanhou seu skate, comeu o que encontrou na geladeira. Durante todo esse tempo, as únicas palavras que disseram foram para informar que seus pais estavam em algum lance de cross-country.

Sam desceu um morro, fazendo uma curva. Era bom estar de volta. Embora fosse bem esquisito seus pais terem ido competir numa corrida quando ele passara a noite inteira desaparecido.

Será que pensaram que ele passou a noite na casa de Mia? Ele não contara que agora, depois que o pai da namorada apanhou os dois dando um amasso enquanto viam *O Exorcista*, ele não era muito bem-vindo na casa dela.

Filmes de terror davam um tesão louco. Ele sorriu com a lembrança. Mia era uma gostosa, mal podia esperar para vê-la. Ela adoraria saber tudo sobre a noite que ele passou no meio do mato – como foi igualzinho a um filme de terror, com todas aquelas coisas estranhas penduradas nas árvores. Ainda teve aquele lance do furacão estranho atrás deles, e do maluco que tentou atacá-los. É, isso daria uma história muito melhor do que Roland servindo uns ovos fritos pra galera e dando uma carona para eles voltarem pra casa. Sam podia ser o cara que enfrentou o maluco e trouxe todo mundo de volta, são e salvo. As garotas adoram um herói, é ou não é?

Olhou para a pulseira da amizade em seu punho. Mia havia lhe dado de presente no dia anterior, pelo aniversário de um ano de namoro dos dois. Ele na verdade nem se lembrou da data, mas Mia não ficou brava. Sabia que ele estava com outras coisas na cabeça. Precisava se inscrever no campeonato de skate Big Break naquele dia. Se fosse um dos finalistas, disputaria uma vaga em Sydney e então, quem sabe, competiria no Brasil na fase internacional. Na boa: suas habilidades eram grandes demais para Bremin. Ele iria dominar o mundo.

Passou por baixo da ponte da ferrovia e subiu do outro lado, num arco perfeito. Estava nos limites da cidade, onde as casas davam lugar à floresta. Sam fez um *ollie* na trilha e saltou do skate. Era um saco, mas seria obrigado a fazer esse último trecho a pé.

Abriu caminho pelo mato. Não esperava voltar tão cedo à floresta, mas queria ver seus pais para dizer que estava bem.

Sam alcançou a velha pista e enfiou o skate embaixo do braço. Sabia que a linha de chegada da corrida ficava perto do antigo viaduto. Quando eram pequenos, ele e seus irmãos costumavam ir sempre ali, para desafiar algum deles a saltar. Vince certa vez quebrou o braço, e numa noite de verão Sam pegou Pete beijando Fiona Press. Na época, ele achou que era algo bem nojento de fazer aos onze, mas talvez Pete tivesse razão. Ficar ali era bem melhor do que ser enxotado para fora da casa de Mia pelo seu pai furioso.

Sam parou. Lá estava a ponte caindo aos pedaços e a linha de chegada. Viu seu pai alongando as panturrilhas. Olhou ao redor, procurando sua mãe. Provavelmente ela ainda devia estar correndo. Não ficaria nada contente por ter sido derrotada pelo seu pai. Mesmo quando estavam apenas treinando, seus pais eram loucamente competitivos, principalmente um com o outro. Provavelmente Sam herdara isso deles.

— Ei, pai! — gritou.

Seu pai levantou os braços e alongou os ombros.

Sam chamou de novo. Nenhuma resposta. Provavelmente ele não devia ter ouvido. Sam correu até ele e pousou a mão em seu ombro. Seu pai virou-se, surpreso.

— Voltei! — disse Sam, com um sorriso enorme.

Seu pai deu uma segunda olhada nele.

— Há... você também está competindo?

Que tipo de pergunta era aquela?

— Depois da noite que eu tive? Acho que não.

— Nesse caso, então é melhor se afastar da linha de chegada, pois alguns dos competidores ainda não chegaram.

Sam foi pego de surpresa.

— Nossa, que jeito massa de dar as boas-vindas, pai.

Seu pai olhou de um jeito estranho para ele, depois virou-se para cumprimentar a mãe de Sam, que parecia exausta e vinha se aproximando da linha de chegada.

— Vamos, querida, vamos comer aquela manteiga de amendoim! — berrou o pai de Sam.

Sam cruzou os braços. Claro que ser obcecado por esportes era ótimo, mas, se seu filho tivesse passado a noite desaparecido, você não ficaria nem um pouco preocupado?

Sua mãe atravessou a linha de chegada e dobrou o corpo em dois, tomada de exaustão. Sam correu até ela. Pelo menos sua mãe ficaria feliz em vê-lo.

— Mãe!

— Perdão? — disse ela, parecendo confusa e ainda tentando recuperar o fôlego.

Sam a abraçou.

— Voltei! Tá tudo bem.

Seu pai a interrompeu, depressa:

– Tudo bem com você, querida?

A mãe de Sam ficara muito pálida.

– Só... estou... me sentindo... meio...

– Venha, sente aqui.

Ela cambaleou. Sam e seu pai adiantaram-se para ajudá-la, mas seu pai afastou as mãos de Sam.

– Estamos bem, obrigado.

– Mas mamãe parece péssima – protestou Sam.

A respiração de sua mãe agora vinha em rompantes curtos e roucos.

– Eu... eu não sou sua mãe – disse ela.

Sam olhou-a sem entender. O que ela havia acabado de dizer?

– Escuta aqui, fique longe, certo, rapaz? Ela não é sua mãe – disse seu pai com firmeza.

Sam encarou os dois por um instante e em seguida caiu na gargalhada.

– Muito engraçado, galera. Foi o Pete quem armou isso tudo?

Porém, a mãe de Sam começara a ofegar e segurou seu pai com força. Sam parou de rir. Ela parecia muito mal. Tentou segurar seu braço mais uma vez:

– Mãe!

Mas o pai empurrou-o de lado, dessa vez com mais força.

– Escuta aqui. Ela não é sua mãe e eu definitivamente não sou seu pai. Agora dê o fora, antes que eu chame alguém. – Ele ajudou a mãe de Sam a caminhar até o carro.

Sam observou os dois, com a sensação de que haviam acabado de dar um soco em seu estômago. O que estaria acontecendo? Como seus pais não sabiam quem ele era?

Sam correu de volta até a pista. Precisava sair da floresta.

Pensou que sua família o receberia de braços abertos, mas pelo visto eles nem pareciam saber quem ele era.

Sam correu mais rápido. Disparou pela estrada e pousou o skate na superfície dura.

Certo. Respire fundo, Sam. Respire.

Olhou ao redor. Tudo parecia normal. Um velho aparava o gramado. Uns garotos passeavam de bicicleta. Bremin parecia exatamente igual. Pousou o pé na prancha do skate.

Sólida. Boa.

Isso ele sabia. Só precisava ficar em superfícies duras e tudo ficaria bem. Seus irmãos não o haviam rejeitado, portanto tudo estava bem. Seus pais provavelmente estavam com fadiga pós-exercício. Isso podia acontecer, certo?

Impulsionou o corpo para a frente no skate. Enquanto andava, começou a se acalmar.

Sua mente estava lhe pregando truques, só isso.

Olhou de novo para a cidade, mantendo o skate em uma linha contínua e fácil.

Estabilize o skate para que sua mente se estabilize.

Iria para o parque dos skatistas. É isso. Todo mundo o conhecia ali. Lá, ele era Sam, o Cara.

Abriu caminho pela rua principal de Bremin. Passou pelo supermercado, pela delegacia, pela lanchonete de produtos orgânicos... tudo continuava onde devia estar. E ali, na rua principal, estava o parque dos skatistas. Uns caras estavam dando voltas no *half-pipe*. Que sem noções, notou Sam. Então a viu: Mia. Ela estava sentada num banco com o laptop aberto.

Graças a Deus.

Ele deslizou a prancha pelo concreto e desabou no assento ao lado dela.

— Nunca fiquei tão feliz em ver você em toda a minha vida.

Mia olhou para ele, desviando os olhos do seu laptop.

— Hã?

— Você não ficou preocupada? A gente, tipo, sumiu durante vinte e quatro horas! O que foi que o Bates disse? Cara, aposto que ele deve ter se metido numa fria daquelas por conta disso!

Mia sustentou o olhar dele.

— Eu te conheço?
— Mia, corta essa, gata. Sou eu, o Sam.
— Não vou cortar nada. Nunca vi você mais gordo.
Sam sentiu o ar sair de seu corpo.
— Mas eu sou seu namorado!
Mia riu:
— Você deve estar de brincadeira.
Sam olhou para o outro lado.
Quer dizer que aquilo não era um pesadelo, uma alucinação, não tinha sido nada que ele comeu. Mia não sabia quem ele era, nem seus pais.
Mas seus irmãos, sim. Ou não? Agora, pensando melhor, eles não haviam *olhado* para ele quando chegou em casa.
Sentiu sua cabeça começar a girar. Meu Deus, o que estava acontecendo?
Mia fechou o laptop.
— Olha, preciso ir...
Sam viu o bracelete de couro em seu pulso e segurou o braço dela.
— Espere. Esse bracelete. Olhe! — Ele puxou a manga da sua própria camisa e mostrou o bracelete idêntico que estava usando.
Mia olhou aquilo com curiosidade.
— Mas fui eu que fiz isso.
— Eu sei. Claro que foi você. Você me deu no nosso aniversário de namoro.
Mia apanhou o laptop e se levantou.
— Não sei como você conseguiu pegar este bracelete, mas ele não foi feito para você. Foi feito pro meu namorado. — Ela colocou a bolsa no ombro e foi embora.
Sam deu um pulo e saiu atrás dela.
— Mia! Espera aí!
Mia já tinha chegado à rua. Sam segurou seu braço mais uma vez.

– Escute. *Eu* é que sou seu namorado.

Ela puxou o braço.

– Me solta!

– Mia, por favor, me escute. Por favor.

Mia virou-se para encará-lo, e seus olhos faiscavam de raiva.

– Não! Escute *você*. Você *não é* meu namorado. Por isso, pare de ficar me assustando e me deixe em paz! – Virou-se e saiu caminhando pela rua.

Arrasado, Sam ficou parado na calçada, observando-a. Gente fazendo compras e crianças passavam por ele como se ele não estivesse ali. Sam não conseguia se mexer. Não conseguia tirar os olhos da sua namorada, da *sua* namorada, que se afastava dele como se ele não existisse.

– Aconteceu a mesma coisa comigo.

Sam desviou os olhos da silhueta cada vez mais distante de Mia e viu Andy sentado num banco, observando-o.

– Quando eu cheguei em casa, fui direto para o meu quarto – continuou Andy. – Só que não era mais o meu quarto. Agora era da minha irmã, Viv, tinha redecorado tudo com pôsteres da P!nk e da Lady Gaga. Atirou um abajur em mim e então minha *nai nai* me perseguiu para fora da casa com um cutelo de carne.

Sam olhou para ele, sem acreditar.

– Como é? *Ninguém* da sua família reconheceu você?

– Minha irmã me chamou de tarado – disse Andy, com amargura. – Como se alguém fosse querer se aproveitar *dela*.

Sam não sabia se ficava aliviado ou aterrorizado.

– Meus pais também não me reconheceram.

– Uma vez, meu pai me contou a história de uma ordem de monges que tiveram uma ilusão coletiva e acharam que tinham sido possuídos por lagartos.

Sam olhou para Andy, sem entender. De que diabo ele estava falando?

– Acho que a mesma coisa aconteceu com as nossas famílias. O estresse causado pela nossa ausência provocou uma ilusão coletiva neles, uma histeria, e isso resultou numa espécie de amnésia generalizada.

– Mas e os outros caras? – perguntou Sam. Andy, na melhor das hipóteses, não falava coisa com coisa, e a última coisa que Sam desejava ouvir naquele momento eram teorias sobre monges e lagartos.

Andy deu de ombros.

– Se isso está acontecendo com a gente, então provavelmente está acontecendo com eles também.

Jake estava levantando uma bicicleta minúscula na frente da delegacia quando Sam e Andy o encontraram.

Sam olhou para ele, sem saber como perguntar a alguém se sua família o esqueceu. Não era exatamente o tipo de coisa que se pergunta todos os dias.

– E aí, Jake?

Jake olhou para eles, na defensiva. Não parecia nada bem.

– Está tudo bem? – perguntou Andy.

– Por que não estaria?

Sam e Andy se entreolharam.

– A gente queria saber se você já encontrou seus pais – começou Sam, cautelosamente.

Jake virou o rosto para o outro lado.

– Tô procurando minha mãe.

Sam sentiu seu estômago se revirar.

– Quer dizer então que você não viu sua mãe desde que a gente voltou?

Jake encolheu os ombros.

– Provavelmente ela deve estar fazendo compras, só isso.

– E seu pai? – quis saber Sam.

— E o que ele tem a ver com isso? – vociferou Jake. – Só preciso encontrar a minha mãe. – Ele subiu na bicicleta e tentou sair da calçada.

Sam o impediu. Precisava dar um choque de realidade em Jake.

— Escuta aqui, Jake. Andy e eu, quando encontramos nossos pais, eles não reconheceram a gente. Era como se fôssemos completos estranhos...

Jake olhou para Sam como se estivesse louco.

— Do que você está falando?

— E não foram apenas os nossos pais, não. Mia também não sabia quem eu era. – Caramba, como doía dizer aquilo em voz alta!

— Minha teoria é que nossas famílias estão passando por uma crise de histeria coletiva, causada por...

— Alguém entende alguma palavra do que você diz? – interrompeu Jake.

— Minha família entende. Ou melhor, entendia – corrigiu-se Andy.

— Pois é. Falou, galera. Que droga essa história toda que aconteceu com vocês, mas agora preciso encontrar minha mãe.

— Eu diria que, quando você a encontrar, há de setenta a oitenta por cento de chance de ela não fazer a mínima ideia de quem você é – disse Andy. Mas Jake não estava mais escutando: olhava para uma mulher que vinha andando pela calçada, do outro lado da rua.

Sam acompanhou seu olhar. A mulher estava de terninho e salto alto. Foi se aproximando de uma BMW e, enquanto isso, apertou um botão para destravar o alarme.

— Mãe! – gritou Jake.

Sam olhou duas vezes. *Aquela* era a mãe de Jake? Sam só a vira dirigindo um Nissan destruído e vestida ou de moletom ou com o uniforme da lanchonete.

A mulher abriu a porta do carro e entrou.

Jake atravessou a rua de bicicleta para alcançar o carro.

— Mãe! Espere!

A mulher o ignorou. A BMW manobrou até a rua e Jake saiu em disparada atrás dela.

Andy balançou a cabeça.

– Isso não vai acabar bem.

Sam sentiu náuseas. A mãe de Jake obviamente não o reconhecera. Então, o mesmo tinha acontecido com eles três.

Virou-se para Andy.

– Precisamos encontrar o Felix.

felix: é um milagre, certo?

A mãe de Felix saiu da casa e bateu a porta de tela atrás de si. Carregava uma bandeja de pães confeitados, eram *fairy bread*.

– Ah, vocês estão aí, garotos. – Pousou a bandeja na frente de Felix. – Quer tomar alguma coisa, Fergus? É esse o seu nome, né?

Felix sorriu, indeciso.

– Na verdade, é Felix.

– Ah, é tão bom Oscar ter trazido um amiguinho para brincar com ele.

– Mãe! – vociferou Oscar. – Amiguinho é coisa de criança de dois anos de idade. E a gente nem sequer se conhece.

– Verdade, acho que eu nunca vi você antes – disse a mãe de Felix. – Você estuda na Bremin High?

Felix respirou fundo. Assim que sua mãe o avistou na calçada, ordenou que ele entrasse para "brincar" com Oscar. Isso já era estranho, mas mais estranho ainda era ela ter se apresentado como sra. Ferne. Agora aqui estava ela, só comida e sorrisos para Felix. Obviamente não fazia a *menor* ideia de quem ele era, o que era muito esquisito. Mas, enfim, odiá-lo seria pior, não é?

Felix pensou que a melhor maneira de se comportar naquela situação era entrando no jogo.

– Ainda não. Acabamos de nos mudar pra cá.

– Ah, é mesmo? De onde vo... – De repente, ela espirrou. – Minha nossa, minha febre do feno começou cedo este ano! – Ela levou uma das mãos até o nariz. – Com licença, um minutinho. – Abriu a porta de tela e sumiu no interior da casa.

— Mamãe é meio exagerada — comentou Oscar, em tom de desculpas. Olhou para Felix por um instante, como se tentasse avaliá-lo. — E aí, qual é a sua? Você costuma aparecer sempre no quintal dos outros pra ficar com gente que nem sequer conhece?

Caramba, como Oscar estava na defensiva. Felix apanhou uma fatia de pão. Subitamente percebeu o quanto estava com fome.

— Só faço isso pelo rango. — Enfiou o pão na boca. Estava delicioso.

Oscar também apanhou uma fatia e olhou para ela com desdém.

— Quantos anos ela acha que eu tenho?

— Pois é. Verdade, ela gosta mesmo de tratar você que nem um bebezinho — disse Felix, enfiando uma segunda fatia na boca.

Oscar olhou para ele de um jeito estranho.

— E como você sabe disso?

Felix parou. Precisava tomar cuidado. Se falasse demais, Oscar acharia que ele era um pirado completo e sua mãe provavelmente o enxotaria para fora dali.

— Ah, sei lá. É que... é assim que as mães tratam os caçulas. Quer dizer... os filhos.

— Acho que sim. — Oscar encolheu os ombros e levantou-se. — Bom, se você não vai me contar nada, pelo menos sabe jogar xadrez?

— Com certeza — disse Felix, enfiando uma terceira fatia na boca.

Observou Oscar atravessar a varanda. Uma sensação cálida subiu pelo seu corpo. Seu irmão não passaria mais o resto da sua vida preso numa cadeira de rodas. Poderia ir a pé até a escola, praticar esportes e arrumar uma namorada, como todo mundo. Não precisaria ser rotulado de "deficiente", e seus pais não precisariam mais passar o resto da vida estressados com dinheiro e preocupados em como cuidar dele.

Certo: sua família não sabia mais quem ele era. Mas ele podia suportar isso, se era para Oscar ter uma segunda chance. Era o que ele queria, afinal de contas. Talvez fosse como nos contos de fada, em que você consegue aquilo que quer, mas perde outra coisa valiosa. Tipo aquela sereia que queria ter pernas, mas, quando caminhava, sentia como se estivesse andando em cima de facas. Ele faria isso por Oscar. Faria qualquer coisa.

Oscar voltou com o tabuleiro e começou a posicionar as peças do jogo. A porta de tela voltou a se abrir e a mãe de Felix colocou a cabeça para fora.

– Oscie, chegaram mais amiguinhos seus, sr. Popular.

Oscar fumegou.

Felix levantou a cabeça e viu Sam e Andy entrarem pela porta de trás. Sua mãe voltou para dentro da casa. O que eles estariam fazendo ali? Como sabiam onde ele morava?

– Ah, Oscar. Estes são Sam e Andy.

– São amigos seus?

– Hummm... é. Mais ou menos.

– A gente precisa conversar – disse Sam para Felix. Ele parecia meio pálido.

Oscar entendeu o recado e levantou-se.

– Vou trazer umas bebidas.

Sam e Andy olharam para Oscar, sem acreditar, enquanto ele caminhava até a porta para abri-la.

Andy virou-se para Felix:

– Seu irmão *está andando?*

Felix não soube direito o que dizer. Talvez aquele fosse um momento bom para contar tudo. Agradecer. Afinal de contas, ele não teria conseguido sem eles. Mas tudo o que saiu foi uma expressão de surpresa fingida:

– Pois é. Incrível, né?

Sua mãe enfiou a cabeça pela porta, segurando um lenço contra o nariz.

– Fergus?

– É Felix, na verdade.

– Desculpe. Felix.

Felix sentiu os olhares de Andy e Sam em cima dele.

– Queria saber se você poderia ficar para o jantar. É tão bom que Oscar tenha um amigo novo...

– Claro, seria ótimo – respondeu ele.

Ela tornou a espirrar e bateu a porta atrás de si.

Sam olhou para Felix.

– Sua mãe não sabe o seu nome?

Felix encolheu os ombros e olhou para o outro lado. O fato de Oscar conseguir caminhar era uma coisa, mas como explicar que sua família não fazia a menor ideia de quem ele era?

– Ela acabou de pedir para você ficar para o jantar – disse Andy.

Felix respirou fundo.

– Eles ainda não sabem quem eu sou, só isso. Mas o Oscar voltou a andar. É um milagre, né?

Felix olhou cheio de esperanças para Sam e Andy. Como poderia fazer os dois entenderem que, apesar de sua família não saber quem ele era, isso agora não tinha importância? Na verdade, as coisas estavam bem melhores do que antes. Agora, não só Oscar voltara a andar, como sua mãe na verdade parecia *desejar* a presença de Felix. Ele sentia-se novamente como um ser humano diante dela, não como o filho zero à esquerda que arruinara a vida de todo mundo.

– Pois é, Felix, é um milagre as nossas famílias não fazerem a menor ideia de quem a gente é – comentou Sam, com um tom amargo.

Felix levou um instante para processar o que Sam tinha acabado de dizer. *As famílias deles também?*

Sam esforçava-se para se controlar.

– Meus pais acham que eu sou um maluco, a avó de Andy foi atrás dele com um cutelo de carne e a mãe de Jake não se parece *em nada* com a mãe de Jake.

Felix encarou Sam.

– E sua mãe acha que você se chama Fergus – acrescentou Andy.

– Isso quer dizer que a mesma coisa aconteceu com os quatro – prosseguiu Sam.

– O que quer dizer que tudo isso deve estar relacionado ao que aconteceu na floresta – completou Andy.

Felix sentiu uma onda de pânico. Ai, meu Deus. O que ele havia feito?

Então foi salvo por Oscar, que reapareceu com uma jarra e alguns copos.

– Só tem diet, por isso vocês vão precisar beber três vezes mais.

– Na verdade, Sam e Andy já estavam de saída – disse Felix. Não fazia a menor ideia do que estava acontecendo, mas, seja lá o que fosse, agora ele não poderia conversar a respeito. Não na frente de Oscar.

Sam inclinou o corpo para a frente.

– Alguma coisa aconteceu lá na floresta, Felix. Precisamos descobrir o que foi. Achar um jeito de consertar essa confusão.

– O que aconteceu na floresta? – perguntou Oscar, curioso.

Felix balançou a cabeça para Sam. Será que ele não percebia uma indireta?

– A gente conversa mais tarde, falou?

Sam parecia estar ficando cada vez mais irritado.

– Cara, isso aqui não pode ficar pra depois! A gente precisa ficar junto. Descobrir uma...

– Depois. Falou?

Sam balançou a cabeça, enojado.

– Você é esquisito mesmo.

Felix observou Sam e Andy descerem de novo os degraus da casa e se afastarem. Sabia que estava agindo como um canalha, mas não tinha ideia do que mais poderia fazer. Precisava ganhar tempo. Pensar.

Oscar olhou para ele de um jeito compreensivo.

– Não ligue. As pessoas me chamam de esquisito o tempo todo. É a sua vez.

Felix sorriu para o irmão. Oscar agora podia andar, e isso era a única coisa que importava. Fez uma jogada arbitrária. Seus pensamentos não podiam estar mais longe do jogo. As famílias deles também não sabiam quem eles eram? Como era possível? Isso não fazia parte do plano.

Oscar olhou para a jogada de Felix, sem acreditar.

– Mas assim você abre a lateral esquerda pra... – Parou de falar. Alguma coisa atrás do ombro de Felix havia chamado sua atenção. – Ah, não. Rápido, vamos nos esconder.

Felix virou para trás.

– O que foi?

– Vamos. Depressa.

Felix olhou para trás de novo. Uma garota de vestido rosa e branco vinha subindo a trilha que ladeava a casa, levando um cachorrinho.

Oscar já havia deslizado para fora da cadeira e aproxima-se agora da varanda, arrastando as costas contra a parede da casa. Estendeu a mão para abrir a porta e entrou.

Felix observou a garota se aproximando.

Seria mesmo...? Não, não podia ser. Mas, ao mesmo tempo...

Saltou da sua cadeira, deixando que caísse com um estrondo. Desceu correndo os degraus da varanda.

– Ellen!

A garota estacou. Olhou para ele de cima a baixo.

– Quem é você?

Felix congelou. Parecia que suas entranhas estavam se reorganizando por dentro. Quer dizer que não eram só as famílias que haviam se esquecido deles, mas todo mundo. Isso não era nada bom.

– Desculpe, foi engano. Confundi você com uma amiga.

Ellen franziu a testa.

– Você disse meu nome?

– Disse? – Felix tentou pensar depressa. – Não, eu disse só "ei-ei".

Ellen torceu o nariz.

– Você é esquisito.

Felix não conseguiu se conter:

– E você, não? – Ver Ellen vestida como uma personagem de um filme da Disney era demais. Ellen, para quem o cinza já era uma cor muito alegre.

– É até um elogio, vindo de um aspirante a emo.

Felix olhou para o outro lado. Aquilo doeu.

– Oscar está em casa? – perguntou ela.

– Ah, acho que ele está ocupado.

– Fazendo o quê? Jogando Tartarugas Ninja?

– Na verdade, não, estes dias ele anda mais a fim de jogar xadrez...

Ellen revirou os olhos.

– Deixa pra lá. Avisa que ele trouxe a lata de lixo errada *de novo* e que agora precisa devolver a nossa, pronto.

Felix olhou para ela, sem acreditar. Como essa garota podia ser Ellen? Sua melhor amiga?

Ela se virou e foi embora.

Num impulso, Felix chamou:

– Vem cá, Wikileaks.

O cachorro Jack Russell de Ellen virou-se imediatamente e saltitou na direção de Felix. A garota parou e olhou para ele:

– Como você sabe o nome do meu cachorro?

Felix encolheu os ombros:

– Ah, foi só um chute.

Ellen analisou Felix com atenção. Por um instante ele pensou ter visto um brilho de reconhecimento em seus olhos, mas, tão rápido quanto apareceu, foi-se embora.

– Vem, Wiki. Vamos passear.

O cachorrinho virou-se e saiu correndo atrás dela.

Felix observou sua melhor amiga se afastar. Com toda certeza, aquilo não era nada bom. Diante de tudo o que estava acontecendo, a única pessoa com quem ele desejava conversar era Ellen. A *verdadeira* Ellen.

Oscar voltou e perguntou:

– Ela foi embora?

Felix suspirou.

– Há-há. Pra valer. – Virou-se para a casa. – De quem é a vez agora?

– Ah, me esqueci de dizer. Mamãe pediu pra avisar que ela não está se sentindo muito bem, por isso vamos ter de cancelar o jantar.

Felix ficou arrasado.

– Sério? Bom, mas mesmo assim a gente pode continuar jogando, né?

Oscar encolheu os ombros.

– Sabe o que é... eu preciso fazer o meu dever de casa.

Felix desviou os olhos do irmão.

– Beleza, então.

– Desculpe. Foi muito legal conhecer você.

Conhecer você? Aquelas palavras o machucaram, mas Felix manteve a coragem.

– É, foi legal conhecer você também.

Felix observou a porta de tela bater-se atrás de Oscar. Havia certo ar de término naquele barulho. Era como se quisesse manter Felix definitivamente para fora.

Ele caminhou pela lateral da casa e ficou parado perto da porta, sentindo-se completamente sozinho.

Oscar agora podia andar de novo. Isso era bom, não era? O feitiço havia funcionado... Bem, mais ou menos. Nada mais importava além disso. Porém...

Ficou ali, indeciso.

Porém, e agora, o que ele iria fazer?

Não podia abrir aquela porta e entrar em casa como fazia todos os dias de sua vida. Não pertencia mais àquele lugar. Pensou nos outros caras. Estariam sentindo a mesma coisa? Desejando entrar desesperadamente por uma porta que já não podiam mais abrir?

O vento aumentou e começou a balançar os galhos de um velho olmo. Felix olhou para cima. Odiava aquela árvore idiota. Lutou contra um impulso de chutá-la e gritar: *Isso é tudo culpa sua!* Mas não era verdade. A culpa era dele. Tudo era culpa dele. Primeiro o acidente de Oscar, e agora aquilo.

Felix caminhou até a rua. Precisava encontrar os outros. Descobrir o que estava acontecendo. Virou à esquerda para ir em direção ao centro da cidade. O vento ganhou força e ele ouviu um ruído estranho atrás de si. Olhou para cima e viu os fios dos postes vibrando, como se fossem partituras ganhando vida. Escutou com atenção. Estariam cantando para ele?

Olhou para trás. A rua estava estranhamente vazia. Nada de gente, nem de carros. Ele começou a se sentir incomodado. Precisava estar junto com pessoas, e não ali sozinho. Saiu correndo em direção ao centro da cidade.

Onde estariam os outros? Correu os olhos pela rua principal. Mais adiante avistou um cara alto pedalando uma bicicletinha minúscula. Era Jake.

– Ei, Jake! Espere!

A bicicleta parou e Jake virou-se em sua direção. Quando Felix o alcançou, viu a expressão de derrota no rosto do outro.

– Tá tudo bem com você?

– Pra falar a verdade, não.

Jake tinha a cara de quem havia levado um soco no estômago e ficado sem ar. Felix quase desejou que ele atirasse uma bola na sua cabeça. Jake apontou para o parque dos skatistas.

– Provavelmente eles estão ali.

Sam estava sentado no alto do *half-pipe* e Andy estava equilibrado em uma perna só, com o braço esticado o máximo possível para ver se conseguia algum sinal no seu celular.

– Mesmo que você consiga sinal, pra quem vai ligar? – perguntou Jake, enquanto se sentava pesadamente ao lado de Sam.

– As coisas não foram muito bem, né? – indagou Sam.

– Vocês tinham razão. Ela não fazia a menor ideia de quem eu era.

Felix caminhou, hesitante, na direção dos garotos. Sam olhou para ele.

– Que foi, cara? Sua mamãezinha não colocou você pra dormir na caminha?

Felix encolheu os ombros e disse:

– Acho que, no fim das contas, eles não gostavam tanto assim de mim. – Sentou-se ao lado de Sam.

Ninguém disse nada. Felix tentou reunir coragem para pedir desculpas.

– Escutem, sobre o que aconteceu lá atrás... – começou ele a dizer. – Eu... é muita coisa pra absorver, e eu...

– Que novidade, me diga uma coisa que eu não saiba – disse Sam.

Felix tentou de novo.

– Vocês tinham razão. O que vocês disseram. Precisamos ficar juntos. Descobrir o que está acontecendo.

– E como você planeja fazer isso, posso saber?

Felix desejava saber a resposta, mas a verdade é que não fazia a menor ideia.

– Bom, não podemos ficar aqui a noite inteira – disse finalmente Andy. – Se a gente dormir duas noites seguidas ao léu, vamos acabar apanhando uma infecção pulmonar.

– O que você sugere então, Bear Grylls? – retrucou Jake, zangado. – Construir um abrigo com os ossos de três sapos?

Felix olhou para cima, para o céu que estava rapidamente escurecendo. Precisava assumir o controle. Ele tinha colocado todo mundo naquela confusão, portanto era ele quem precisava tirá-los dela.

– Existe uma cabana abandonada na floresta – disse. – Talvez a gente possa montar um acampamento, se ela ainda estiver por lá.

– E quanto à comida? – indagou Sam.

Jake encolheu os ombros.

– Tem uma macieira atrás do campo de futebol.

– Beleza, então, vamos nessa.

A cabana não ficava muito longe da casa de Felix. Ele conduziu os outros por duas ruas silenciosas do subúrbio atrás do mato, e em seguida por uma ladeira que descia rumo a uma estrada de terra. Os quatro rapazes caminharam pela estrada, devorando as maçãs. A noite estava caindo e as sombras se intensificavam, tornando difícil enxergar para onde iam. Felix continuou na frente, segurando o celular adiante como uma lanterna. Pelo menos para alguma coisa aquele aparelho ainda servia. Cruzou os dedos, torcendo para que a cabana ainda estivesse ali. Quando ele e Oscar eram pequenos, o pai os levava até lá para pescar. Ensinou os dois a nadar no rio. Eles montavam acampamento e passavam horas brincando de esconde-esconde à noite com lanternas no meio do mato. Mas fazia muito tempo que não iam mais lá. Dois anos e três meses, para ser exato.

A estrada chegou ao fim, e ali, numa clareira, havia uma cabana de mateiro abandonada.

– Continua aqui! – exclamou Felix, aliviado. Correu até a porta, e a trava enferrujada soltou-se com facilidade.

A porta abriu-se com um rangido e os garotos entraram. O chão estava tomado de objetos aleatórios – cordas, sacos de estopa, velhos equipamentos de barco.

Os outros não pareciam estar nem um pouco impressionados, mas Felix não ligou.

– Podemos usar esses sacos como cobertor. E tem um rio aqui perto, onde podemos conseguir água fresca.

Saiu para dar uma olhada no que havia nos fundos da cabana e depois voltou com um velho lampião a gás. Acendeu-o com seu isqueiro e colocou-o no meio do ambiente.

– Tcha-ram!

– Acho que a cabana era melhor quando não dava pra ver direito – murmurou Jake.

– Abrigo é uma condição essencial de sobrevivência – disse Andy. – Boa ideia, Felix.

– Acho que não deve ter nada pra comer por aqui – disse Sam, espiando dentro de um velho armário.

Ninguém sentiu muita vontade de conversar. Quando escureceu, deitaram-se exaustos no chão e cobriram-se com os velhos sacos de estopa.

Finalmente, Felix ouviu o ressonar dos outros dormindo, mas não conseguiu pegar no sono. Sua mente estava a milhão. O que ele havia feito? Sua intenção tinha sido melhorar as coisas, e não o contrário.

Em silêncio, apanhou o lampião e foi sentar-se perto da janela. Daria um jeito naquilo tudo. Precisava dar.

Retirou seu Livro das Sombras da mochila e pousou-o reverentemente em cima de um velho caixote. Virou as páginas até encontrar o feitiço que anotara e gravara em forma de música. O que será que havia dado errado? Devia haver alguma dica ali. Se descobrisse o quê, talvez conseguisse encontrar a maneira de desfazer tudo.

Quando releu o feitiço, os pelos de sua nuca se arrepiaram.

Virou-se. Os outros ainda estavam dormindo. Sam roncava como se cada respiração fosse sua última. Felix virou-se novamente para a janela, deixando os olhos se acostumarem com a escuridão. O ar estava parado, mas ele percebeu um ligeiro movimento atrás de uma árvore.

Será que havia alguém ali? Será que alguém os estava vigiando?

E então, como se alguém tivesse desligado um interruptor, o lampião se apagou.

jake: ser ou não ser

Jake agachou-se atrás de um carro estacionado. Dali, tinha uma visão perfeita de uma bela casa de dois andares.

Quantas vezes ele e sua mãe haviam conversado sobre sua casa ideal? Seria grande, branca, de frente para o rio. Ele queria uma cesta de basquete no jardim da frente. Ela queria uma pérgola coberta de flores roxas. E ali estava ela: a casa que era tudo o que eles haviam sonhado juntos.

A única diferença é que eles não estavam juntos. Jake mordeu o lábio. Imaginou aquele ruído de disco arranhado que sempre acontecia nos filmes no momento em que a fantasia dava lugar à dura realidade. Claro, sua mãe tinha a casa perfeita – mas, e ele, o que tinha? Uma cabana caindo aos pedaços e três companheiros fedorentos. Suspirou. O treinador Wilson com certeza chamaria aquilo de uma troca ruim.

Uma BMW estacionou na entrada da garagem da casa. Jake observou sua mãe sair do carro e abrir o porta-malas. Ontem ele perseguira seu carro por cinco quarteirões e depois abordou-a, cheio de certezas. Era seu filho, por que ela não foi capaz de perceber isso?

Hoje ele sabia que as coisas não eram bem assim. Ela não o reconheceu. Não *tinha necessidade* de reconhecê-lo. Neste mundo, tinha uma vida nova. Uma casa nova, um guarda-roupa novo e...

Os pensamentos de Jake foram interrompidos quando avistou um homem saindo da casa e caminhando em direção à sua mãe. Um poodle latiu atrás dele. O homem andava de um jeito confiante e estava vestido com uma camisa polo cor-de-rosa.

Sua mãe se inclinou e apanhou a bolinha de lã branca. Afagou-a e beijou-a antes de tornar a colocá-la no chão e abraçar o homem que, agora, mais de perto, ele percebeu que se parecia muito com o sr. Bates.

Jake olhou de novo: *era mesmo* o sr. Bates!

Balançou a cabeça. Não. Sua mãe nunca ficaria com esse professor de ciências mandão e insuportável.

Mas ela começou a beijá-lo. Jake quis desviar os olhos, mas não pôde. Sua mãe beijando o Bates?

Eles se separaram e Bates foi até o porta-malas para ajudar sua mãe a retirar umas placas pesadas. Colocou-as ao lado do carro. Eram placas de imobiliária, e no alto de cada uma estavam impressas a foto de sua mãe e as palavras SARAH BATES IMÓVEIS.

Sarah Bates? Eles eram casados? Sua mãe era mesmo uma corretora de imóveis? Isso não podia estar acontecendo. Não era certo.

Sem pensar, Jake de repente levantou-se de seu esconderijo. Bates o viu ao fechar o porta-malas.

— Quem diabos é você?

Jake estava totalmente à mostra, mas não deu a mínima. Virou-se para sua mãe.

— Você se casou *com ele*?

Sua mãe deu um passo em sua direção.

— Cuidado, Sarah, ele pode ser perigoso.

— Está tudo bem, Brian. — Ela olhou com atenção para Jake. — Por que você veio aqui de novo?

— *De novo?* — exclamou Bates, exasperado. — Esse garoto está importunando você?

Ela balançou a cabeça.

— Não. Bem, na verdade nós nos encontramos ontem de um jeito um tanto estranho... — Ela fez uma careta e levou a mão à cabeça.

Jake observou-a, preocupado. Ela havia feito a mesma coisa ontem.

— Tá tudo bem, ma...? — Mas parou no meio da palavra.

– Quem é você, rapaz? – inquiriu Bates.
– Boa pergunta. Talvez eu possa lhe dar a resposta mais tarde.
– Nada de bancar o espertinho. Tenho toda a intenção de chamar a polícia.

Jake quase sorriu. Essa ele queria ver. Seu pai chegando para proteger sua mãe. Seria uma mudança e tanto.

Bates não estava a fim de desistir.

– O que você pensa que está fazendo escondido aqui?

Jake teve vontade de gritar: *O que você pensa que está fazendo casado com a minha mãe?* Mas sabia que isso só pioraria as coisas ainda mais. Apontou para a bicicleta de Telly, que estava caída na rua.

– O pneu furou.

Sua mãe cambaleou ligeiramente.

– Sarah, está tudo bem? – perguntou Bates, preocupado.

– É só o comecinho de uma enxaqueca.

Não era do feitio dela. Ela nunca ficava doente. Nunca.

– Mas você não tem enxaqueca – disse Jake.

– Você tem razão – disse ela, espantada. Como você sa... – Ela voltou a cambalear.

Bates apoiou a esposa e virou-se de novo para Jake.

– Pegue sua bicicleta e dê o fora. Não quero mais ver você por aqui.

Jake ficou parado, impotente, observando Bates levar sua mãe de volta para casa.

Onde ela estava com a cabeça? Seu pai era horrível; mas Bates? O que ela viu naquele bestalhão reprimido?

Jake foi até seu velho bairro. Não precisava mais da bicicleta. Não havia mais o que perseguir.

Encontrou Telly vestido com uma fantasia de Super-Homem, saltando do teto da garagem para fingir que estava voando.

Jake largou a bicicleta no chão.

– Valeu pelo empréstimo! – gritou ele.

Porém, Telly estava ocupado demais tentando sair de uma pilha de palha para responder.

Jake olhou pela última vez para sua casa: sempre se envergonhara de sua aparência de povão. A maior parte do time de futebol australiano da escola nem sabia onde ele morava, pois Jake sentia muita vergonha de contar. Mas, naquele momento, daria qualquer coisa para abrir a porta de casa, entrar e ver tudo exatamente igual ao que era antes. E daí que ele e sua mãe jamais conseguissem comprar uma casa grande e arejada? Jake estaria feliz apenas de ficar encolhido no sofá sebento e velho da sala, admirando a vista da parede de tijolos do vizinho.

Mas, se chegasse perto da porta, provavelmente aquele motoqueiro cabeludo o mataria com uma bordoada na cabeça. Respirou fundo e caminhou, decidido, na direção oposta.

―――――

No centro, Jake encontrou os outros parados ao lado de duas caçambas de lixo nos fundos de um supermercado MiniMart.

– Onde você estava? – quis saber Sam.

Ele deu de ombros. Não podia dizer nada sobre o Bates. Não conseguiria suportar a humilhação. Claro que os outros também tinham seus próprios problemas, mas pelo menos seus pais continuavam casados.

– Felix está nos ensinando a catar comida no lixo – disse Andy, alegremente.

Felix suspirou, frustrado:

– Não é lixo, falou? Os caras jogam a comida fora quando está vencida, mas é perfeitamente comível.

– E aí, como é esse lance? – perguntou Jake.

– Isso se chama revirar lixo – disse Felix. – Basicamente a gente retira tudo o que ainda está bom pra comer.

Jake de repente percebeu quanto tempo fazia que não comia nada além de maçãs.

– Eu vou – disse ele. – Me dê a mão pra eu subir, Sam.

Sam pareceu surpreso, mas entrelaçou os dedos para Jake subir. Jake então deslizou a tampa da caçamba para trás e atirou uma das pernas por cima da lateral metálica. Fedia como o diabo ali dentro. Ergueu a outra perna para entrar e aterrissou com um baque surdo num composto malcheiroso e úmido de comida apodrecida. Mas Jake nem ligou. Era uma distração bem-vinda. Fazia com que ele parasse de se lembrar da sua mãe beijando Bates, da vida nova e perfeita dela. Além disso, dessa maneira ele também evitaria as perguntas dos outros. Não demoraria para que descobrissem, mas por enquanto queria guardar aquilo somente para si mesmo. Não gostava de conversar sobre assuntos pessoais. Quando seus pais se separaram, todo mundo quis conversar a respeito, coisa que ele odiava.

Checou uma caixa de donuts. A data de vencimento era de apenas dois dias atrás e só havia um pouquinho de mofo. Atirou a caixa para Felix e continuou a procura de mais coisas. Uma embalagem de creme doce. Atirou-a por cima da tampa da caçamba.

Jake enfiou-se ainda mais no lixo. É por isso que chamavam de revirar: para conseguir as coisas boas, era preciso ir fundo. Sacou um pacote de biscoitos fechado, um brócolis meio amarelado e um cacho de bananas pretas. Atirou tudo por cima da tampa. Foi mais fundo ainda e conseguiu pão e um rocambole de geleia amassado. Atirou tudo por cima da tampa e ouviu os vivas de alegria de Sam, Andy e Felix.

De repente, as risadas pararam, e Jake ouviu uma voz.

– Que diabos está acontecendo aqui?

Jake espiou pela lateral da caçamba. Um homem estava parado à porta dos fundos do MiniMart.

– Caramba, é meu pai – disse Felix.
– Isso aqui é propriedade privada – berrou o pai de Felix, indo na direção deles.
Felix hesitou por um instante e depois gritou:
– Corram!
Com um rápido içar do corpo para cima, Jake saiu da caçamba e deu um salto. Os outros apanharam o máximo de coisas que conseguiram carregar e saíram em disparada pela rua.
Correram pelas ruas mais afastadas de Bremin. O pai de Felix logo desistiu da perseguição. Eles perceberam que estavam correndo na rua que dava para os fundos da Bremin High.
– O campo de futebol – disse Jake, ofegante. – Ninguém vai estar aí num domingo.
Enfiaram-se por baixo do aramado e, depois de largarem a pilha de comida no chão, caíram rindo na grama.
Jake olhou para toda a comida que haviam conseguido apanhar. Nada mal como colheita. Principalmente quando você não come direito há dois dias.
Sam empurrou Jake de brincadeira.
– Mandou bem, cara. – Abriu a embalagem de donuts e ofereceu-os aos outros. Deu uma mordida e mastigou animado, como se fosse um juiz numa competição gastronômica. – Tem um aroma particular, com um certo não sei quê de lixão.
Os outros caíram na gargalhada e Andy apanhou um pãozinho. Deu uma pequena mordida e analisou o gosto.
– Humm, muitas surpresas. Interior mole, ligeiro gosto residual de mofo e um toque de guimba de cigarro. – Retirou uma guimba de cigarro do fundo do pão. – Ah, está explicado.
Jake sorriu. Aquele nerd até que era engraçado, depois que você o conhecia melhor.
Sam engoliu o segundo donut e estendeu a mão para apanhar um terceiro.
– Nota três, de zero a dez.

Jake descascou uma banana molenga.

– Definitivamente nota dois, pra mim.

Felix apanhou um donut e ergueu-o.

– Zero, redondo e grande.

Os garotos riram. De barriga cheia pela primeira vez há dias, deitaram-se de costas na grama. O Sol estava brilhando e Jake sentiu o calor espalhar-se pelo seu corpo.

– Querem saber o que mais me assusta, na real? – disse Sam.

– O cecê do Felix?

– Não. Como tudo continua exatamente igual – continuou Sam. – Tipo, meus pais continuam sendo atletas maníacos, o pai do Felix continua sendo o gerente do supermercado e a família de Andy ainda é dona do mesmo restaurante.

Jake sentiu o calor abandonar seu corpo. Sentou-se. Talvez as coisas continuassem iguais no caso deles, mas, para ele, tudo tinha mudado. Sua mãe estava casada com Bates e seu pai agora era um policial.

– Exatamente igual. A única diferença é que agora eles não sabem quem nós somos – acrescentou Andy.

– É – concordou Sam. – Por que será?

– É como se a gente nem existisse – exclamou Jake, irritado.

Felix olhou para ele.

– Mas a gente *existe*.

– Ah, é mesmo? – vociferou ele. – Então como ninguém sabe quem a gente é?

Sam estendeu o braço e deu um beliscão em Jake. Com força.

– Aiii!

– Tá vendo só? Isso prova a nossa existência.

– Muito engraçado. – Jake curvou o corpo e enterrou a cabeça entre os joelhos.

– Sabe – disse Andy, sentando-se. – Jake tem razão. Ninguém conhece a gente. Mas, se conseguíssemos evidências concretas de que existimos neste mundo, talvez nossas famílias acreditassem na gente. Isso poderia ser o gatilho para curar a amnésia deles.

— Ah, sim, claro. E onde vamos arrumar essas tais evidências? — indagou Sam.

Todos ficaram em silêncio por um ou dois minutos, enquanto pensavam.

É isso! Jake se levantou. Andy lhe dera uma ideia. Ele apontou para os prédios da escola.

— Lá.

Sam balançou a cabeça.

— Fala sério! Você está a fim de voltar pra escola? A única coisa boa nisso tudo é não...

— A escola deve ter provas da nossa existência!

Andy olhou para Jake.

— Sabe, essa até que não é uma má ideia.

— Deve haver registros da gente nos arquivos — insistiu Jake.

— E como vamos conseguir entrar lá? — perguntou Sam.

— Eu conheço as senhas de segurança das portas. Ou pelo menos conhecia — ofereceu Felix.

Jake sentiu uma onda de empolgação. Se conseguisse pôr as mãos no seu histórico escolar, era só mostrá-lo a sua mãe e ela não poderia argumentar mais nada. Seu nome estaria listado como contato para uma emergência. *Grau de parentesco com o aluno: Mãe.* Se visse isso, com certeza ela seria obrigada a acreditar que ele era seu filho.

— A única pessoa que continua aqui aos domingos é o zelador. Ele faz a ronda assim que chega e depois novamente às cinco da tarde — disse Felix.

Todos se viraram para olhá-lo com curiosidade.

— Na oitava série eu tive um mês de detenções aos fins de semana — disse ele, dando de ombros. — Você acaba descobrindo as coisas.

Os garotos se aproximaram da entrada principal da escola. Felix digitou alguns números no teclado de segurança. Para surpresa geral, a porta abriu-se com um zumbido. Jake deu um tapinha nas costas de Felix.

– Mandou bem, esquisitão.

Felix suspirou.

– Dá pra parar de me chamar assim?

Jake pensou por um instante e depois balançou a cabeça.

– Não.

Andou pelo corredor, seguido pelos outros. Sabia o que precisava checar primeiro: as fotos do ginásio. Se ele existisse, continuaria ali. Os garotos entraram no ginásio e Jake olhou para as fotos penduradas ao longo da parede.

CAPITÃO DO TIME DA CASA: TRENT LONG.

CAPITÃO DO TIME DE FUTEBOL AUSTRALIANO: TRENT LONG.

MELHOR JOGADOR: TRENT LONG.

Jake desviou os olhos: estava tudo errado. Trent era só um reserva, um mero coadjuvante. Nunca foi o capitão. Não tinha habilidades de liderança; aquilo era âmbito de Jake.

Andy pousou a mão no ombro de Jake, em sinal de solidariedade.

– Tudo bem. Isso não prova nada, a não ser que Trent joga melhor do que você.

Jake afastou a mão de Andy.

– E isso é pra ser algum consolo?

– Venham! – chamou Felix. – Eu sei a senha das salas do pessoal da diretoria. Lá a gente vai conseguir dar uma olhada nos registros de alunos.

Quando chegaram numa das sala dos funcionários, Felix digitou as senhas devidas e Andy rapidamente ligou o computador. Jake ficou observando por cima do seu ombro. Parte dele desejava que Andy parasse o que estava fazendo. Se não checassem nada, poderiam continuar acreditando que...

SAM CONTE, digitou Andy.

Uma janela surgiu:

NENHUM REGISTRO ENCONTRADO.

FELIX FERNE, digitou Andy.

Outra janela: NENHUM REGISTRO ENCONTRADO.

ANDY LAU.

NENHUM REGISTRO ENCONTRADO.

Silêncio. Andy olhou nervosamente para Jake.

JAKE RILES, digitou.

NENHUM REGISTRO ENCONTRADO.

Os garotos ficaram olhando, imóveis, para o cursor piscante.

– Oficialmente, nós não existimos – sussurrou Andy.

Jake virou as costas e saiu correndo da sala. Disparou escada abaixo. Entrou com toda a força no ginásio, apanhou uma bola de basquete e atirou-a na cesta. Isso ele sabia: você apanha uma bola, quica, joga-a no aro de metal e então volta a apanhá-la. Simples. Talvez, se continuasse quicando a bola, não precisaria enfrentar o fato de que oficialmente ele não era ninguém.

Quicou a bola com mais força e lançou-a pelo aro. Cesta perfeita. Imaginou a multidão soltando urros, como acontecia quando ele fazia a cesta vencedora nos campeonatos distritais. Imaginou seu time carregando-o nos ombros: seu capitão, seu herói.

Avistou Trent sorrindo em uma foto na parede. CAPITÃO DO TIME DE BASQUETE: TRENT LONG.

Jake apanhou a bola e atirou-a com toda a força na foto. Ela caiu no chão e o vidro se estilhaçou. A bola quicou de volta para ele, que tornou a apanhá-la. Mirou na foto seguinte de Trent e...

Crac!

A foto caiu no chão.

Sam, Andy e Felix abriram as portas de supetão enquanto Jake voltava a apanhar a bola. Mirou pela terceira vez no rosto convencido de Trent.

Crac!

No chão.

— Jake, pare com isso! — berrou Sam.

Jake apanhou a bola mais uma vez e estava prestes a atirá-la de novo quando Sam o jogou no chão.

— Cara, dá um tempo. Você não pode fazer isso.

Jake lutou para se desvencilhar.

— Por que não posso?

— É, por que não? — perguntou Felix, parado à porta. — Quem vai nos meter em encrenca? Nossos pais nem sabem quem a gente é. — Ele abriu um armário cheio de bolas de basquete e elas rolaram pelo chão do ginásio.

— Esse é um verdadeiro fator X na minha teoria — disse Andy. — Se não existe nenhum registro da gente, não pode ser amnésia. — Estalou os dedos. — Já sei. Roubo de identidade!

Jake atirou uma bola na cabeça dele.

— Por que alguém iria querer roubar a sua identidade?

Andy atirou a bola de volta com força.

— Isso eu não aceito. — Atirou-se para cima de Jake e os dois lutaram. Andy lutou como nunca antes na sua vida. Jake rapidamente o imobilizou no chão.

Felix jogou uma rede de vôlei em cima dos dois.

Sam apanhou o carrinho de limpeza que estava estacionado no corredor e manobrou-o até o ginásio. Saltou em cima dele como se fosse um gigantesco skate. Então, Jake e Andy conseguiram se soltar da rede de vôlei e se revezaram dirigindo-o pelo ginásio, berrando e rodopiando a plenos pulmões, enquanto Felix abria todos os extintores de incêndio. Logo o ginásio inteiro estava coberto de uma névoa branca transparente.

Jake encarapitou-se no alto da escada do ginásio e olhou, através da neblina, para a baderna lá embaixo. Andy estava sendo transportado no carrinho de limpeza por Sam. Felix atirava rolos de papel higiênico para todos os lados. O ginásio inteiro tinha sido dilapidado. Aquilo que havia sido o santuário de Jake, o lugar onde ele treinava todos os dias, agora não significava mais nada.

Jake sentiu-se feliz por isso, feliz porque agora Trent não poderia mais treinar ali na segunda-feira, não poderia ganhar nenhum jogo. Já que ele não tinha mais a sua vida, então com certeza absoluta não era justo ninguém mais ter a sua também.

Estava prestes a saltar em cima de uma pilha de colchonetes de ginástica quando algo chamou sua atenção. Uma câmera de segurança presa num canto do teto. Olhou para o brilho insistente do aparelho: ela estava gravando tudo. Sentiu uma onda instintiva de medo, mas afastou-a logo e, com um urro gigantesco, saltou de cima da escada. Felix tinha razão. Afinal, em quem a escola poderia jogar a responsabilidade por aquilo?

Não dá para entrar em apuros se você não existe, certo?

sam: mg & sc

O pai de Sam estava sentado à cabeceira da mesa, com um chapéu de festa inclinado sobre a cabeça e um sorriso enorme no rosto. Diante dele havia uma mesa cheia de comida. Carneiro assado. Salsichas de porco italianas, salada *fattoush*. Pastas caseiras, batata *harra*, pão sírio e o quibe da sua mãe. Vince e Pete enfiavam comida na boca e ao mesmo tempo gritavam, assistindo a uma partida da Copa do Mundo na televisão. Sam não estava assistindo a nada. Saboreava cada garfada. Molhou seu quibe no molho de iogurte e sentiu o gosto de alho da pasta cremosa na sua língua, seguido pela maciez úmida da carne temperada. Mordeu um tomate seco e a doçura explodiu em sua boca. Seu irmão Pete gritava para ele: "Sam, a Itália marcou um gol, Sam!" Mas Sam não estava nem aí. Mordeu novamente o tomate.

– Sam!

Sam abriu um olho. Andy estava sentado ao lado dele agitando um monte de ervas diante de seu rosto.

– Sam, acorde. Trouxe o café da manhã.

Sam esfregou os olhos e se sentou.

Andy sorriu para ele, triunfalmente.

– Encontrei estes dentes-de-leão, que têm um teor altíssimo de potássio, e um pouco de amaranto também. – Ergueu um punhado de folhas carnudas com aparência suja. – Teor altíssimo de ômega-3.

Sam caiu de costas no chão.

– Por favor, faça com que *isso* seja um sonho. Por favor.

Andy mordeu as folhas de dente-de-leão.

– Delicioso – disse, com uma careta.

– Você não está me convencendo, cara. – Sam se levantou e saiu da cabana. Seu estômago roncou. Não tinha certeza de qual era a pior tortura: estar permanentemente com fome ou permanentemente esquecido. Atravessou uma pequena clareira e foi em direção ao rio.

Andy o seguiu, mastigando suas folhas.

Sam abriu caminho pelos eucaliptos perto da margem. Jake nadava no rio enquanto Felix estava sentado numa pedra, com a cabeça enfiada no seu livro preto esquisito.

– Chega mais, gente! – gritou Jake para Sam e Andy.

Andy balançou a cabeça:

– Minha mãe disse que não é natural afundar na água acima do nível da cintura.

Sam empurrou-o com simpatia para a frente.

– Vamos. Sua mãe não está aqui agora, né?

Sam tirou a camiseta e, depois de um instante de hesitação, Andy o seguiu.

A água congelante era estranhamente revigorante. Sam atirou água em Jake, que atirou-a de volta com mais força ainda. Os dois se viraram para Andy, que só tinha entrado até os tornozelos. Quando estavam prestes a jogar água nele, Andy respirou bem fundo e mergulhou.

Sam e Jake gargalharam.

– U-hú!

Andy veio à tona, espirrando água pela boca.

– Nunca nadei numa água que não tivesse sido tratada com cloro.

– Vem, Felix! – chamou Sam.

Felix balançou a cabeça:

– Valeu, gente, tô legal.

– Que livro é esse que você está sempre escrevendo? – perguntou Sam.

– Meu diário.

– Fala sério! Você está escrevendo um diário? – perguntou Jake.

– Pra quê escrever um diário? – perguntou Sam. – *Acordei. Senti fome. Continuei com fome. Fui dormir. Continuei com fome.* Isso meio que resume tudo. – Sam não entendia por que alguém desejaria escrever um diário, mas, por dentro, desejou ter um caderno para desenhar.

Felix fechou o livro, na defensiva.

– Quem sabe não vai virar um best-seller um dia?

Jake riu, com amargura.

– Ah, é, uma história super pra cima, essa. A história de quatro caras que não existem.

Sam enfiou a cabeça na água. Não queria mais ouvir que ele não existia. Ele *existia*, sim. Sabia disso. Afastou-se dos outros, nadando.

As águas do rio eram marrons e opacas. Sam abriu os olhos embaixo d'água, mas não conseguiu enxergar nada. Nadou devagar. Conseguia segurar o fôlego por quase um minuto. O fato de sempre ter sido alvo dos "afogamentos" dos seus irmãos tinha lá suas vantagens. Se você simplesmente concentrasse sua mente, podia enganar seu corpo e fazê-lo pensar que não era necessário respirar. Sentiu seu diafragma expandir-se, desejando oxigênio. Deixou-o contrair e relaxar. Está vendo? Enganara seu corpo. Não precisava respirar.

Talvez tudo aquilo não passasse disso também: de uma espécie de truque. Talvez eles só precisassem puxar a cortina do mágico para o lado e ver o que realmente estava acontecendo. Qualquer coisa pode parecer o que não é.

Irrompeu na superfície. Havia atravessado o rio no sentido da largura. Viu Andy e Jake brincando de pega-pega na água.

Engraçado, daquela distância parecia até que eles gostavam um do outro.

Estava prestes a voltar nadando quando avistou um brilho azulado entre as árvores. Nadou naquela direção e saiu da água. Ali na margem, coberto ao acaso com alguns galhos, havia um velho barco a remo emborcado.

Sam olhou-o: conhecia aquele barco. Ele e Mia tinham ido ali frequentemente no verão passado para remar pelo rio. Tinham se beijado pela primeira vez naquele barco. Sam ficara tão nervoso, que, assim que o beijo começou, sem querer fez o barco balançar tanto que Mia acabou caindo no rio. Como ele era sem noção!

Ah, se pudesse tê-la de volta, com certeza não faria nada idiota assim. Ele a abraçaria com tanta força que ela jamais cairia na água. Balançou a cabeça e já estava prestes a mergulhar de novo no rio turvo quando um pensamento passou pela sua cabeça.

Virou-se novamente para o barco.

Ele e Mia haviam jurado seu amor um pelo outro ali, naquele barquinho. Olhou para ele. Teria coragem de desemborcá-lo? Será que saber que ele absolutamente não existia seria algo terrível demais para suportar?

Hesitou, mas, então, num único movimento rápido, desvirou o barco.

Ali estava, gravado na lateral: um coração com as iniciais MG & SC.

Olhou para aquilo, chocado demais para reagir. Então, devagar, um sorriso espalhou-se pelo seu rosto.

Lá estava. Era isso o que eles estavam procurando. Aquela era a prova: eles existiam, sim.

Sam mergulhou nas águas e nadou depressa até os outros.

– Ei! – gritou, quando alcançou uma distância de onde podia ser ouvido. – Tenho a prova de que a gente existe. No barco. – Subiu à margem de gatinhas, sem fôlego.

Jake olhou para Sam como se ele estivesse maluco.

— Tá tudo bem, cara? Você comeu algum dos dentes-de-leão do Andy? Porque... sabe?

— Não estou maluco. — Sam sorriu. — Mia e eu gravamos com canivete uma coisa naquele barco no ano passado, e a gravação continua lá. Minhas iniciais. Ou seja: eu *devo* existir.

Os outros olharam para Sam, incertos.

— Vamos, galera! É uma notícia boa, né?

— É, mas você conversou com Mia e ela não fazia a menor ideia de quem você era, esqueceu? — lembrou Andy.

— Quem sabe isso não reacende a memória dela?

Andy assentiu:

— É verdade. E poderia desencadear uma reação em cadeia, fazer a lembrança de todo mundo voltar.

Felix olhou cinicamente para ele.

— Pensei que você tivesse desistido da sua teoria da amnésia.

Andy deu de ombros.

— Não custa tentar.

— Preciso mostrar isso pra ela — insistiu Sam.

Jake balançou a cabeça e disse:

— Cara, você nunca vai conseguir convencer Mia a vir até aqui com você.

— Tem razão. — O sorriso de Sam desapareceu. Mas, um instante depois, animou-se. — Então vamos levar o barco até ela.

Os outros três olharam para ele, sem entender.

— Você quer que a gente leve um barco até Bremin, pra casa da sua namorada? — perguntou Felix, devagar.

— Por que não? Se isso provar que a gente existe...

— Você pode levar o barco até ela de outra maneira — sugeriu Andy.

— Qual?

— Fazendo uma foto.

Sam olhou para ele, impressionado.

— Até que enfim, Bear Grylls teve uma ideia que preste.

— É, o único problema é que os nossos celulares estão descarregados – disse Jake.

Sam pensou por um instante.

— Vou pegar a câmera digital da minha mãe – disse ele, recusando-se a se dar por vencido. – Minha chave de casa ainda funciona. Venham.

Sam ia contente da vida conduzindo os outros pela trilha que levava até sua casa.

Eles passaram na frente de uma garagem aberta. Felix enfiou a cabeça para dentro e viu que estava cheia de equipamentos de acampamento e esporte.

— Já que estamos aqui mesmo, acha que podemos levar algumas coisas?

Sam encolheu os ombros.

— Claro.

Os garotos olharam ao redor da garagem.

— Meu pai é louco por atividades ao ar livre, sacam? Aqui ficam todas as velharias. Ele nem vai perceber se vocês as levarem embora.

Jake apanhou um saco de dormir do Thomas e Seus Amigos.

— É perfeito pra você, Felix.

— Fiquem à vontade, caras. – Sam deixou os outros na garagem e entrou na varanda. A porta deslizante estava aberta e ele ouviu o som monótono do Xbox lá dentro. Ótimo. Quando Vince e Pete estavam na frente daquele treco, nada era capaz de distrair sua atenção.

Abaixou-se rente ao chão e assim seguiu até a cozinha. Ouviu o tinido da vitória na televisão, e Vince levantou-se. Sam rapidamente se escondeu atrás do banco.

— Salvem, salvem o Rei Vince! Pobrezinho do Petey. Deve ser duro ficar em segundo lugar a vida inteira.

Em resposta, Pete ergueu uma das laterais da bunda e soltou alguma arma química perigosíssima.

Vince caiu contra a parede, tossindo.

— Caramba! Que fedor!

Sam aproveitou o momento para abrir a segunda gaveta. Sim! Lá estava ela. Pegou a câmera e guardou-a no bolso.

Estava prestes a rumar direto para a porta quando Vince deu alguns passos em direção à cozinha.

Pete o chamou lá do sofá:

— Já que você tá aí, dá pra me trazer um pastelzinho folhado de feijão?

— Nem pensar, cara. Tá achando que eu tô a fim de morrer?

Sam segurou a respiração. Os pés de Vince estavam a uma braçada de distância de onde ele estava agachado. Seu irmão o veria, com certeza. Como ele iria explicar se o apanhassem com a boca na botija e a câmera na mão?

Eles chamariam a polícia. Ele seria preso e... receberia três refeições por dia, teria uma cama onde dormir. Parecia ótimo, na verdade; o único problema é que nunca mais veria Mia.

Os pés de Vince chegaram mais perto... mas então o ruído de um jogo começou no Xbox.

— Ei, vantagem injusta, seu perdedor! — berrou Vince, voltando para a sala.

Sam saiu em disparada na direção da porta e apanhou no caminho um cacho de bananas da fruteira. Desceu a escada correndo até a garagem.

Sam deixou os outros na cabana, ou "lar improvisado", e rumou de novo para o barco, enquanto comia uma banana. Caminhou rio acima até um trecho onde a água era rasa, depois tirou os sapatos e as meias e atravessou o rio. Até mesmo para o seu olfato, suas meias fediam. Ele as lavou rapidamente e pendurou-as sobre os ombros para que secassem. Não fazia sentido chegar perto de Mia fedendo como um mendigo.

Subiu descalço na margem oposta e seguiu caminho rio abaixo em direção ao barco. Meu Deus, tomara que não tenha sido coisa da sua imaginação. Não era. Lá estava, claro como o dia: MG & SC.

Sacou a câmera e mirou a foto.

Flash.

Perfeito.

Tirou mais algumas, só para garantir, e deixou a câmera pender ao lado do seu corpo.

Certo. Agora tinha provas.

O vento aumentou e as árvores do rio balançaram. Sam virou-se para trás, rapidamente. Teve a sensação inconfundível de estar sendo observado.

– Olá?

Talvez um dos outros caras tivesse ido atrás dele.

Mas não houve resposta, apenas o estalar baixo dos galhos movendo-se com o vento.

Sam estremeceu: aquele lugar o deixava de cabelo em pé. Apanhou os sapatos e saiu correndo dali.

Mia estava no parque dos skatistas com Ellen. Droga. A aparência de Ellen tinha melhorado muito, mas sua personalidade continuava exatamente a mesma: irritante como o diabo.

Quando Sam chegou mais perto, Mia o olhou. Depois virou-se depressa para Ellen e sussurrou alguma coisa.

– Estamos no meio de uma reunião – disse Ellen, cerimoniosamente.

– Só preciso mostrar uma coisinha pra Mia.

— Bom, agora estamos ocupadas, falou? — interrompeu Ellen.

Ignorando-a, Sam sentou-se ao lado de Mia e sacou a câmera. Colocou a foto da gravação no barco diante dela.

— Tá vendo aqui? O barco azul. Verão passado, lembra?

Mia olhou para ele.

— Claro que lembro.

Sam sorriu.

— Verdade? Isso é maravilhoso!

— Eu fiz isso com o meu namorado.

Sam deu um soco no banco.

— Exatamente! Era isso o que eu estava tentando lhe dizer!

Ellen conteve uma risada com uma das mãos. Mia falou devagar e bem claramente:

— Mas você *não é* meu namorado. — Apontou para um cara moreno que apareceu ao seu lado. — *Este* é meu namorado. Sammy.

Sam olhou para o cara. Era esse o namorado de Mia? Esse zero à esquerda, com cabelo cheio de gel?

— Qual é a sua, irmão? — vociferou Sammy.

— Qual é a *minha*?

Sammy estava encarando o skate dele.

— Ei, esse skate aí é meu! Roubaram da minha casa ontem.

— Da *sua* casa?

— É. — Sammy tentou apanhar o skate e então Sam viu uma pulseira da amizade idêntica à dele em seu pulso.

Sam estremeceu. Um pensamento horrível o atravessou. Rapidamente colocou o skate no chão e foi embora.

— Ei, devolva esse skate, seu ladrão!

Sam continuou em frente. Aquele cara. *Sammy*. Do que ele estava falando? Casa *dele*? Namorada *dele*? Não era possível.

Sam foi o mais depressa que pôde até sua casa. Subiu os degraus da varanda. Desta vez, não estava nem aí se o vissem. Não tinha mais importância. A porta de tela estava trancada. Sam sacou sua chave do bolso, enfiou-a na fechadura e abriu a porta.

Deixou o skate cair no chão e apressou-se até as estantes. Retirou um álbum de fotografias e o abriu. Uma foto de *Sammy* sorriu para ele de trás do seu bolo de aniversário de dez anos, com seus pais ao fundo. Os pais de *Sam*.

Sam sentiu-se nauseado. Não queria virar a página, mas seus dedos o fizeram mesmo assim. Lá estava Sammy com roupa de skatista, segurando um troféu depois de vencer uma competição, ladeado pelos seus orgulhosos irmãos mais velhos, Pete e Vince. Os irmãos de *Sam*. Virou mais uma página. Sammy pequenininho, o primeiro dia de Sammy na escola, Sammy na Liga de Pequenos Atletas, Sammy aprendendo a surfar.

Sam não conseguiu mais olhar nada. Fechou o álbum. Não conseguia respirar. Era como estar embaixo d'água, mas sem a possibilidade de ir à tona. Seu diafragma se contraía, mas nenhum ar entrava.

Olhou para cima. Lá, na parede, havia uma foto de estúdio da sua família: mamãe, papai, Pete, Vince e, bem no meio, um Sammy convencido e sorridente.

Sam respirou fundo e o ar entrou em seus pulmões, abriu sua garganta, e ele soltou um grito desesperado, entrecortado. Caiu no chão, lutando para respirar.

Lá fora, ouviu o som da porta de um carro batendo.

Sam levantou-se e foi até a janela. Sua mãe estava na frente de casa. Sua linda mãe. Observou-a retirar o cavalete e as tintas do porta-malas. Ele puxara dela seu amor pelo desenho. Ela o ensinou a melhorar uma situação olhando-a de um ângulo diferente: pintando-a ou desenhando-a. Ela lhe mostrou como desenhar era capaz de modificar as coisas. Ela sempre entendia tudo. Precisava falar com ela, fazer com que ela entendesse.

Correu para fora da casa, na direção dela.

– Mãe!

Ela se virou depressa.

— Nossa, que susto você me deu. Está procurando o Sammy? Ele deve chegar a qualquer momento.

— Não estou procurando o Sammy. Sou eu, o Sam! — Ele segurou seu braço e, quase no mesmo instante, ela começou a respirar com dificuldade. — Mãe, aquele garoto, o Sammy, ele não é seu filho. Eu é que sou!

Sua mãe olhou para ele, lutando para respirar.

— Querido, eu não sou a sua mãe.

— É, sim. Eu juro. — Sam esforçou-se para pensar rápido. Precisava convencê-la. — Todo aniversário você assa um *cheesecake* para a gente. De cereja preta. O mesmo bolo que a sua mãe costumava fazer para você...

Ela pareceu confusa:

— Como?

— Quando tinha a minha idade, você morava na praia e foi campeã júnior de surf. O tio Noel ainda chama você de Gidget...

Sua mãe dobrou o corpo em dois, ofegante.

Sam prosseguiu, desesperado:

— Foi por isso que eu comecei a andar de skate. Pra ser igual a você. — Ele a segurou com mais força. — Sinto tanta saudade de você, mãe. Por favor, lembre-se de mim!

Ele retirou sua mão e, no lugar onde ela estivera, uma erupção vermelha intensa subiu pelo braço da sua mãe. Ela apertou-o com força e então caiu inconsciente nas pedras de frente de casa.

Ah, meu Deus. O que ele havia feito? Será que a matara? Será que o choque foi grande demais? Ele devia ter ficado com sua maldita boca fechada.

Virou-se e voltou correndo para dentro da casa. Apanhou o telefone e discou 000. A voz impessoal do atendente perguntou:

— Qual sua emergência, por favor?

Sam olhou pela janela e viu Sammy correndo pela trilha, direto até a mãe de Sam. Ele observou enquanto ela se levantava vagarosamente. Sammy a abraçou e fez com que ela sentasse no banco do motorista.

— Sua emergência, por favor?

Sam observou sua mãe sorrir e tranquilizar Sammy. Bagunçou carinhosamente o cabelo dele.

Sam desligou o telefone e olhou para os dois através do vidro. Fora absoluta e inquestionavelmente substituído.

andy: um espírito faminto

— Então, se por acaso tivermos topado com um buraco de minhoca, talvez tenhamos atravessado a barreira do espaço-tempo e entrado num universo alternativo. — Andy estava sentado num saco de dormir do Bob, o Construtor, tentando convencer Felix e Jake da sua última teoria.

Deu uma mordida num amendoim e mastigou-o, pensativamente. Vinha pensando naquilo sem parar. A única explicação que de fato fazia sentido era eles estarem em um universo paralelo.

— Grandes corpos de massa podem se movimentar entre planos dimensionais...

A barriga de Andy soltou um barulho terrível.

Felix desviou os olhos de seu livro negro.

— Quanta viagem, cara! — disse Jake, gargalhando.

Andy o ignorou. Precisava se concentrar.

— Uma ponte Einstein-Rosen é basicamente um túnel com dois pontos em diferentes *continuums* do espaço-tempo. — Sua barriga fez outro barulho alto. Andy parou de falar. Talvez Jake tivesse razão. — A gente tem papel higiênico aqui, por acaso?

Jake riu.

— Cara, a gente não tem nem banheiro!

Andy saiu correndo em direção à porta.

Agachou-se atrás de uma árvore, sentindo os efeitos de vinte e quatro horas de uma dieta à base de ervas daninhas. Não eram nada bons. Pior mesmo era contar só com um punhado de folhas para terminar o serviço. Bear Grylls devia ter a constituição de um touro. Os intestinos de Andy Lau estavam mais preparados para digerir bolinhos de carne de porco do que folhas de dente-de-leão.

Tentou afastar a lembrança da comida de sua *nai nai*. Não havia sentido pensar nisso agora. Precisava encontrar um buraco de minhoca lorentziano agora. Se eles haviam mesmo ido parar ali dessa maneira, então com certeza seria esse também o caminho de volta para casa. O único problema era: como se encontra um buraco de minhoca? E, supondo que o encontrassem, como mantê-lo aberto tempo suficiente para transportar quatro garotos? É uma massa tremenda.

Andy franziu a testa. Se eles haviam ido parar ali através de um buraco de minhoca, devia ter sido uma coincidência estranhíssima, portanto, as chances de voltarem pelo mesmo caminho eram infinitesimalmente mínimas.

Suspirou. Como queria conversar com seu pai! Ele, sim, seria capaz de explicar o que havia acontecido com eles usando alguma fórmula matemática complexa que faria um sentido absolutamente lógico.

Andy voltou cambaleante para a cabana. Teria de dar um tempo nas ervas daninhas. Mas eles precisavam de comida, e até agora Andy não conseguira apanhar nenhum peixe. Bear Grylls com certeza fazia tudo parecer mais fácil do que era.

Poderia tentar fazer uma armadilha para capturar animais selvagens. Gambás, quem sabe.

Abriu a porta da cabana. Aquele lugar estava ficando quase aconchegante. Colchonetes de acampar tomavam conta do chão. Jake tinha enchido um colchão de ar velho, e algumas cadeiras antigas rodeavam uma velha mesa de pôquer.

Lar, doce lar.

Jake e Felix estavam discutindo. Felix havia encontrado cinquenta centavos no bolso de uma das antigas capas de chuva do pai de Sam, e Jake queria gastá-los imediatamente. Felix era contra.

— Não dá pra comprar nada de útil com cinquenta centavos. A gente deveria esperar até conseguir mais dinheiro e então juntar tudo.

— E como a gente vai conseguir mais dinheiro? Poderíamos pelo menos comprar chiclete. Lembrar nossas bocas do que elas deveriam estar fazendo.

Andy olhou para a moeda prateada que Felix estava girando entre os dedos. De repente, teve uma ideia.

— Poderíamos conseguir uma senhora refeição com isso!

Jake olhou para ele.

— Nem pensar, cara. Você nunca mais vai ser o encarregado do jantar. Nunca mais.

Andy sorriu.

— Confie em mim, esse jantar será digno de um rei.

Os garotos foram até o centro da cidade. Andy caminhava decidido. Era a melhor ideia que tivera há tempos. Tudo bem: não envolvia nenhum estômago de camelo nem ferver grilos vivos, mas envolvia artimanha e inteligência de caçador. E, se o resultado final era comida, quem se importava?

— Lá está o Sam — disse Jake.

Sam estava sentado num banco ao lado do parque dos skatistas, olhando para o nada.

Os outros o rodearam.

— Tá tudo bem, cara? — perguntou Jake.

— Como é que pode estar tudo bem quando seus pais têm outro filho no seu lugar? E chamam o cara de Sammy, e ele é um skatista profissional, e a namorada dele é a... — Sam olhou para Mia, que estava do outro lado do parque.

Jake acompanhou seu olhar.

— Que droga.

— É isso aí – disse Sam.

Andy não tinha a menor ideia do que dizer. Nunca tivera uma namorada em toda a sua vida, quanto mais perdido uma. Mas sabia de uma coisa que animaria Sam.

— Tá a fim de comer alguma coisa?

Andy abriu a porta da cabine telefônica e os quatro se espremeram ali dentro. Andy assentiu para Felix.

— Certo, pode inserir a moeda.

Felix levantou o braço para inserir a preciosa moeda de cinquenta centavos. O fedor de sua axila subiu até o rosto de Andy.

— Caramba, que horror.

Jake encolheu os ombros.

— Eu já tentei avisar o cara, mas ele me escuta?

Felix fez um muxoxo para os dois, mas Andy já estava muito ocupado digitando um número.

O telefone tocou duas vezes e sua *nai nai* atendeu. Andy sentiu uma vontade imensa de lhe dizer o quanto sentia saudades e o quanto a amava. Mas lembrou como o perseguira com um cutelo de carne e se conteve.

— Alô, Sra. Lau... sim... dois números 22, com pimenta extra. Isso mesmo... quatro números 63... e um 54. O endereço de entrega é Acacia Court, 144... Sim, pagamento em dinheiro.

Felix inclinou o corpo para a frente.

— Peça frango com limão.

— Sério? Isso nem é chinês de verdade. — Andy voltou para o fone. — E um 37. Só isso, obrigado. Qual o prazo de espera?

Desligou.

Jake não parecia nem um pouco impressionado.

— E agora, o que a gente vai fazer? Matar o entregador?

— O ninja deve aprender a esperar – disse Andy, misteriosamente.

Os quatro esperaram em frente ao restaurante chinês Lily Lau, do outro lado da rua.

A irmã de Andy, Viv, e sua *nai nai* estavam lutando para desenrolar um banner na frente do estabelecimento. Ali estava escrito, em letras vermelhas intensas: FESTIVAL DO ESPÍRITO FAMINTO.

Todos os anos, a *nai nai* de Andy o obrigava a fazer bolinhos para os espíritos famintos. Parecia que, se não fossem alimentados, ficavam com raiva – muita raiva.

Andy achava que tudo aquilo era muito supersticioso, mas *nai nai* insistia na tradição. Portanto, todos os anos, ele e Viv faziam montanhas de bolinhos perfeitos que jamais podiam comer. Certa vez, ele roubara um da pilha e *nai nai* batera nele com o rolo de macarrão.

Andy suspirou. Bons tempos aqueles.

Um homem gordo com bigodão curvado saiu pela porta lateral do restaurante carregando algumas sacolas de plástico.

– É ele. Kevin – sussurrou Andy.

O homem saltou numa lambreta com as palavras RESTAURANTE CHINÊS LILY LAU impressas na lateral e deu partida.

– Vamos! – disse Andy, enquanto a lambreta seguia ruidosamente pela rua.

Naquele momento, Viv o avistou.

– É ele de novo! – berrou. – O tarado!

Andy e os outros saíram em disparada pela rua atrás da lambreta. Aquela nova versão de Viv o incomodava. Nunca havia se dado muito bem com ela, mas agora que ela sofrera um transplante de personalidade, ele percebeu que sentia saudades de sua boa e velha irmã.

A lambreta virou à direita na rua principal.

– Certo – disse Andy, indicando aos outros que parassem atrás de uma árvore perto da banca de jornal. – Kevin tem uma queda pela jornaleira. Todas as tardes ele lhe entrega escondido um pacotinho de bolinhos do amor. Lá vem ele.

Kevin passou reto pela jornaleira.

O rosto de Andy caiu.

– Talvez, nesta realidade, as coisas sejam diferentes...

Kevin parou em frente ao correio, postou uma carta e virou a lambreta. Parou bem na frente da jornaleira.

Andy sorriu.

– Certo, agora prestem atenção e aprendam.

Kevin apanhou um pacote da lambreta e entrou na banca de jornal.

Andy saiu correndo pela rua. Apanhou as sacolas de comida e voltou para o local onde estavam os outros, bem a tempo de ver a expressão do rosto de Kevin, ao descobrir que sua entrega havia desaparecido.

Os garotos se sentaram ao sol, em frente à cabana. Andy desembrulhou as pequenas caixas de plástico e colocou-as reverentemente sobre a grama.

– 63: garras de fênix, vulgo pés de galinha ao vapor. 22: fígado à Sechuan com ervilha-torta. E 54, o principal: *Chu Kiok Chou*, pés de porco ao vinagre.

Jake e Sam olharam arrasados para a comida.

– Por que você não pediu comida normal, seu nerd? – murmurou Jake.

Andy olhou de rabo de olho para Jake enquanto ele apanhava um pé de porco. Era inacreditável. Providenciara comida para todo mundo, o que era muito mais do que Jake já tinha feito. Endireitou os ombros.

– Por que você não para de me chamar de nerd?

Jake quase sorriu, mas rapidamente escondeu o sorriso enfiando uma ervilha-torta na boca.

Andy olhou para Felix, que parecia meio espantado.

– Ah, quase ia me esquecendo... – Retirou outra caixinha da sacola e abriu-a com um floreio. – Número 37: frango ao limão.

Felix sorriu, agradecido.

– Valeu, Andy.

Andy apanhou seus hashis e começou a comer. Comer a comida de sua *nai nai* exerceu um efeito estranho. Sim, era deliciosa, mas, a cada mordida, Andy sentia mais saudade de casa.

Cada sabor e cada tempero pareciam estar relacionados a alguma lembrança. *Nai nai* batendo nos nós de seus dedos por ter dobrado a massa do bolinho do jeito errado, seu pai lhe contando histórias para dormir sobre física de partículas, Viv derrotando-o na feira de ciências e sua mãe obrigando-o a usar três regatas por baixo da roupa para ir à escola quando a temperatura caía abaixo de zero.

Engraçado como as coisas que mais o irritavam na sua família eram aquelas que mais traziam saudade.

Andy sentiu uma lágrima cair e rapidamente enxugou os olhos.

– É a pimenta.

Jake sustentou seu olhar por um instante.

– Mandou bem, nerd. – Só que, dessa vez, disse "nerd" sorrindo.

Andy sorriu de volta. Observou Jake, Sam e Felix devorando a comida. Pode ser que ele não fosse o Bear Grylls, mas aquele banquete não tinha sido nada mau.

De repente, uma sombra escura cobriu o sol e o dia claro virou cinzento.

Os garotos olharam para o céu. De algum lugar veio um uivo longo e grave. Eles se entreolharam, nervosos. O que seria *aquilo*?

– Provavelmente é só uma pantera que veio pegar o Andy – brincou Jake, tentando aliviar o clima.

O uivo lento e lamentoso se repetiu, mas, dessa vez, parecia mais próximo.

– Acho melhor a gente entrar – disse Felix, abaixando os hashis.

Uma brisa começou a agitar as árvores ao redor quando eles se levantaram. O vento aumentou de intensidade, ganhando força. Chicoteou ao redor deles em círculos, levantando gravetos e cascas de árvores que estavam caídos no chão.

– É o tornado de novo! – berrou Jake, enquanto o vento girava e uivava.

Andy tentou se mexer. Pôs uma perna na frente do corpo, mas o vento estava tão forte que forçou sua perna para trás. Os outros lutavam contra o vento também, tentando desesperadamente alcançar a cabana.

Ouviram outro uivo de arrepiar, agora mais alto, como se estivesse bem ao lado deles. O cabelo de Andy se arrepiou, e, quando ele se virou, viu um vulto encapuzado parado imóvel na floresta.

– Ali! – gritou ele, por cima do vento, para os outros. – Tem alguma coisa ali!

Eles se viraram para olhar, mas o vulto sumiu.

Andy fechou os olhos. Não acreditava em espíritos. Não era possível provar a existência de espíritos, eles não eram científicos. Não passavam de pura imaginação.

Abriu os olhos novamente e, desta vez, o vulto estava mais próximo. Um capuz negro cobria seus olhos, mas Andy sabia quem ele era. O espírito faminto. Abriu a boca e gritou.

Por um segundo, o vento parou. As folhas e gravetos caíram no chão e o vulto estranho desapareceu.

– Entrem. *Depressa!* – gritou Felix.

Eles saíram correndo em direção à porta da cabana. Assim que a alcançaram, o vento voltou a ganhar força. Pedras e gravetos voaram na direção deles.

Sam tentava abrir a trava, sem sucesso.

– Não quer abrir!

Andy olhou por cima do ombro, aterrorizado.

Outro uivo. Tão alto desta vez, que pareceu sacudir o telhado da cabana.

Felix e Jake atiraram-se contra a porta, e a tranca finalmente cedeu. Correram para dentro e Sam trancou a porta com força. O vento arremeteu contra ela, quase como se estivesse decidido a entrar. Felix e Jake empurraram algumas tábuas velhas de madeira para mantê-la fechada, enquanto Andy e Sam empilhavam todos os objetos pesados que encontraram na cabana.

O telhado estalou e uivou com o vento. Os uivos esquisitos aumentaram de volume, cada vez mais.

Felix acendeu o lampião a gás e os garotos se aninharam em seus sacos de dormir, unidos. Andy olhou para a chama vacilante do lampião. Tentou acalmar seus pensamentos. Não acreditava em espíritos, só acreditava no que era racional, comprovável. Aquilo era só uma tempestade. Só isso.

Os garotos se uniram mais ainda, envergonhados de seu medo.

– Cara, que coisa mais bizarra – disse Sam, escondendo a cabeça entre as mãos.

A cabana começou a sacudir quando a trovoada estrondou acima deles.

Raios iluminaram a janela, e naquele segundo, Andy viu seu completo terror refletido no rosto dos outros.

– Tem alguma coisa lá fora – murmurou Felix. – Mas acho que não é forte o bastante para entrar.

– Nossa, valeu, cara. Que consolo – disse Jake.

Todos se aproximaram ainda mais uns dos outros, amedrontados demais para falar.

Depois do que pareceram horas, os uivos morreram e foram substituídos pelo som mais confortador da chuva batendo ritmicamente no telhado de alumínio. Um a um, os garotos, exaustos, caíram no sono.

Andy ficou deitado em seu saco de dormir, pensando no quanto havia desejado viver uma aventura. No quanto implorara à sua família que o deixasse ir à excursão. No quanto quisera ficar no meio do mato, contando apenas com sua inteligência para se proteger. Que tolo.

Se alguém lhe desse a chance de escolher entre ser um menino singapuriano mimado de barriga cheia ou estar aqui no meio do mato, com espíritos uivando lá fora... Bem, ele sabia qual seria sua escolha.

Andy acordou ao som do canto dos pássaros. Abriu um olho. Sua cabeça estava deitada num travesseiro macio. Por um instante ele pensou que estivesse em sua própria cama, embaixo dos seus lençóis com estampa do Sistema Solar e sua mãe estivesse lhe trazendo *congee* e pãezinhos ao vapor numa bandeja. Mas, não, o travesseiro na verdade era a barriga de Jake. Que na verdade não era assim tão macia. Aliás, era até meio úmida. Oh. Aquilo era sua baba.

Andy se sentou e olhou ao redor da cabana. O sol entrava pela janela. Sam e Jake estavam dormindo nos sacos de dormir, com os rostos esgotados. Felix não estava por perto.

Com um estremecimento, Andy se lembrou da tempestade da noite anterior. Não acreditava que tivesse conseguido cair no sono depois disso. Parecia que nem havia acontecido nada, a julgar pelo estado das coisas ao redor.

Andy se levantou e saiu da cabana.

Felix estava lá fora inspecionando o chão, segurando seu livro preto. Penas, folhas e gravetos cobriam todo o chão ao redor do abrigo deles.

– Isso não é nada bom.

Andy tentou parecer mais confiante do que se sentia de fato.

– É por causa da tempestade, né? Por isso, tudo está caído desse jeito.

— Acho que não — retrucou Felix, com gravidade. — Existe um padrão, tá vendo? É como se alguma espécie de espírito houvesse estado aqui.

Andy estremeceu. *O espírito faminto.* Balançou a cabeça. À luz do dia, lá fora, a ideia da existência de espíritos parecia ridícula.

— Bom, como então você explica a tempestade, os uivos e o vulto perto das árvores?

— Quer dizer que você também viu o vulto?

— Vi, vi, sim — respondeu Felix. — Acho que alguma coisa está atrás da gente.

Andy olhou para as cascas de árvore e penas ao redor. Sim, pareciam mesmo estar ordenadas em um padrão organizado. Afastou seu medo: devia haver uma explicação racional para aquilo.

— Será que não foi uma pantera? — arriscou.

Felix fez um muxoxo.

— Ah, dá um tempo. Não dá pra acreditar nisso.

— Bom, isso explicaria os uivos e as coisas sendo arrastadas.

— Se acredita mesmo nisso, você está vivendo num mundo de fantasia. — Felix anotou alguma coisa no seu livro negro e foi embora.

Andy sabia que aquela história de pantera não fazia o menor sentido, mas nada na noite passada fazia. Aquele vulto esquisito, a tempestade assustadora. Era como um sonho maluco.

Então algo lhe ocorreu: quem sabe Felix não tivesse mesmo razão? Quem sabe eles não estivessem de fato vivendo num mundo de fantasia?

Pensou em quando caíram do alto daquele penhasco. Foi a partir dali que tudo tinha começado a dar errado. Ele se lembrava de como havia se levantado sem nenhum ferimento ou hematoma, quando deveria haver pelo menos algum, certo?

Talvez, na queda, todos eles tivessem ficado inconscientes e tudo aquilo *de fato* não passasse de um sonho. Era isso! A Navalha de Occam: a solução mais simples era a mais óbvia.

— Precisamos acordar! – disse Andy, de repente.

Felix se virou e olhou para Andy como se ele estivesse completamente pirado.

— Ainda estamos na floresta – disse Andy.

— Bom, tá na cara – retrucou Felix.

— Não – corrigiu Andy. – Ainda estamos na floresta onde a gente *caiu*. Estamos *inconscientes*! Morrendo de fome e sede enquanto sonhamos tudo isso.

Felix fez que não.

— Ontem você estava procurando buracos de minhoca.

— Eu sei, mas isso aqui faz muito mais sentido. Tudo isso não passa de uma fantasia, uma última tentativa de nossos neurotransmissores se agarrarem à vida.

Felix o encarou.

— Sabe de uma coisa? Quanto mais você fala, menos eu entendo.

— Olhe isso – disse Andy, decidido a fazer Felix entender.

Correu o mais rápido que pôde em direção a uma árvore, atingiu-a de frente com toda a força e em seguida caiu no chão. Levantou-se, com as pernas bambas, segurando a cabeça.

— Não foi forte o suficiente. Preciso de alguma coisa mais forte para me acordar de verdade.

— A noite passada não foi assustadora o suficiente pra você?

Porém, Andy não estava mais prestando atenção. Precisava encontrar alguma coisa poderosa o bastante para dar um choque em seu corpo e fazê-lo despertar.

De repente, entendeu o que precisava fazer.

Olhou o relógio de pulso.

O ônibus escolar passava pela Glenview Road mais ou menos neste horário todas as manhãs. Se conseguisse chegar lá a tempo, sairia correndo na frente do ônibus e o choque da colisão o acordaria. Era assim nos sonhos, certo? Logo antes da pior coisa que podia acontecer com você, seu corpo automaticamente acordava.

Saiu correndo pela trilha de terra, passando pelas árvores baixas, e irrompeu do meio do mato. Subiu sem fôlego a encosta gramada e atravessou algumas ruelas suburbanas pacatas até chegar à Glenview Road. Ouviu o ruído de um motor e em seguida avistou o ônibus a uns cem metros de distância, indo em sua direção. Andy respirou fundo e se preparou para o pior.

Era isso. Ele voltaria para casa.

Então, notou uma garota do outro lado da rua indo a pé para a escola, com o uniforme da Bremin High. Estava com fones de ouvido e perto do meio-fio, não tinha como ver o ônibus indo atrás dela. Seria mesmo a... amiga de Felix, Ellen? Parecia completamente diferente.

Tentou não se distrair. Sabia que aquela era a sua chance. Se pudesse se ater ao seu plano, sairia deste pesadelo.

O ônibus se aproximou e Ellen pisou no asfalto. Naquele átimo de segundo, Andy viu que o motorista tinha se virado para trás para gritar alguma coisa com os alunos. O ônibus tinha se desviado e agora ia direto na direção de Ellen.

Sem pensar, Andy atirou-se em cima dela para afastá-la da estrada, e os dois caíram numa vala. O ônibus passou a toda velocidade por eles, numa mancha de movimento, e seguiu caminho, sem perceber nada.

O coração de Andy batia como um louco e ele se deu conta de que estava caído bem em cima de Ellen. Com o impacto da queda, seus fones de ouvido haviam caído.

Ela o olhou com os olhos arregalados, a expressão um misto de choque e espanto.

– Ai, meu Deus – disse, sem fôlego.

Andy estava atônito. Sentiu seu corpo macio sob o dele. O cheiro de xampu de seu cabelo enchia suas narinas e o hálito dela roçava seu pescoço.

Ele saiu de cima dela o mais depressa que pôde.

– Desculpe.

– O quê? – Ela riu, sem acreditar, e sentou. – Você... você acabou de salvar minha vida!

Ela era linda.

E Andy não tinha a menor ideia do que fazer.

felix: abelhudos, caiam fora

Felix afastou-se da cabana, imerso em pensamentos. Primeiro foi o tufão, e agora aquela tempestade medonha deixara coisas espalhadas ao redor em padrões misteriosos. Subiu num pequeno morro e virou as costas para olhar para trás.

Respirou fundo.

Com um pouco de distância, os padrões formados pelos gravetos, cascas e folhas ficavam claramente definidos. Formações espiraladas bastante específicas apontavam na direção da cabana, como se ele fosse um alvo. Felix estremeceu. Não tinha sido uma simples tempestade. Seja lá o que tivesse vindo na noite passada, estava atrás deles, e a cabana franzina mal conseguira protegê-los.

Sobre o telhado de alumínio corrugado havia uma espiral, como se uma broca gigantesca houvesse tentado abrir caminho por ali. Seja lá o que fosse aquela coisa, ou criatura, estava determinadíssima a apanhá-los.

Felix sentou-se no morro e abriu seu Livro das Sombras.

Começou a desenhar. Sua mão movia-se rápido, quase como se ele não a estivesse controlando. Com impulso semelhante ao que sentiu quando desenhou os objetos estranhos pendurados nas árvores, ele desejava registrar aqueles padrões e descobrir o que eram. Se identificasse o que os estava perseguindo, poderia descobrir o que havia acontecido.

Encheu páginas e mais páginas de desenhos. Espirais e mais espirais.

Desenhou até seus olhos começarem a doer, depois abaixou a mão. De que adiantava? Ele só estava dando voltas – literalmente. Como descobriria o que havia acontecido com eles? Era como tentar solucionar o sudoku diabólico do seu pai sem saber as regras do jogo. Não, espere aí. Era pior. Era como tentar resolver um sudoku sem sequer ter um jornal.

Suspirou e estava prestes a fechar o livro quando alguma coisa o impediu. Olhou para o padrão espiralado que havia desenhado tantas vezes. Havia alguma coisa de familiar ali. Será que ele já o havia visto antes?

Então tudo se encaixou. Aquelas espirais eram iguais às que ele tinha visto no Livro das Sombras que encontrou na seção dos fundos da loja de artigos esotéricos, a Arcane Lane, quando entrou ali escondido. Minha nossa, parecia que fazia uma eternidade.

E o vulto assustador da noite passada... o modo como ficara parado entre as árvores, olhando para eles... Parecia a mulher que ele tinha visto entre as árvores no dia em que eles desapareceram na floresta. Ele não havia mais pensado nesse assunto desde então, mas foi muito estranho ver a mulher da Arcane Lane ali. Como era mesmo o nome dela? Penelope? Poppy? Phoebe? Sim, era isso. Phoebe.

O que ela foi fazer lá? Por que o seguiu? Tinha de haver uma conexão.

Guardou o Livro das Sombras na mochila. Será que a Arcane Lane também existia nesta realidade? Ele precisava conferir. Se existisse, ele poderia dar mais uma olhada naquele Livro das Sombras e quem sabe então topar com alguma pista sobre aquilo que os estava perseguindo. Ele devia isso aos outros, no mínimo.

Felix saiu trotando pela floresta rumo à cidade. Na trilha de terra, avistou Andy caminhando em sua direção, com uma cara espantada.

– Você já se levantou?

O rosto de Andy ganhou uma estranha coloração rosada.

— Na verdade, creio que os buracos de minhoca são uma explicação melhor.

— Bom, beleza, boa sorte, então — retrucou Felix. Não tinha tempo para discutir física quântica. Não que entendesse do assunto, claro. Além disso, tinha outro plano.

Na cidade, Felix dobrou uma esquina e subiu os cerca de doze degraus da escadaria que ficava atrás do estacionamento, depois parou, sem fôlego. A Arcane Lane continuava ali. Exatamente do jeito que ele lembrava.

Na vez passada ele entrara na sala dos fundos quando Phoebe estava atendendo Mia, dando conselhos de como fazer pulseirinhas da amizade. Encontrara seu Livro das Sombras numa gaveta e folheara suas páginas, em busca de um feitiço que pudesse ajudar Oscar. Encontrou algo que pensou que poderia servir e, no verso do caderno, achou um mapa desenhado à mão que indicava a localização de um lugar mágico na Floresta de Bremin. Tinha acabado de copiá-lo quando Phoebe o apanhou com a boca na botija e o expulsou da loja.

Felix respirou fundo. Com sorte, naquele mundo a responsável pela Arcane Lane seria uma senhora doce e idosa.

Espiou pela janela. Droga. Não tivera esta sorte.

Uma Phoebe com cara de mau humor estava sentada atrás do balcão, embrulhando cristais em pequenos sacos Ziploc.

Felix hesitou. Precisava pensar em outro plano. Não podia simplesmente entrar ali e pedir para olhar seu precioso Livro das Sombras. Olhou ao redor, procurando uma ideia.

Um sino de vento pendurado fora da loja começou a tilintar ao vento.

Felix olhou para o sino por um instante. Se conseguisse soltar as peças, talvez conseguisse ganhar tempo suficiente para o que era preciso. Esticou a mão e fechou as partes do sino para silenciá-lo, depois afrouxou cuidadosamente o fio que o pendurava ao teto.

Talvez desse certo.

Felix entrou na loja e Phoebe olhou para ele.

– Não vendemos livros de vampiro.

– Não quero livros de vampiro.

Phoebe revirou os olhos e voltou a seus cristais.

– Me equivoquei, então.

Felix olhou ao redor. A loja era exatamente como ele se recordava. Apanhadores de sonhos presos no teto. Estranhas estátuas de povos nativos da América do Norte dividiam o chão com sapos de cerâmica, velas que iam até a altura do joelho e fadas com caras enlouquecidas.

Correu o dedo pelos títulos dos livros, fingindo estar interessado: ALQUIMIA, CURA ESPIRITUAL, AUTOAJUDA, WICCA, ORÁCULOS.

Pou!

Momento exato.

Phoebe empurrou a cadeira para trás com um suspiro e veio pisando pesado. Abriu a porta da loja e, assim que fez isso, Felix pulou para trás do balcão.

Abriu a cortina de contas e entrou no quarto negro. Nas paredes havia diagramas emoldurados. As estantes estavam lotadas de livros empoeirados e vidros com espécimes de aparência estranha girando em líquidos. No meio da sala havia a grande escrivaninha de madeira onde Phoebe guardava seu Livro das Sombras.

Felix andou de fininho até a escrivaninha. Se nada tivesse mudado, o livro deveria estar na segunda gaveta à direita. Abriu-a e lá estava. Apanhou o livro, enfiou-o por dentro do casaco e saiu de fininho até a entrada da loja. Para seu alívio, Phoebe continuava lá fora, lutando contra o sino dos ventos caído. Felix escondeu-se atrás de uma arara com fantasias de fadas. Pôs o Livro das Sombras de aparência antiga em cima de uma pilha de livros e o abriu.

As páginas tinham feitiços, tal como ele se lembrava. Feitiços para tudo que se pudesse imaginar: *Como voar. Como falar línguas antigas. Como impedir que seu coelho fuja.* Felix folheou as páginas com ansiedade e parou de repente. Lá estava: o diagrama em espiral. Rapidamente ele sacou seu Livro das Sombras e olhou para o desenho que havia feito. Eram idênticos. Seus olhos se iluminaram. Ele virou a página e começou a ler. *Estes símbolos representam as marcas de...*

– Encontrou o que você estava procurando?

Felix fechou o livro de repente e virou-se. Phoebe estava de pé atrás dele com os braços cruzados.

– Ah, não. Ainda estou procurando.

Phoebe estendeu a mão.

– Devolva meu livro, obrigada.

Felix hesitou.

– Estava na estante.

– Não minta pra mim.

Felix tentou outro caminho.

– Eu só... Por favor. Eu preciso muito conferir uma coisa.

Phoebe balançou a cabeça.

– Não.

– Por favor!

– Não.

Felix entregou-lhe o livro com relutância e Phoebe levou-o para o balcão.

Felix foi atrás dela. Não podia desistir. Precisava descobrir o que significavam aquelas espirais.

Phoebe guardou o Livro das Sombras embaixo do balcão, longe de vista. Olhou para Felix.

– Acho que você não tem mais nada para fazer por aqui.

Felix respirou fundo, precisava arriscar.

– Nós... quer dizer... estou sendo perseguido por algo malévolo e preciso de...

– Não use a palavra "malévolo". É tão preconceituoso.

Felix suspirou. Ela não estava facilitando as coisas, mas ele não iria desistir. Sabia que de alguma maneira ela estava relacionada com tudo aquilo.

– Tudo bem, malévolo não, mas ruim. Muito ruim. Acho que é alguma espécie de espírito. – Ele olhou cautelosamente para ela.

Phoebe revirou os olhos.

– Um espírito *ruim?* Nossa, que amedrontador pra você. – Indicou a caixa no balcão, cheia de cristais em saquinhos. – Por que não compra um saco com amuletos de proteção?

Felix olhou para os cristais que nada prometiam.

– Quanto custa?

– Quanto você tem?

Felix encolheu os ombros.

– Nada.

– Foi o que pensei.

Felix não teve certeza se deveria ou não levar uns amuletos. Seria melhor do que não ter proteção nenhuma.

– Eu poderia pagar com meu trabalho, se você quiser. Trabalhar alguns turnos aqui de graça.

Phoebe pareceu horrorizada com a ideia.

– Nem pensar. Leve um dos saquinhos e pronto. Estão fora do prazo de validade mesmo.

Felix apanhou um dos sacos de dentro da caixa.

– Desde quando amuleto de proteção tem data de validade?

– Desde que começaram a ser fabricados na Coreia.

Felix olhou para os cristaizinhos minúsculos que pareciam ser de plástico.

– E funcionam?

– Se você tiver o dom, sim, Felix.

Felix olhou de supetão para ela. Phoebe o estava encarando com atenção.

– Como você sabe o meu nome?

Phoebe sustentou seu olhar e em seguida sorriu.
– Está escrito no seu livro.
Felix olhou para baixo e viu seu nome escrito em seu Livro das Sombras, que estava saindo da mochila aberta. Apanhou mais um saquinho de amuletos só para garantir.
– Obrigado, *Phoebe*.
Caminhou até a porta.
– Espera aí. Como é que você sabe o meu nome?
Felix sorriu e deixou a porta bater ao sair. Aquilo a deixaria com a pulga atrás da orelha. Desceu novamente os degraus e voltou para a rua. Sentiu algo estranho. Um barulho vinha de cima, meio parecido com o que ele ouvira nos fios dos postes dias atrás. Olhou para o alto e percebeu que o ruído não vinha dos fios, mas sim das árvores. Era um zumbido e aumentava cada vez mais. Ele segurou os cristais dentro do seu bolso. Caramba, tomara que os cristais de plástico da Coreia pudessem protegê-los.
À sua frente, num canto, Felix avistou Ellen. Ela estava de pé perto de um poste, colando um flyer. Seu coração deu um pulo.
– Ei, Ellen, é... esse o seu nome, não é?
Ela olhou para ele. Seus olhos estavam vermelhos como se ela houvesse chorado.
– Como vai? – perguntou Felix, sem saber o que mais dizer.
– Tudo bem – respondeu ela sarcasticamente. – Primeiro quase fui atropelada por um ônibus a caminho da escola, depois o Wiki some.
Felix leu o flyer.

DESAPARECIDO

UM JACK RUSSELL

ATENDE PELO NOME DE WIKILEAKS

– O que aconteceu com ele? – quis saber Felix.
– Não sei. Ele não voltou pra casa ontem à noite.

— E se você colocar umas balas Twist na varanda?

— Como você sabe que Wiki gosta de Twist? — perguntou ela, desconfiada.

— Foi só um chute. — Felix deu de ombros. — Posso ajudar você a procurá-lo, se quiser. — Ellen definitivamente não era a mesma naquele mundo, mas talvez, se eles começassem a sair mais juntos, a conexão entre eles ressurgisse.

— Se ele vir você, provavelmente vai sair correndo — disse Ellen, indo embora.

Felix observou a amiga se afastar, magoado. Ser rejeitado pela sua melhor amiga não era uma sensação agradável.

— Cuidado! — gritou alguém que de repente virou voando a esquina e quase derrubou Felix.

Felix recuperou o equilíbrio.

— Oscar?

Trent e Dylan viraram a mesma esquina numa rápida perseguição. Empurraram Felix para o lado e saíram correndo atrás de Oscar, sumindo por uma das ruas.

Felix disparou atrás deles. Oscar podia não ser seu irmão neste mundo, mas mesmo assim ele podia ajudá-lo.

Encontrou Oscar encurralado por Trent e Dylan no fim da rua.

— Ei, deixem ele em paz.

Os dois o ignoraram. Dylan pressionava Oscar contra a parede de tijolos enquanto Trent fuçava sua mochila escolar. Ele abriu a lancheira de Oscar e enfiou um donut de geleia na boca.

— Avise sua mãe que prefiro bem mais os donuts de chocolate, Oscar.

Oscar tentou se desvencilhar das mãos de Dylan.

Trent tirou uma nave espacial de brinquedo de dentro da mochila.

— Olha só pra isso, o esquisitão tem um brinquedinho... — Colocou a nave no chão e deixou o pé pairar em cima dela.

Oscar tentava desesperadamente se libertar.

— Por favor, não faça isso. É uma Valtirian...

– Deixem ele em paz! – disse Felix, com mais autoridade.

Trent se virou e mediu Felix longamente.

– Você ouviu alguma coisa, Dyl?

Dylan fez que não, e o pé de Trent esmagou a nave espacial.

– É isso o que você ganha por ser um esquisito, seu *esquisitão*!

Felix sentiu a raiva aumentando dentro de si. Uma coisa era as pessoas o chamarem de esquisitão, mas outra bem diferente era chamarem seu irmão assim.

Foi para cima de Trent:

– Não chama ele de esquisitão!

Trent e Felix caíram no chão. Trent segurou o braço de Felix e o torceu às costas. Felix levantou o joelho e atingiu a virilha de Trent com toda a força.

Trent gritou de dor e soltou de leve o braço de Felix.

– Pega ele, Dyl!

Dylan afrouxou o aperto em Oscar enquanto Trent se enrodilhava em posição fetal.

– Corre, Oscar! Corre! – berrou Felix.

Oscar saiu correndo enquanto Dylan avançava ameaçadoramente para cima de Felix.

Felix esticou o pé e Dylan tropeçou. Caiu no chão com um baque surdo em cima do piso de pedrinhas. Antes que ele conseguisse entender o que havia acontecido, Felix pulou por cima dele e disparou atrás de Oscar pela rua.

Oscar foi rápido. Quando Felix finalmente o alcançou, ele já tinha quase chegado em casa.

– Espera aí, Oscar! – chamou Felix. – Eles não estão vindo atrás de você.

Mas Oscar não deu ouvidos, ou não ouviu. Correu até a frente de casa, saltou os degraus da entrada, entrou e fechou a porta com força antes que Felix conseguisse alcançá-lo.

Felix esmurrou a porta, mas não houve resposta.

– Oscar?

Uma voz abafada veio do outro lado.

– Me deixe em paz.

– Dá um tempo! Eu acabei de te salvar!

Oscar abriu uma fresta da porta e olhou para fora.

– Não me salvou nada! Só fez esses caras me odiarem ainda mais. Em geral, eu sou o número quatro da lista deles, mas depois dessa vou passar a ser o número dois. Antes de Mikey Parker – e olha que o cara leva um unicórnio de pelúcia pra escola. Por isso, se manda e pronto, tá bom? – Fechou a porta com força.

Felix escutou os passos de Oscar se afastando.

Que ótimo. Aquilo tinha dado supercerto.

Uma abelha bateu em sua cabeça. Qual o problema dessas abelhas?

Outra o atacou em seguida, depois outra.

Agora meia dúzia de abelhas estava ao seu redor. Felix de repente percebeu o que era o estranho zumbido que havia ouvido antes. Abelhas.

Observou-as desconfiado.

Certo. Precisava entrar em casa, quer Oscar gostasse ou não.

Olhou para o velho olmo do jardim da frente. Havia um galho que levava diretamente à janela do quarto de Oscar.

A última coisa que Felix queria era subir no olmo: evitara aquela árvore durante anos. Mas, dessa vez, ele não tinha escolha. Se ficasse ali fora seria ferroado até a morte.

Felix passou a perna por cima do primeiro galho e começou a subir. As abelhas ficaram lá embaixo, rodeando. Enquanto Felix subia, tentava desligar suas memórias, mas elas vinham mesmo assim: ele e Oscar subindo juntos. Felix alcançando o galho mais alto e incentivando Oscar a subir só mais um pouquinho, só mais um pouquinho. E então o som terrível da madeira se quebrando, como um osso se partindo ao meio, e Felix olhando para baixo e vendo Oscar lá embaixo, um simples corpo quebrado caído no chão.

Afastou a lembrança dolorosa da cabeça. Não tinha mais importância, não é? Oscar agora podia andar. Felix não precisava mais se sentir culpado. Bom, pelo menos não por aquilo.

Alcançou a janela de Oscar e espiou para dentro. Oscar estava no chão brincando com suas naves espaciais. Seu quarto estava cheio de bonequinhos de alienígenas, parafernálias de Star Trek e revistas em quadrinhos, tudo vigiado por um crânio gigantesco que fazia as vezes de abajur. Cara, Oscar naquele mundo era um nerd e tanto.

Felix bateu na janela.

Oscar olhou para ele e balançou a cabeça, irritado.

Felix bateu de novo, com mais força.

Oscar o ignorou.

Felix olhou para baixo e viu que as abelhas estavam começando a enxamear-se em torno da árvore. Berrou desesperadamente pela vidraça:

– Se você não me deixar entrar, vou passar a noite aqui e você vai ficar sendo conhecido como o cara com um melhor amigo esquisito que mora numa árvore. Aí você vai passar a ser o número um da lista de ódio do Trent e...

Oscar suspirou, derrotado, e abriu a janela.

Felix caiu dentro do quarto e rapidamente fechou a janela atrás de si.

– Só as meninas falam "melhor amigo" – disse Oscar, voltando à sua brincadeira.

As abelhas enxamearam ao redor da janela e bateram no vidro.

– Olha, a gente mal se conhece – disse Oscar. – Não sei por que você quer tanto ser meu amigo. É estranho.

Felix encolheu os ombros.

– Acho que fui com a sua cara.

Oscar pareceu ligeiramente perturbado com aquela ideia.

Felix olhou ao redor, procurando um argumento mais convincente.

– Ou talvez eu simplesmente adore brincar com naves-mães de Triasnite e atacar alienígenas mortíferos da constelação de Centauro.

Os olhos de Oscar se iluminaram.

– Verdade?

– Claro – disse Felix. Olhou com nervosismo para a janela, que estava agora quase que completamente coberta de abelhas.

– Uau – falou Oscar. – Você deve ter incomodado a colmeia delas.

Felix sentiu uma pontada de medo. Aquilo devia ser outro ataque. Tirou os cristais coreanos do bolso e os levantou na direção da janela.

– Cuidado com o poder repelente dos cristais.

A força das abelhas só pareceu aumentar. Oscar olhou para ele de um jeito estranho.

– O que você tá fazendo?

Felix guardou os cristais no bolso. Quanta besteira. Obrigado por nada, Phoebe.

Precisava voltar para a loja e convencê-la a lhe mostrar seu Livro das Sombras. Era sua única chance. Ele precisava de magia de verdade, não daqueles cristais ridículos. Mas não podia deixar Oscar ali sozinho. E se as abelhas conseguissem entrar em casa?

– Olha, a gente precisa sair daqui e pedir ajuda. Mas não podemos sair pela frente; portanto, vamos pela rota de fuga secreta.

Oscar olhou para ele com desconfiança.

– Como é que você sabe da rota de fuga secreta?

Caramba, ele precisava ser mais cauteloso. No seu mundo, Felix e Oscar haviam criado uma rota de fuga secreta que ia da janela da lavanderia até os fundos da casa. Neste mundo, Oscar devia ter feito o mesmo, mas sozinho.

– Ah, foi telepatia – disse Felix, sem saber o que responder.

Para sua surpresa, Oscar sorriu.

– Nossa, que demais! Você é, tipo, um alienígena com poderes intergalácticos?

Felix imaginou que aquela era uma explicação tão boa quanto qualquer uma que pudesse inventar.

— É, mais ou menos isso. Vamos nessa.

Felix e Oscar desceram as escadas correndo.

— Caramba! — exclamou Felix ao ver que as abelhas, agora reunidas em milhares, haviam coberto a janela da sala com seus corpos raivosos e vibrantes.

Os garotos saíram correndo até a cozinha. Oscar abriu o armário embaixo da pia e apanhou duas latas de inseticida. Entregou uma para Felix. Os dois dispararam até a lavanderia e pularam o tanque, que ficava embaixo da janela. As abelhas ainda não tinham alcançado a lavanderia, mas o zumbido era ensurdecedor.

Felix e Oscar levantaram suas latas, com os dedos nos gatilhos.

— Tá pronto? — perguntou Felix.

Oscar sorriu.

— Você até que é legal, para um alienígena.

Apesar da possibilidade de morrerem com milhares de ferroadas de abelhas, Felix sorriu também.

— Um, dois, três! — Abriu a janela. — *Já!*

felix: terra água ar fogo

Felix e Oscar irromperam porta adentro da Arcane Lane. Felix fechou a porta de vidro atrás deles enquanto Oscar matava com uma borrifada de inseticida uma abelha que havia conseguido entrar ali com eles.

Phoebe olhou para eles do balcão.
— Ei, tirem esse treco daqui. É cheio de fluorocarbonetos.
— Então me dê uma coisa que não seja inútil — disse Felix, colocando os cristais coreanos sobre o balcão.

Phoebe apanhou os cristais e os jogou na lata de lixo que ficava atrás do balcão.
— Eu podia ter lhe dito isso.
Felix inclinou-se na direção dela.
— Preciso dar uma olhada no seu Livro das Sombras.
— Desculpe, mas é proibido para menores de idade.
— Preciso olhar seu Livro das Sombras. Por favor.
Phoebe olhou para ele, exasperada.
— Escuta aqui, garoto, não posso...

Felix caminhou até a porta da frente e, com um movimento brusco, abriu as venezianas. Phoebe arregalou os olhos. Enxameando-se na porta havia uma parede de abelhas tão densa que a rua já não era mais visível.

— Deixa eu adivinhar uma coisa: você foi perturbar uma colmeia?
Felix fez que não.
Phoebe saiu da cadeira e apanhou seu Livro das Sombras, que estava guardado embaixo do balcão.

– Certo. Venham.

Felix e Oscar seguiram Phoebe até a sala dos fundos. Oscar olhou ao redor, impressionado, enquanto Phoebe colocava o livro reverentemente sobre a escrivaninha.

Ela estava prestes a abri-lo, mas parou. Olhou Oscar longa e intensamente.

– Quem é você, exatamente?
– Ele é meu... – começou a dizer Felix.
– Amigo. – Oscar terminou a frase para ele.

Felix sorriu. Amigo servia, pelo menos por enquanto.

Phoebe virou-se para o livro novamente.

– Eu não estaria sorrindo se fosse você. Não se eu estivesse sendo perseguido por um exército de abelhas.

– Não são só as abelhas... o problema é esse. – As palavras saíram aos trambolhões da boca de Felix. Era um alívio poder ser capaz de dizer isso a alguém. – Primeiro foi um tufão estranho, aí na noite passada, uma tempestade que deixou umas espirais no chão, e um vulto encapuzado que...

Phoebe olhou para ele depressa:
– Um vulto encapuzado? Onde você estava?

Felix hesitou. Será que tinha falado demais?
– Na floresta.
– Você conseguiu ver seu rosto? – perguntou Phoebe. Seus olhos pareciam irradiar uma luz escura.

Felix de repente teve uma sensação muito forte de que talvez não devesse ter contado tudo que acontecera nos últimos dias a Phoebe. Não tinha a menor ideia se podia ou não confiar nela, e revelar coisas demais poderia ser um enorme erro. Rapidamente ele deu para trás.

– Não. Na verdade, talvez nem tenha sido mesmo um vulto. A tempestade estava muito intensa e tudo se movimentava por conta do vento. Pode ter sido só uma árvore.

Phoebe olhou para ele, desconfiada.
– Uma árvore?
– Claro.
– Ontem não teve tempestade nenhuma – disse Oscar, intrigado.
– Ontem o tempo estava parado como uma pedra, Felix. – Os olhos de Phoebe cravaram-se nele.

Felix olhou desconfiado para os dois:
– Têm certeza?
– Isso significa – disse Phoebe, voltando ao seu Livro das Sombras – que alguma coisa está mirando em você, especificamente. – Ela encontrou a página que estava procurando. – Aqui está. Ataques elementais.

Felix torceu o pescoço para olhar por cima do ombro.
– O que é isso?
– Os quatro elementos. Terra, água, ar e fogo. Parecem familiares?
– Não. Não muito – disse Felix, evasivo.
– Bom, são os blocos construtores do mundo natural. Se algo os perturba, qualquer um dos elementos pode se rebelar em sua defesa. – Ela olhou-o intensamente. – Você perturbou alguma coisa que não devia, Felix?
– Não. Claro que não. – Felix olhou para o outro lado. Claro que sim. Ele havia perturbado tudo.
– Ele é um alienígena. Isso conta? – perguntou Oscar, alegremente.

Phoebe ignorou Oscar e abriu uma gaveta. Tirou de lá uma velha caixa puída e colocou-a à sua frente.
– A maioria das pessoas vem aqui atrás de velas aromáticas e estátuas de golfinhos. Ninguém sabe nada sobre magia de verdade. – Ela acarinhou pensativamente a caixa. – Mas, se você está sendo vítima de um ataque dos elementos, então pela lógica você deve representar uma ameaça, e se representa uma ameaça é porque possui algum poder mágico. Certo?

Felix estava começando a se arrepender de ter ido até lá para pedir ajuda. Estava diante de perguntas demais que ele não podia responder. Ele estava prestes a dar uma desculpa e sair quando se lembrou do que o aguardava lá na frente. Na verdade, ele não tinha escolha.

Deu de ombros.

– Não sei. Pode ser.

Phoebe abriu o fecho da caixa.

– Certo, então. Vamos descobrir.

Dentro da caixa havia um talismã redondo grosseiramente talhado, preso em um cordão. Estava dividido em quatro partes iguais. Cada parte tinha sido gravada com inscrições indecifráveis. Phoebe o apanhou e colocou-o com cuidado em cima da mesa, depois acendeu uma vela.

– Este talismã foi da minha irmã, Alice. Ele é capaz de oferecer proteção contra ataques dos elementos, mas primeiro precisa ser ativado por alguém dotado de poderes especiais. – Seus olhos negros encararam Felix ao lhe entregar o Livro das Sombras aberto numa página com um feitiço. – Alice foi uma bruxa poderosíssima. Este livro era dela. – Ela gesticulou para a página aberta. – Leia.

Felix olhou para o feitiço.

Phoebe encheu uma pequena tigela com água e outra, com terra. Colocou-as sobre a mesa enquanto Felix lia.

– *Divindades dos elementos, eu vos convoco. Terra...*

Phoebe segurou sua mão e colocou-a dentro da tigela de terra.

– *Água...*

Phoebe enfiou a mão dele na tigela de água.

– *Ar...* – Felix soprou sobre o talismã.

– *Fogo...* – Felix segurou a vela e levou a chama até o talismã.

– *Invoco que coloqueis nesta pedra*
Vossa grande força, e a bondade que medra
E enquanto esta pedra estiver em minha mão

Estareis a salvo neste mundo de imensidão.
Terra. Água. Ar. Fogo. Eu vos invoco.

Phoebe segurou o talismã e o colocou no pescoço de Felix.

– Certo, agora vamos lá mostrar para aquelas abelhas quem manda aqui.

Felix ficou parado diante da porta, nervoso. Havia ainda mais abelhas do que antes, se é que isso era possível. Ele tocou o talismã e, então, depois de respirar fundo, abriu a porta.

As abelhas o enxamearam – minikamikazes focadas na missão da destruição final.

Felix caiu dentro da loja novamente, berrando de dor.

Phoebe fechou a porta com toda a força. Apanhou o inseticida e acabou com a meia dúzia de abelhas que havia conseguido entrar. Abaixou a lata e olhou para Felix.

– Bom, isso foi uma decepção.

Felix sentiu a dor terrível das ferroadas das abelhas.

– Nem me diga.

Phoebe pegou uma pomada de calêndula de uma das prateleiras e atirou-a para ele.

– Experimente isso aí.

Felix se sentou e passou a pomada nas ferroadas. Ajudava um pouco, mas sua pele latejava sem parar.

– Devolva este talismã. – Phoebe estendeu a mão. Felix segurou o talismã contra o peito. Não iria desistir assim tão facilmente; aquela talvez fosse sua última esperança.

– A gente só tentou uma vez.

– Quê? Você está pensando em sair de novo? Vá em frente, então.

Felix olhou para a porta. As abelhas pareciam estar crescendo tanto de tamanho quanto de número. Bem, talvez não.

Virou-se para Phoebe.

– Talvez não tenha sido ativado do jeito certo.

– Bom, só pode ser ativado por alguém com poderes mágicos, coisa que obviamente você não tem. Portanto... – Ela estendeu a mão mais uma vez. – Passe isso já pra cá.

Felix de repente vivenciou um sentimento de possessividade intenso e estranho. Não queria devolver o talismã para Phoebe. Sentia como se ele lhe pertencesse. Não iria desistir sem lutar.

Esforçou-se para pensar. Terra, água, ar e fogo eram os elementos necessários para ativar o talismã. Os mesmos elementos de que *ele* havia precisado. E Phoebe disse que os ataques elementais só aconteciam se algo da natureza houvesse sido perturbado.

Olhou para ela de repente.

– E se os elementos necessários para ativar o talismã pertencerem a outro mundo?

Oscar olhou para Phoebe ao ver sua teoria confirmada.

– Eu disse que ele era um alienígena.

Phoebe pareceu confusa.

– Não sei se estou acompanhando seu raciocínio.

– Para nos proteger dos elementos deste mundo, precisamos de elementos do nosso próprio mundo – continuou Felix, animado.

Phoebe e Oscar se entreolharam:

– O quê?

– Venham. Precisamos encontrar os outros.

– Que outros? – perguntou Oscar.

– Como você está planejando dar o fora daqui? – perguntou Phoebe.

Felix estacou. Boa pergunta. Não havia absolutamente nenhuma maneira de passar por aquelas abelhas.

– Quero o talismã de volta, Felix – insistiu Phoebe.

Felix tentou pensar rápido:

– Me dê só mais uma chance de ativá-lo, e, se não funcionar, eu o devolvo. Prometo.

– E se funcionar? – perguntou Phoebe.
Felix hesitou. O que ela queria, exatamente?
Phoebe aproximou-se dele.

– Eu ajudo você a ir embora daqui, mas com uma condição: que, se o talismã funcionar, você fará algo muito importante pra mim em troca.

Que escolha ele tinha? Precisava sair dali e encontrar os outros.

– Claro – disse Felix. – O que você quiser.
Phoebe sorriu.

– Então, combinado. Venham. Minha Kombi está na garagem dos fundos.

A Kombi de Phoebe estacionou na frente da cabana e Felix e Oscar saltaram. Pareciam ter despistado as abelhas, pelo menos por enquanto.

– Valeu, Phoebe – gritou Felix.
Phoebe enfiou a cabeça para fora da janela.

– O quê? Só isso?

Explicar Oscar aos outros já seria difícil, mas explicar por que ele estava andando com a mulher esquisita da loja de magia seria mais ainda.

– Para que a ativação funcione preciso do mínimo de interferência possível, só isso. Eu aviso se der certo.

Phoebe olhou desconfiada para ele.

– Lembre-se do nosso pacto, certo? Estou aqui esperando.

Felix e Oscar caminharam a passos rápidos em direção à cabana.

– Olha, não fala nada de magia pra eles, tá bom? Eles não entendem.

– Eles são alienígenas como você? – perguntou Oscar.

– Claro. Do planeta Cretino.

– Então precisamos encontrar os elementos, né?

– Há-há. Eu aviso o que...

Felix ouviu um zumbido alto e em seguida avistou uma nuvem negra aparecendo por sobre a colina.

– Corra!

Eles correram até a cabana e, uma vez lá dentro, Felix bateu a porta com toda a força. Jake, Andy e Sam olharam para ele.

– O que ele está fazendo aqui? – perguntou Jake, olhando para Oscar.

– Agora isso não tem importância. – Felix atirou as duas latas de inseticida para Sam e Jake. – Abelhas – disse, apontando na direção do telhado, que agora vibrava com o som do enxame de milhares de abelhas. – Simplesmente deem um jeito de elas não entrarem.

As abelhas estavam encontrando todas as frestas possíveis do telhado e das paredes para entrar. Sam e Jake começaram a bombear o inseticida enquanto Andy tentava desesperadamente fechar os buracos das paredes.

– E agora? – Oscar sussurrou para Felix.

– Para ativar este talismã protetor, acho que preciso colocá-lo em contato com quatro elementos do nosso próprio mundo. – Ele olhou ao redor. – Jake! Tem um buraco ali – gritou Felix. – Precisamos fechá-lo. Atire seu sapato pra cá.

Jake tirou seu sapato e o lançou para Felix.

Felix raspou a terra do solado e passou-a no talismã.

– Jake. Prático, teimoso, truculento. Terra.

Os olhos de Oscar se iluminaram.

– Então quer dizer que esses caras é que são os elementos?

– Se não forem, estamos fritos – retrucou Felix.

Um enxame de abelhas irrompeu por uma emenda enferrujada da parede. Sam borrifou inseticida como um louco. Andy tossiu.

– Andy. Pensador fluido, meio úmido. Água.

Felix entregou a Oscar um lenço para que ele desse a Andy.

– Tome.

Andy apanhou o lenço e assoou o nariz com força, depois devolveu o lenço molhado para Felix, que o esfregou no talismã.

– Que nojento – disse Oscar, torcendo o nariz.

– Agora só falta o egoísta, superficial e sonhador Sam. Ar. Precisamos apenas apanhar um pouco da sua respiração.

As abelhas continuaram seu ataque, batendo com força nas paredes lá fora.

– Pronto. O quarto final do campeonato. Preparem-se para a guerra! – gritou Jake. Torceu o nariz. – Quem foi que soltou um peido?

– Nossa, espero que este não seja o último cheiro que vou sentir na vida – gemeu Andy.

– Foi mal, galera. É só o nervosismo antes da competição – disse Sam, em tom de desculpas.

Felix cutucou Oscar.

– Vai lá.

Oscar agitou o talismã atrás de Sam, coletando o "ar".

Enquanto os três continuavam a lutar, Felix entrou embaixo de umas tábuas que estavam fazendo as vezes de cama improvisada. Na semiescuridão, acendeu seu isqueiro. Desenhou um círculo na poeira e colocou o talismã em seu centro.

– *Divindades dos elementos, eu vos convoco.* – Ele acendeu o talismã.

Terra, água, ar, fogo.
Invoco que coloqueis nesta pedra
Vossa grande força, e a bondade que medra
E enquanto esta pedra estiver em minha mão
Estareis a salvo neste mundo de imensidão.
Terra. Água. Ar. Fogo. Eu vos invoco.

O talismã soltou um raio de luz e então aos poucos começou a brilhar. Um suave brilho dourado, que gradualmente aumentava de intensidade à medida que o zumbido das abelhas caía no silêncio.

Felix olhou para a pedra. Havia funcionado! Ele mal podia acreditar. Tinha ativado o talismã. Pode até ser que não houvesse descoberto como voltar para casa, mas havia encontrado uma maneira de protegê-los até lá.

– Nota D em participação, esquisitão – disse Jake, enquanto puxava as tábuas de cima de Felix.

Os outros estavam todos ao redor, olhando para ele.

– Você vai sair pra receber seu prêmio de covardia ou não? – disse Sam.

Felix escondeu o talismã dentro da manga da camisa. Não estava preparado para revelar a verdade a eles ainda. Talvez, quando eles parassem de agir como completos otários...

– Foi o Felix quem salvou vocês – interveio Oscar. – Ele fez um feitiço.

– Ah, não brinca, Oscar – disse Jake. – Acho que você vai acabar descobrindo que ele se escondeu embaixo da cama.

Oscar virou-se para Felix.

– Conte pra eles, Felix.

– Não tem problema. Eles pareciam ter a situação sob controle, por isso deixei a cargo deles.

Oscar olhou para ele, sem acreditar.

– Mas...

Jake, Sam e Andy saíram de perto, enojados.

Oscar agachou-se ao lado de Felix.

– Mas por que você não...

– O que foi que eu lhe disse? Cretinos.

Oscar sorriu.

– Nossa, aquilo foi sensacional! O feitiço deu certo.

– Valeu. Você ajudou demais.

– Acho que a gente forma uma bela dupla.

– É mesmo.

Oscar arrastou os pés no chão, tímido.

– Sei lá, de repente você poderia aparecer mais vezes em casa. Isto é, se não estiver ocupado demais com seus negócios de alienígena, nem lutando contra ataques de insetos.

Felix sorriu. Danem-se os outros. Pelo menos seu irmão estava começando a gostar dele.

– Seria bem legal.

jake: figura paterna?

Sentado na beira do rio, Jake atirava pedras na água.

Os outros estavam deixando-o louco. Andy e suas teorias malucas: primeiro a amnésia, depois os buracos de minhoca, agora ele não parava de falar na teoria das cordas, seja lá o que fosse. Felix não tomava banho há três dias e passava o tempo todo lendo aquele seu livro e recitando poemas estranhos, como se aquilo pudesse levá-los de volta para casa. E Sam... ele estava enfrentando uns problemas bem pesados, claro, mas mesmo assim conseguia roncar dez horas por noite e impedir que os outros tivessem um sono decente.

Jake atirou outra pedrinha e observou a água se ondular em círculos cada vez maiores. O pior de tudo era o fato de ele estar preso naquele lugar, sem ter a menor ideia do que estava acontecendo, enquanto seus pais levavam vidas perfeitas sem ele.

Seu pai já não era mais o cara que batia ponto no bar da esquina e xingava na frente da televisão. Não, agora ele era o cara que dizia àquele camarada que estava na hora de voltar para casa. E sua mãe já não negociava com o agente imobiliário o atraso dos aluguéis. Agora era ela que alugava casas para os outros e era dona da melhor casa da rua. Caramba, as vidas de seus pais eram mil vezes melhores sem ele. Então onde é que ele se encaixava?

Atirou mais uma pedra. Seus pais estavam contentes, não é? Ele devia simplesmente aceitar isso, mas, caramba, como era difícil. Ele desejava fazer parte daquela felicidade.

Queria que seu novo pai policial jogasse basquete com ele e o levasse para andar em seu carro. Queria preparar o jantar com sua mãe e assistir com ela a séries policiais na televisão, competindo para ver quem descobriria primeiro o criminoso. Era isso que ele queria. E não ficar no meio do mato com aqueles três...

— Ei, Jake. — Era Felix. — Vamos. É o dia da coleta de lixo na cidade.

— E daí?

— E daí que podemos conseguir umas coisas boas. Pra cabana.

Jake atirou outra pedra. Que ótimo. Agora eles iriam fazer melhorias no lar. Iupiii.

Jake seguia atrás dos outros pelas ruas secundárias de Bremin. Andy tinha descolado um carrinho de supermercado e o estava enchendo de trastes velhos. Havia conseguido um aparelho de som antigo inteirinho, com caixas de som e tudo, um micro-ondas, e agora tentava encaixar ali dentro um galinheiro. Jake suspirou e chutou umas folhas. Sério, de que adiantava?

— A polícia. Abaixem-se — gritou Felix.

Jake se escondeu atrás de uma velha máquina de lavar. Um carro policial passava lentamente pela rua. Jake o observou. No banco do motorista, seu pai inspecionava a rua com olhos de águia. Jake o viu se afastar no carro.

Sam virou-se para ele:

— Cara, aquele ali era seu pai?

Jake virou o rosto para o outro lado e disse...

— Pois é.

Felix e Andy o encararam.

— Seu pai é policial?

Jake respirou fundo.

— É. E minha mãe se casou com o Bates e agora é dona da sua própria imobiliária. — Era quase um alívio poder dizer aquilo tudo em voz alta. Seguiu-se um silêncio.

— Cara, que merda, hein? – comentou Sam.

Jake o olhou com o canto do olho. Sam parecia quase aliviado com o fato de a vida de outra pessoa estar tão ferrada quanto a sua.

— Totalmente inacreditável, mas se encaixa perfeitamente na minha teoria – disse Andy, intrometendo-se na conversa.

— Que é...? – perguntou Felix, cinicamente.

— Que é a de que estamos em um universo paralelo e que nosso mundo ainda existe. Só precisamos encontrar um jeito de voltar.

— Quer dizer então – disse Sam, devagar – que o nosso mundo ainda existe?

— Mas é claro. É por isso que precisamos encontrar o buraco de minhoca. Para conseguirmos achar o caminho de volta.

— E como vamos fazer isso? – perguntou Jake.

— Estou tentando descobrir – disse Andy, e virou-se para Jake. – É extraordinário, não é, que num universo sua mãe seja uma mãe solteira em dificuldades financeiras e seu pai, o maior perdedor do mundo, enquanto em outro ela seja uma executiva casada e seu pai, um oficial da lei.

Jake se empertigou completamente, sem se importar com quem estava vendo ou não.

— O que você quer dizer com isso, hein?

— Nada – respondeu Andy, de modo evasivo. – Foi um comentário, só isso.

— Um comentário de que eles têm uma vida muito melhor sem eu ter nascido.

— Eu não disse isso.

— Nem precisava.

— Vamos, gente – chamou Felix. – A barra está limpa.

— Valeu, nerd.

Andy furiosamente tentou voltar atrás.

— Eu não quis dizer isso. A mudança não foi necessariamente para melhor. Os policiais são famosos pelos problemas de colesterol e hipertensão, e li numa pesquisa que os agentes imobiliários vêm atrás dos operadores de telemarketing no quesito confiabilidade.

Jake se afastou dos outros. Não queria ouvir aquilo. Ele sabia que era verdade. Que a vida de seus pais realmente era melhor sem ele. Nem mesmo Andy poderia escapar desse argumento.

Jake parou. Um corvo negro estava ali, imóvel, no meio do caminho e o olhava ameaçadoramente.

– Xô! – Jake gesticulou para a ave, mas ela se recusou a ir embora.

– Ei, Jake! – gritou Felix. – Pode me dar uma mãozinha?

Jake virou-se relutantemente e voltou para onde os outros estavam.

O corvo saltitou ao lado dele. Jake o chutou, mas ele se recusou a sair de seu lado. Voou para o alto de um velho fogão a gás e grasnou para ele.

– Qual o problema desse pássaro? – Felix foi em direção ao corvo, e, quase imediatamente, a ave voou até uma árvore próxima.

Jake encolheu os ombros.

– Sei lá, ele não para de me seguir.

– Venha, me dê a mão pra gente pegar esse estrado – disse Felix.

Jake, porém, estava olhando fixo para o velho fogão, inundado pela lembrança de uma ocasião em que visitou seu pai, depois do divórcio. O pai tinha ficado na frente de um fogão exatamente como aquele, só de cueca, agitando uma lata de feijão cozido diante de Jake.

– Como é que você vai cozinhar, se cortaram seu gás *de novo*? – perguntou Jake.

A falta de gás não impediu seu pai de cozinhar naquele dia, não foi? No final, ele deu um jeito. Jake sorriu. Talvez... Quem sabe...

– Ei, Felix – chamou Jake. – Aqui!

Os garotos empurraram o carrinho de supermercado lotado até a cabana. Sam e Jake carregavam o velho fogão e o colocaram encostado contra a parede.

Sam balançou a cabeça.

– Cara, odeio ter de lhe dizer isso, mas não dá pra cozinhar sem...

Jake não estava escutando, porém. Saiu novamente. Ele tinha visto o treco quando eles chegaram. Deve ter sido abandonado quando a pessoa que usava a cabana fez churrasco.

Lá estava! Empoeirado, enferrujado, mas ainda assim um botijão de gás.

Jake o carregou para dentro da cabana. Ainda devia ter um pouco de gás, com certeza. Seu pai havia lhe dado uma aula longa e complexa sobre como derrotar o sistema. Jake não havia prestado muita atenção naquele momento, mas se lembrava do básico. Checar se os bocais se encaixavam. Sempre usar um regulador ao conectar a mangueira. Ele apanhou a mangueira e a encaixou atrás do fogão. Os bocais se encaixavam.

– Ei, Felix. Manda seu isqueiro.

Sem olhar para cima, Felix atirou-lhe seu isqueiro.

Sam girou o acendedor e Jake acendeu o fogo perto de uma das bocas do fogão.

Uuuuush. A boca se acendeu.

Jake, Sam e Andy gritaram de alegria. Sam deu um tapinha nas costas de Jake.

– Cara, você é uma lenda!

Jake olhou para Felix, que estava sentado no seu saco de dormir com o livro aberto, brincando com um colar esquisito.

– Ei, Felix! Vem dar uma olhada.

Felix mal olhou para a cena.

– É, demais.

– Cuidado para não se mijar de tanta alegria – disse Jake, depois virou-se para os outros. – Quem tá a fim de uma refeição de verdade? Sei fazer um sanduba de bacon irado!

– A gente não tem comida – lembrou Sam.

– E daí? Vamos comprar!

– Mas a gente não tem dinheiro – disse Andy.

– E daí? – Jake de repente se sentiu confiante. Talvez devesse tentar extrair o melhor do fato de estar num mundo alternativo, sem pais. – Quem vem comigo?

Sam e Andy se entreolharam.

– Se tem comida no meio, eu estou dentro – disse Sam.

Todos se viraram para Felix, que estava de olhos fechados e parecia cantarolar qualquer coisa.

– Deixem ele pra lá – disse Jake.

No caminho até a cidade, uma criança fantasiada de Super-Homem andando numa BMX parou diante deles.

– Algum de vocês se chama Andy? – perguntou Telly. Sam e Jake apontaram para Andy. – Minha missão é lhe entregar isto. – Ele lhe entregou um bilhete cor-de-rosa dobrado em triângulos.

Andy olhou o papelzinho com ar desconfiado. Aproximou o nariz do bilhete e o cheirou.

– O que é isso?

– Lavanda – disse Telly, olhando com medo para Jake.

– Pode ficar sossegado, falou? Não tenho motivos pra roubar sua bicicleta – disse Jake, com grosseria. Mas, para falar a verdade, bem que ele tinha. Andar de bicicleta por Bremin cheio de falsas esperanças era mil vezes melhor do que não ter esperança nenhuma.

Andy desdobrou o bilhete.

– VC mais E à potência de U igual coraçãozinho – leu. – O que é E à potência de U?

– É *você* mais *eu* igual a *amor* – disse Telly. – Mas o *eu* aí não sou eu – acrescentou ele, depressa.

– Quem mandou isso?

– É segredo – respondeu Telly. Voltou a montar a bicicleta e saiu pedalando.

Andy virou-se para Jake, confuso.

— Ninguém nunca gostou de mim antes. A não ser pelos meus pais, claro. Mas isso é compulsório.

— Não liga, cara. Você tem sorte de alguém neste mundo gostar de você — retrucou Jake, cheio de amargura.

Os garotos caminharam pela rua principal de Bremin e entraram no MiniMart da cidade, onde encontraram o pai de Felix olhando desconfiados para eles.

— Não tenho muita certeza se essa é uma boa ideia — sussurrou Sam para Jake.

— Beleza, então, não precisa entrar. Basta não atrapalhar e ficar de olho. Cante se precisar avisar a gente.

— Cara, eu não sei cantar.

— Não tem importância. Vá. Andy e eu faremos o trabalho sujo.

Andy parecia horrorizado.

— Jake, não posso.

— Corredor número dois. Rápido, estamos sendo vigiados. — Jake empurrou Andy para um corredor e caminhou casualmente por outro, seguindo na direção dos produtos refrigerados.

Ovos, bacon, pão. Seria o suficiente.

Apanhou uma dúzia de ovos e parou para pensar em como colocaria aquilo dentro da calça. Ele poderia obviamente tirá-los da embalagem e colocá-los um a um nos bolsos, mas provavelmente os ovos se quebrariam. Roubar um supermercado não era tão fácil quanto parecia. Ele se afastou mais um pouco e apanhou um pacote de bacon. Certo, isso era possível. Enfiou o bacon dentro das calças.

— *A-tirei o pau no ga-to-to...*

Jake ouviu Sam cantar, completamente desafinado. Puxou o suéter para baixo e virou-se em direção ao corredor seguinte. Andy estava de pé com as mãos cheias de amostras grátis de pipoca de micro-ondas.

– A gente tem fogão, não micro-ondas! – disse Jake, entredentes.
– *Mas o ga-to-to...*
– É o Sam. Vamos, a gente precisa dar o fora daqui.

Eles entraram num corredor, de onde tinham uma visão livre da frente do supermercado. Ali, entrando pelas portas deslizantes, vinha o pai de Jake. Falou rapidamente com o pai de Felix, que apontou para os garotos.

– *Dona Chi-ca-ca, admirou-se-se...* – O canto de Sam parecia mais um guincho do que uma música.

– Certo – Jake virou-se para Andy. – A gente sai correndo quando eu disser já. Preparado?

Andy fez que sim.

– *Já!*

Jake e Andy saíram correndo em direção à porta do supermercado. Saíram como um raio, reuniram-se a Sam e viraram à esquerda na rua principal.

– Ei, voltem aqui! – gritou o pai de Jake atrás deles.

– Não se preocupe. Meu pai é um moleirão. Nunca irá conseguir nos alcançar – disse Jake sem fôlego enquanto eles corriam.

Olhou por cima do ombro. Droga. A versão policial do seu pai estava em forma. Pra falar a verdade, estava ganhando deles.

– Por aqui! – berrou Jake, virando uma esquina num beco.

Sam e Andy o seguiram. Viraram a mesma esquina, mas o beco não tinha saída.

Jake virou-se e viu seu pai descendo o beco a toda velocidade em sua direção. Quando estava a cinquenta metros de distância, desacelerou.

– Muito bem, garotos. Acho que precisamos ter uma conversinha, não acham?

– Deixem que eu o distraio – sussurrou Jake. – Vocês dois deem o fora.

– Uma gangue de ladrõezinhos, hein? Sabem que outra gangue de garotos invadiu a escola na semana passada? Mas a gente conseguiu gravar tudo com as câmeras de segurança. Sabem de alguma coisa a respeito? – Ele se aproximou dos garotos.

Jake o observou. Era meio incrível o fato de até o jeito de ele andar ser diferente. Seu antigo pai usava chinelos e meio que arrastava os pés. O pai policial de fato levantava os pés!

– Estou falando com você, rapaz.

Jake chutou uma lata de lixo com toda a força para o meio do caminho do seu pai e o desequilibrou.

– *Corram!* – berrou.

Diante disso, Andy e Sam saíram correndo pelo beco, desviando do pai de Jake. Mas Jake continuou parado onde estava. Ótimo. Andy e Sam estavam a salvo. E ele?

Seu pai deu um passo em sua direção. A lata de lixo estava no meio do caminho entre os dois. Jake hesitou. Seu instinto era sair correndo, mas alguma coisa dentro dele estava se recusando a fazer isso. Talvez, se deixasse seu pai pôr as mãos nele, descobrisse como era possível uma pessoa mudar tanto.

Seu pai segurou o braço dele com força.

– Você. Como se chama?

– Jake.

– Jake do quê?

Jake olhou para o nome gravado no uniforme de seu pai: 1º SARGENTO GARY RILES.

O que ele diria se lhe contasse a verdade?

– Só Jake.

– Bem, Só Jake, você precisa me acompanhar.

Plop!

Jake sorriu nervosamente quando o pacote de bacon que ele havia enfiado dentro das calças caiu sobre o chão com calçamento de pedra.

Na delegacia, o pai de Jake indicou uma cadeira para Jake sentar e sentou do outro lado da mesa.

Jake observou curioso a mesa do primeiro-sargento Gary Riles.

– Endereço?

Jake apanhou uma caneca dos Bremin Bandicoots.

– Você gosta dos Bandicoots?

– Não, parceiro. Sou só seu fã número um. Telefone?

Jake balançou a cabeça.

– Nomes dos seus pais?

Jake balançou a cabeça de novo.

Seu pai abaixou a caneta.

– Podemos ficar aqui sentados o dia inteiro se preciso for. Então por que não corta logo esse joguinho e me diz o nome dos seus pais? Provavelmente eles devem estar morrendo de preocupação.

Jake sentia vontade de rir, mas pensou duas vezes.

– O senhor acha?

– Por mais estranho que isso possa parecer a você, os pais se importam com os filhos, apesar de todas as encrencas que eles aprontam.

É mesmo?, pensou Jake. Até os filhos que eles nem sabem que tiveram?

– Então, que tal um trato? – continuou seu pai. – Você me conta onde estão seus pais e a gente deixa de lado as acusações de furto.

Por um instante, Jake pensou em contar tudo a seu pai: que ele era o filho que ele e Sarah tiveram quinze anos atrás. Que em outro mundo Gary Riles era um fracassado desempregado que nunca se lembrava de apanhá-lo na escola nem de levá-lo ao treino de futebol. Que ele não sabia nem cozinhar feijão enlatado sem queimar a panela. Que havia começado seis cursos técnicos e não terminou nenhum.

– É um acordo mais do que justo, rapaz.

Jake hesitou.

– Não sei mais quem eles são. – O que basicamente era a verdade mesmo.

Seu pai soltou um suspiro.

– Bom, se não puder se "lembrar" de quem eles são, também não vou poder soltar você tão...

Jake sorriu.

– Tudo bem. Eu fico com o senhor.

Seu pai foi pego de surpresa.

– Há. Roberts – chamou.

Um jovem policial apareceu.

– Faça a foto deste garoto e leve ao setor de pessoas desaparecidas. – Ele clicou em alguma coisa no seu computador.

– No que o senhor está trabalhando? – perguntou Jake.

– Estou tentando descobrir quem são os quatro vândalos que invadiram o ginásio da escola no domingo e acabaram com o lugar – respondeu ele, com voz ríspida. Virou o monitor para mostrar a tela a Jake.

O queixo de Jake caiu. Lá estavam eles – correndo pelo ginásio, atirando bolas e rolos de papel higiênico por toda parte como maníacos. Ele não sabia ao certo se era bom ou mau, mas uma coisa era certa: eles com toda a certeza existiam.

– Parecem familiares?

Jake balançou a cabeça. Por sorte as imagens tinham sido obtidas de um ângulo tão amplo que era impossível reconhecer qualquer rosto. Mas seu pai obviamente sabia que eram eles. E agora? Será que eles seriam presos? O que a polícia faria com eles, se não conseguisse localizar seus pais?

Seu pai deu zoom em um vulto sentado sobre o carrinho de limpeza.

– Essa pessoa lhe faz lembrar alguém?

Jake balançou a cabeça mais uma vez, mas a semelhança com Andy era bastante óbvia.

Seu pai virou o monitor de novo para si.

– Vou lhe dar um conselho, rapaz. Se não me contar a verdade, as consequências serão amargas.

Jake gargalhou. Poderia alguma consequência ser mais amarga do que sua situação atual?

– Está achando engraçado? Bom, não vai ser nada engraçado daqui a dez anos quando você for um zé-ninguém sem dinheiro, sem trabalho e sem futuro.

Que perfeita descrição do seu pai, pensou Jake.

– É, mamãe costumava dizer a mesma coisa do meu pai.

– E o que aconteceu com ele?

Jake estava pensando no que responder quando Roberts reapareceu.

– Sargento, Sarah Bates acabou de telefonar. Aparentemente seu cachorro, Pippin, está sumido desde ontem à noite.

Jake observou seu pai com atenção. Será que ele e sua mãe haviam namorado neste mundo? Se sim, será que ele ainda sentia alguma coisa por ela?

– Diga a ela para não se preocupar. Vou disparar um alerta.

Jake pensou ter visto seu pai ceder, mas podia ser apenas sua imaginação.

Roberts estava com uma câmera e pediu a Jake para se sentar de costas para uma parede branca. Tirou diversas fotos de ângulos diferentes. Como nos filmes, Jake pensou. Só que, se aquilo fosse um filme, ele fugiria e voltaria a se unir com sua família, coisa que pelo jeito não aconteceria tão cedo.

Jake observou Roberts e seu pai conversarem em voz baixa. Teve certeza de que a busca por ele não daria em nada. Teriam de soltá-lo, certo? Não daria para ele ficar indefinidamente na delegacia.

Ou daria? Talvez o primeiro-sargento Gary Riles se oferecesse para cuidar dele até que seus pais fossem localizados. Então ele poderia fazer sua mãe perceber o quanto seu pai era legal agora, e ela daria um pé na bunda de Bates e todos eles ficariam juntos.

Balançou a cabeça. Vá sonhando.

Depois que as fotos foram feitas, Jake foi levado de volta à sala do primeiro-sargento Gary Riles.

Apanhou uma foto de seu pai usando uma camisa do Bremin Bandicoots e um gorro, abraçado a um pastor-alemão.

– Este é Zeus. Vai a todos os jogos.

Jake pousou a foto na mesa.

– Quer dizer que o senhor não tem filhos?

– Não, parceiro. Sou casado com a polícia, como dizem por aí. A única coisa que tenho para cuidar é um cachorro. – Olhou para o lado, parecendo entristecido. – Enfim, não sei quanto a você, rapaz, mas eu estou morrendo de fome. Tem feijão cozido, se quiser.

Jake sorriu. Seu velho pai continuava ali, em algum lugar. Ele sabia!

– Claro, pa... Quer dizer, sargento.

– É pra já. – Ele se levantou e, ao fazer isso, uma mulher abriu a porta da delegacia e postou-se diante dele, aguardando para falar.

– Primeiro-sargento Riles? – Ela estendeu sua mão como se fosse uma adaga. – Obrigada pelo telefonema. Janet Hawker do Serviço de Proteção Infantil. Vim apanhar o garoto.

Jake sentiu o chão se abrindo embaixo de seus pés.

Tinha sido traído pelo seu próprio pai.

felix: contando corvos

Felix estava sozinho na cabana, sentado. Mal percebeu quando os outros saíram. Por causa de alguma coisa relacionada a comida. Estranho como ele não sentia fome. Seu estômago parecia continuamente sobressaltado. Imaginou se, caso comesse algo, aquilo fosse apenas quicar dentro dele junto com todos os seus outros sentimentos estranhos.

Olhou para o talismã que estava em sua mão. Parecia tão comum – não passava de uma pedra fosca, castanha como lama. Nada de mágico. Mas, quando cintilava, havia algo a mais. Descobrir o quanto ela era poderosa o deixara aterrorizado e animado ao mesmo tempo. As abelhas haviam sumido quase que instantaneamente; portanto, o que quer que tentasse atacá-los depois disso não teria a menor chance. Ou, pelo menos, ele assim esperava.

Felix colocou o talismã no pescoço com cuidado. Sabia que provavelmente deveria contar aos outros a respeito, mas Andy diria que aquilo não era científico, e Jake e Sam estavam recebendo as coisas de um jeito muito penoso – nem imaginava como reagiriam ao saberem de um talismã mágico. Em breve ele contaria tudo, mas primeiro precisava resolver outras coisas. Era ótimo poder proteger-se de ataques, mas ele continuava sem saber *por que* eles estavam sendo atacados.

Abriu seu Livro das Sombras e olhou para os desenhos de espirais. As abelhas o haviam distraído da sua investigação sobre o que aquilo significava. Ele precisava ver o Livro das Sombras da irmã de Phoebe novamente. Tinha certeza de que aqueles desenhos continham uma pista sobre o que ou quem estava atrás deles. Se conseguisse descobrir isso, talvez pudesse então descobrir como fazê-los voltar para casa.

Casa. Era uma palavra boa – acolhedora, segura. O único problema é que, quando Felix pensava em sua casa, lembrava-se da ansiedade constante de seus pais. A vida de consultas médicas e fisioterapêuticas de Oscar e como todos os dias Felix precisava viver com a culpa que sentia. A culpa por ter incentivado Oscar a subir só mais um pouquinho.

Ele sabia que Oscar não queria fazer aquilo. Sabia que sentira medo, mas mesmo assim o pressionara. Por quê? Para provar que ele era mais corajoso? Para fazer Oscar admirá-lo?

A verdade é que ele não sabia por que havia feito aquilo. Talvez só quisesse compartilhar a vista maravilhosa lá do alto do olmo. A sensação de estar acima de todo mundo, longe dos pais, da escola, do julgamento alheio, mas então...

Crac.

Aquele som, novamente. Aquele som de alguma coisa se quebrando que assombrava Felix há dois anos e três meses.

Isso é o que *casa* significava para ele. Ser obrigado a ouvir de novo aquele som todos os dias – não, todas as horas de cada dia. Ele fechou seu livro e caminhou de um lado para o outro da cabana. Viver ali sem comida ou água não era nada em comparação com viver com aquele som.

Oscar agora podia andar, portanto Felix deveria estar feliz, certo? Mas não. Não estava. E não era porque a qualquer minuto poderia acontecer outro ataque elemental. Era porque percebia como Sam, Jake e Andy estavam arrasados. Como desejavam voltar.

Felix nunca quis que aquilo acontecesse. O feitiço era apenas para desfazer o acidente de Oscar, não para desfazer a vida deles todos. Mas no fim foi isso o que aconteceu. E agora cabia a ele fazer todo mundo voltar.

O problema é que ele ainda não sabia como fazer isso.

Por outro lado, fazê-los voltar significaria provavelmente que ele também teria de voltar para casa, e isso era algo que ele não tinha certeza se...

Crac.

Felix olhou para cima. A porta se abriu como num passe de mágica e ele viu uma silhueta parada no umbral.

– Pensei que a gente tivesse um trato. – O vulto entrou na cabana.

Phoebe. Droga.

– Eu estava justamente indo ver você – disse Felix, com voz fraca.

– Poupe-me a conversa fiada. Funcionou?

Felix sentiu o talismã sob a camisa. Se dissesse que havia funcionado, ela provavelmente iria querê-lo de volta. Se dissesse que não, ela o levaria embora de qualquer maneira. O que dizer?

– Não sei direito.

– Como assim, não sabe? Você sobreviveu ao ataque das abelhas, não foi?

– Elas não voltaram. Portanto não tive a chance de fazer o teste.

Era uma mentira esfarrapada e Phoebe sabia disso. Olhou para ele, desconfiada.

– Não me diga.

Atrás de Phoebe, um corvo saltitou para dentro da cabana. Era igual ao que Felix havia visto naquela manhã, com Jake. Seus olhos de contas cintilaram ao vasculhar a sala, como se procurassem alguma coisa.

Atrás dele, apareceu outro corvo.

Sem querer dar na cara, Felix andou na direção deles. Os dois corvos estavam no chão. Um terceiro apareceu na porta.

Quando Felix se aproximou do primeiro corvo de manhã, ele imediatamente saiu voando. Mas aqueles ali não estavam nem um pouco incomodados com ele.

Phoebe observou-o cheia de curiosidade.

— O que você está fazendo?

Felix enxotou os corvos para fora da cabana com o pé e bateu a porta com força.

— Nada. Você deveria fechar a porta ao entrar, só isso.

Ele ouviu o som de mais uma dúzia de garras arranhando o teto ao pousarem sobre a cabana.

— Outro ataque dos elementos, talvez? — Phoebe olhou para ele com atenção.

Felix não sabia ao certo por que não confiava em Phoebe o bastante para lhe dizer a verdade. Ela havia lhe confiado o talismã, não havia? Se ele lhe contasse que o ativara, ela ficaria feliz. A única coisa que ele precisava fazer era um pequeno favor para ela, em troca. Quão difícil isso poderia ser?

Felix hesitou. E se ela só desejasse que o talismã estivesse ativado para servir a seus próprios propósitos e não tivesse a menor intenção de deixá-lo ficar com ele? Se eles não tivessem o talismã para protegê-los...

— Devolva. — Phoebe estendeu a mão.

O som do grasnar dos pássaros lá fora aumentou. Phoebe aproximou-se de Felix.

— Eu disse, devolva esse...

A porta se abriu com tudo e Sam e Andy entraram como um raio na cabana e fecharam a porta com força.

— Um bando de corvos veio nos perseguindo até aqui.

Os dois caíram exaustos no chão, sem fôlego.

Felix correu até a janela e olhou para fora. Os corvos estavam se reunindo ao redor da cabana, encarapitando-se em todas as árvores possíveis, em todos os troncos. O chão agora era uma massa movente de penas negras. Ciente do olhar de Phoebe sobre ele, rapidamente Felix olhou para o talismã. Não estava cintilando. Se aquilo era de fato um novo ataque, por que o talismã não os estava protegendo mais? Ele começou a recitar o feitiço:

— *Divindades dos elementos, eu vos convoco.*

Andy olhou para ele sem acreditar.

– Você realmente acha que recitar um poema é a solução?

– *Terra, água, ar, fogo.* – Felix parou de repente: era isso! O talismã protetor não precisava apenas dos quatro elementos para ser ativado. Precisava dos quatro elementos para *funcionar*. Era como o feitiço que ele havia feito na floresta.

– Cadê o Jake?

– Foi preso – respondeu Sam.

– O quê?

– Pelo pai dele – completou Andy.

– Por furto – acrescentou Sam.

Felix olhou para o talismã fosco. Sem Jake, eles não teriam a menor chance num novo ataque.

– Precisamos tirá-lo de lá!

– Ah, claro, boa sorte – disse Sam. – O pai dele sabe da invasão à escola. Gravou tudo; portanto, se qualquer um de nós chegar perto da delegacia, vai acabar no xilindró.

Felix olhou pela janela para o número crescente de corvos.

– Não sei vocês, mas eu preferiria ficar trancado numa prisão do que morto embaixo das garras de um monte de corvos. E, sem Jake, esta vai ser basicamente nossa única opção.

– Quem sabe não posso ajudar? – Phoebe saiu das sombras.

Andy deu um gritinho de surpresa.

– Você acabou mesmo de gritar como uma garota? – perguntou Sam.

– Não.

Sam virou-se para Phoebe.

– Quem é você?

– Não importa. Posso levá-los até a delegacia. Vou dizer que sou guardiã de Jake. Se eles não tiverem provas para mantê-lo preso, serão obrigados a soltá-lo.

– E por que você iria nos ajudar? – perguntou Sam.

— Vamos dizer apenas que estou esperando para receber o retorno pelo meu investimento — respondeu Phoebe, olhando para Felix.

— Se tiverem mesmo nos filmado nas câmeras de segurança, não vão nos deixar ir embora — disse Sam.

— Posso dar um jeito nisso — ofereceu Andy. — Será necessário fazer uma desmagnetização.

Todos se viraram para ele.

— Desmagnetização — repetiu Andy. — Precisamos de um ímã que tenha força equivalente para reescrever o código magnético.

— E onde a gente vai arrumar um ímã assim, seu sem noção? — perguntou Sam.

Andy olhou ao redor para as tralhas que eles haviam reunido do lixo.

— Eu sei onde a gente pode encontrar um ímã. Quem aí está com vontade de destruir umas caixas de som?

Andy, Felix, Sam e Phoebe ficaram atrás da porta da cabana. Os corvos batiam as asas contra as janelas como cortinas negras ao vento.

Andy entregou a todos seus pacotes de amostra de pipoca de micro-ondas.

— Então a gente atira o milho o mais forte que puder e sai correndo para a Kombi. Combinado?

— Combinado — disse Felix, e colocou a mão sobre o trinco. — Um, dois, três.

A pipoca mal distraiu os corvos. Andy, Felix, Sam e Phoebe saíram correndo pelo gramado até a Kombi, perseguidos por uma furiosa nuvem negra de garras e penas. Os garotos saltaram para o banco traseiro do carro e bateram a porta.

Phoebe arrumou o cabelo olhando-se no espelho retrovisor.

— Tenho a sensação de que já vi isso antes. Abelhas, pássaros... o que vai ser depois? — Ela olhou Felix pelo espelho.

Um corvo pousou no para-brisa e abriu bem o bico, como um fã gritando numa partida de futebol.

– Certo, certo, a gente já está indo embora. Não me apressem.

Phoebe deu partida no motor.

– Por que você colocou essa mulher no meio da história? – sussurrou Sam para Felix. – Ela me deixa de cabelo em pé.

Felix suspirou.

– Não tive escolha. – Olhou pela janela. Era verdade: Phoebe o havia encurralado. Queria que aquele talismã funcionasse a todo custo e estava usando Felix para conseguir isso. Ele não sabia se podia ou não confiar nela, mas tinha de continuar jogando aquele jogo, pelo menos até conseguirem soltar Jake.

A Kombi abriu caminho depressa pelo meio do mato e entrou nas ruas secundárias de Bremin. Phoebe dirigia como uma maluca, e os garotos eram atirados para todos os lados lá atrás, como se fossem peixes se debatendo num balde.

Ela freou a Kombi com um guincho em frente à delegacia. Os garotos avistaram o pai de Jake conversando com uma mulher de aparência severa que levava Jake em direção a seu Prius.

Phoebe saltou da Kombi.

– Ei, você tinha de ter descarregado a lava-louça! – berrou ela.

Jake virou-se, surpreso.

Os garotos abriram a porta da Kombi e saíram atabalhoadamente.

Felix olhou para o talismã.

Sim. Seu palpite estava certo. Com os quatro juntos, o talismã começou a brilhar – aquele brilho cálido, alaranjado e reconfortante significava que tudo ficaria bem. Ele rapidamente o escondeu sob a camisa.

O pai de Jake caminhou até Phoebe.

– O que você quer, Phoebe?

– Só vim aqui apanhar meu sobrinho.

O pai de Jake fez um muxoxo irônico.

– Não me diga.

– É, não me diga. – Phoebe apontou para os outros três. – São todos primos. – Notando a aparência de Andy, acrescentou: – E ele é primo de um outro casamento. Filho de um cunhado chinês. Certo? Vamos, meninos. Quem vai fazer o jantar hoje?

– Espera aí. – O pai de Jake postou-se na frente dela e olhou fixo para os adolescentes. – Quatro garotos, hein? Acho que tenho algo que pode interessar a vocês. Já pra dentro, *agora*.

Felix olhou para cima enquanto um grupo de corvos pousava no telhado da delegacia.

– Deixem comigo – disse Andy num sussurro, dando uma palmadinha no bolso.

Felix assentiu, mas sabia que aquilo era maior do que Andy e seu ímã. Muito maior. Segurou com força o talismã, que cintilava sob sua camisa. Esperava que sua mágica fosse forte o bastante para fazer com que eles escapassem. Os garotos entraram na delegacia.

O pai de Jake desabou na cadeira em frente ao computador.

– Tenho certeza de que vocês todos ficarão aliviados em saber que o mistério da invasão à escola finalmente foi solucionado.

Felix observou Andy sacar o ímã que havia retirado das caixas de som. O pai de Jake clicou o mouse e recostou-se na cadeira enquanto o filme das câmeras de segurança começava a tocar.

Na tela, Felix viu o ginásio vazio. Olhou de relance para os rostos ansiosos de Sam e Jake e tocou o talismã, que agora cintilava furiosamente. Ouviu os corvos grasnando lá fora, as asas batendo nas portas da delegacia, as garras arranhando o telhado enquanto tentavam encontrar uma maneira de entrar.

Felix começou a recitar, baixinho:

– *Divindades dos elementos, eu vos convoco.*

Houve uma pequena queda de energia e as lâmpadas tremeluziram.

– *Terra, água, ar, fogo.*

O grasnar dos corvos agora era ensurdecedor.

– Invoco que coloqueis nesta pedra
Vossa grande força, e a bondade que medra
E enquanto esta pedra estiver em minha mão
Estareis a salvo neste mundo de imensidão.

O talismã começou a brilhar intensamente e houve um silêncio repentino.

O vídeo continuou tocando, mas os garotos não apareceram na tela.

O pai de Jake sentou-se na beirada da cadeira e verificou se o vídeo de fato estava tocando. Estava. Apertou o botão de rebobinar e depois o de avançar. Nada. Nenhum vulto misterioso fazendo estragos. Nada de Andy girando no carrinho. Furioso, ele virou-se para Jake.

– Você viu as imagens!

Jake encolheu os ombros.

– Não sei do que o senhor está falando.

– No vídeo. Eu lhe mostrei.

Jake olhou para ele com expressão vazia.

Felix sentiu o talismã cintilando embaixo da sua camisa e ficou surpreso com seu poder. Ele os protegera das abelhas, dos corvos, e agora também do...

Andy olhou para ele, erguendo os polegares com expressão vitoriosa.

Felix assentiu, mas sabia que não tinha sido o ímã que apagara as imagens do vídeo. De alguma maneira, o talismã os estava protegendo de qualquer coisa que pudesse ameaçá-los. Um sorrisinho atravessou seu rosto, mas, quando olhou para cima, o sorriso sumiu.

Phoebe estava olhando para ele, os olhos fixos no talismã, que pulsava e cintilava visivelmente embaixo da sua camisa.

sam: de volta à escola

Sam abriu a torneira enferrujada que ficava do lado de fora da cabana. Colocou o rosto embaixo do fluxo de água e lavou as axilas. Se ia voltar para a escola, não queria ir fedendo que nem Felix.

Deslizou os dedos pelos cabelos. Caramba, tinha gordura ali o suficiente para fritar batata.

O som da explosão de um amortecedor fez Sam olhar para cima.

A Kombi de Phoebe tinha acabado de estacionar na frente da cabana. Ela inclinou o corpo para fora da janela.

– Não deixem a Tia Phoebe esperando, vamos nessa.

Andy, Felix e Jake saíram porta afora e Sam correu pelo gramado para se unir a eles.

– Então, Felix. Hoje à noite, depois da escola, que tal se eu preparar um jantar pra você? – perguntou Phoebe, enquanto a Kombi ia sacolejando pelas ruas de Bremin.

Felix deu de ombros.

– Tá tranquilo, agora a gente tem um fogão, por isso...

– Cara, você está recusando uma comidinha caseira? – disse Sam. – Eu tô dentro.

– Não convidei você – falou Phoebe, subindo no meio-fio ao fazer uma curva.

Sam olhou pela janela. Que ótimo. A "guardiã" deles era tão mal-educada quanto esquisita. Ele não fazia ideia do motivo pelo qual Phoebe os ajudara na delegacia. Era meio estranho, pra falar a verdade. Ela parecia não ter interesse em nenhum deles, a não ser em Felix.

– Você não precisa comer, Felix. Apareça para a gente "conversar". – Phoebe não ia desistir apesar da completa falta de interesse de Felix.

– Claro, beleza – disse Felix, com relutância.

Sam viu a escola Bremin High se aproximando. Por dentro, ele estava mais ou menos aliviado pelo fato de o pai de Jake tê-los entregado a Phoebe com a condição estrita de que ela os fizesse frequentar a escola. O número de dias que era possível ficar sem fazer nada naquela cabana horrorosa pensando de onde viria sua próxima refeição tinha limite.

A escola seria um paraíso, comparada àquilo. Havia banho quente, garotas com quem conversar e talvez, se fizesse uma exibição de seus dotes no skate, conseguisse descolar uma grana e comprar alguma coisa na cantina.

Pode ser que não pertencesse mais à sua família, mas ele sempre teria um lugar naquela escola. Ali as pessoas o admiravam e respeitavam.

Olhou-se no espelho lateral: nada mau.

Um sanduíche embrulhado em filme plástico atingiu sua nuca.

– Pare de ficar se olhando no espelho, seu retardado – disse Phoebe. – Tenho uma loja para abrir.

Sam apanhou o sanduíche e torceu o nariz para o recheio: uma espécie de gosma verde.

– Algum problema com alfafa e maionese de *wheatgrass*? – perguntou Phoebe.

– Não.

– Então caia fora.

Sam percebeu que os outros já estavam dentro da escola. Saiu da Kombi.

Certo, lá vou eu. Cuidado, Bremin High, Sam, o Cara está de volta.

Saltou para cima de seu skate e deslizou em direção aos portões.

Quando alcançou os outros, um grupinho de garotas caminhou até ele, apontando e rindo.

– É esse mesmo?
– Ele é uma graça.
Sam deslizou confiante até Jake.
– O universo pode até ser outro, mas Sam é o mesmo.
– Se liga, cara, elas não estão falando de você.
Sam parou o skate.
Ellen correu até Andy, acompanhada de um grupo de meninas que eram todas amigas de Mia.
– Posso entrevistar você para o meu blog na hora do intervalo?
– Você foi tão corajoso salvando Ellen – disse Raquel.
– Há. Claro – respondeu Andy, olhando sem graça para os outros.
– Salvando Ellen? – perguntou Felix. – Do que elas estão falando?
– Ellen ia ser atropelada pelo ônibus escolar, mas Andy pulou na frente do ônibus e a salvou – explicou Raquel.
Sam, Felix e Jake olharam para Andy.
– Não foi nada. Eu ia contar para vocês, mas, com tudo o que estava acontecendo...
– *Não foi nada* – repetiu Ellen, sem fôlego. – Você é tão modesto. Você salvou minha vida.
As meninas rodearam Andy e o arrastaram em direção à escadaria na frente da escola. Sam, Jake e Felix ficaram olhando, sem acreditar.
– Andy... um ímã de gatas? – disse Jake. – Mas o que...?
Felix se afastou com a cabeça baixa.
Sam viu mais garotas correndo em direção a Andy. Aquilo não era justo. Não era assim que as coisas deveriam acontecer. Pelo menos Mia não estava entre elas.
Sam seguiu os outros pelo corredor até o quadro de avisos, onde o horário das aulas estava postado.
Que ótimo, igual ao horário anterior. A primeira aula era de ciências, com o Bates.
Os corredores estavam fervilhando de adolescentes, mas ninguém olhou duas vezes para Sam enquanto ele caminhava em direção ao laboratório de ciências.

Ele abriu a porta. Jake, Andy e Felix já estavam na sala. Na verdade, quase todos os lugares estavam ocupados. Por sorte a cadeira ao lado de Mia estava vaga. Ele sorriu e fez fila em direção a ela.

– Cuidado com as mochilas, galera, lá vai o ladrão – gritou uma voz nos fundos da sala.

Sammy.

Sam o ignorou e estava prestes a sentar-se na cadeira ao lado de Mia quando Ellen surgiu na sua frente.

– Tem uma cadeira vazia bem ali. – Ela apontou para a única cadeira vaga agora: aquela ao lado de Mikey, o garoto menos popular da turma.

Sam olhou para Mia, que de repente pareceu estar muito interessada no livro de ciências.

Ele se sentou ao lado de Mikey, que estendeu a mão com um sorriso simpático.

– Oi, eu sou o Mikey.

– Tô ligado, eu sei quem você é. – Sam olhou para o outro lado.

– Certo, turma, prestem atenção. – Bates entrou na sala e bateu na mesa com uma régua. – Temos quatro alunos novos na Bremin High. Garotos, se levantem.

Felix, Sam, Andy e Jake ficaram de pé.

Bates olhou de um jeito duro para Jake.

– Mas que prazer vê-lo novamente. – Olhou para suas anotações. – Jake.

Jake olhou para o chão.

– Aparentemente são primos. – Bates balançou a cabeça, sem acreditar. – Gostaria que todos os recebessem bem.

Como se aquilo fosse mesmo acontecer. Sam podia sentir os olhos de Sammy perfurando sua nuca.

– Certo, então. Abram o livro na página vinte e três. Vamos continuar nossa pesquisa sobre a extração de compostos químicos das plantas.

Sam abriu o livro, mas antes que conseguisse localizar a página vinte e três, uma bola de papel amassado pulou sobre seu ombro. Ele abriu o papel e viu a palavra "sem noção" rabiscada.

Mikey olhou para Sam, como se pedisse desculpas.

– Desculpe, provavelmente essa bola era para mim.

Sam se virou e viu Sammy, todo sorridente, fazendo um gesto irônico para ele. Amassou o bilhete.

– Acho que não.

Enquanto Bates tagarelava sobre a extração de compostos de iodo das algas, Sam abriu seu livro de atividades. Pelo menos agora ele tinha papel e caneta à sua frente.

Começou a desenhar. Desenhar sempre fazia tudo parecer melhor. Dava para desenhar seus medos, seus sentimentos, seus sonhos – qualquer coisa que o estivesse incomodando. A caneta de Sam se movimentava pelo papel em traços finos. Ele se concentrou. Quem sabe não conseguiria desenhar um caminho de volta para seu mundo.

Mal percebeu quando o sinal tocou. Sam cuidadosamente guardou o desenho na pasta e se levantou. Sammy o empurrou e passou o braço teatralmente ao redor de Mia ao abrir caminho em direção à porta.

Sam juntou-se a Felix, Andy e Jake no corredor. Observou Sammy caminhando pelo corredor de nariz empinado ao lado de Mia.

– O que ela vê nesse otário?

Jake levantou uma sobrancelha.

– Tá na cara o que ela vê.

– Como assim?

– Bom, vocês meio que são iguais. Os dois se acham, os dois andam de skate...

– Eu não sou igual a esse otário convencido! – protestou Sam.

– Não – disse Andy, pensativo. – Ele é mais boa-pinta do que você.

– O quê? – Sam virou-se para ele.

Andy fez uma saída rápida pela tangente.

– Ah, combinei de encontrar a Ellen no gramado.

Uma bola de basquete quicou na direção de Jake.

– Quer fazer umas cestas, cara? – gritou Trent.

– Claro – respondeu Jake, atirando a bola de volta.

Sam olhou para Felix.

– Quer comer comigo seu sanduíche do Incrível Hulk?

Felix fez que não.

– Desculpe, vou encontrar o Oscar – disse, afastando-se.

– Beleza – respondeu Sam para o corredor vazio.

Sam caminhou a esmo até o pátio da escola. Em toda parte, grupinhos de alunos se reuniam aqui e ali. Sentou-se num banco vazio e olhou ao redor. Que droga. Nunca tinha ficado sozinho na hora do almoço antes. Fazia um ano que ele e Mia almoçavam juntos todos os dias e, antes, ele tinha namorado um tempo com Sally Harper, até ela perceber que gostava mais de cavalos do que de namorados.

Mas, mesmo quando não estava com as garotas, havia seus parceiros de skate: Jacko, Will, Seb e Oscar. Eles eram amigos desde o primário, mas agora...

Sam olhou para o lugar onde os skatistas estavam reunidos. Seus amigos estavam todos ali, mas nenhum deles sabia quem era ele. Nenhum deles se lembrava de que há doze anos eles iam ao aniversário um do outro. Que dormiam na casa um do outro, desafiavam-se a comer cigarras vivas. Agora, outra pessoa fazia isso em seu lugar. Bem no meio dos seus amigos estava Sammy. Ele havia chamado Sam de ladrão, mas o verdadeiro ladrão era *ele*. Ele roubara a vida de Sam.

Sam viu Mia atravessar o pátio a passos rápidos em direção a Sammy.

– Ei, gata – chamou Sammy, um pouco alto demais. – Quer assistir à gente saltar umas latas de lixo?

Sam se levantou. Não iria deixar aquele *poser* tirar tudo o que era seu.

– Ei, Mia! – gritou ele.

Mia estava no meio da cantina, entre os dois.
Ela virou-se.
– Sim?
Sam andou até ela.
– Quer almoçar comigo?
Ela fez que não e falou bem devagar para ele, como se ele tivesse alguma dificuldade em entender.
– Sabe de uma coisa? Eu adoraria se você me deixasse em paz, porque, como eu já lhe disse, eu tenho *namorado*.
– Tô sabendo. Mas achei que a gente pudesse bater um papo, sei lá...
– Você é o quê? Alguma espécie de maníaco? – interrompeu Sammy, ficando bem na frente de Mia. – Quem você pensa que é? Você invade a minha casa. Rouba o meu skate e agora está atrás da minha gata. Cai fora! – Ele empurrou Sam.
Sam sentiu seu sangue começar a ferver. Empurrou Sammy também, com força.
– É minha casa, meu skate e *minha* gata!
Mia revirou os olhos.
– Que legal, gente. O que vocês acham que eu sou? Propriedade de alguém?
Sammy se recompôs. Uma turma começava a se reunir em torno deles.
– Você é um doente mental, cara. Deveriam internar você num manicômio.
– Por-ra-da! Por-ra-da! Por-ra-da! – começou a cantar a multidão.
– Sam! Pare com isso! – Sam ouviu uma voz gritar, mas não ligou. Aquele otário ia ver só.
Atirou-se para cima de Sammy e os dois caíram com força no asfalto.
Sammy tentou se desvencilhar de Sam, mas Sam estava possuído por uma raiva que nunca sentira antes. *Odiava* aquele cara. Odiava tanto que nem se importaria se acabasse com ele de uma vez.

Levantou o punho. A multidão urrava de satisfação. Ele estava prestes a detonar o rosto convencido de Sammy. Aquilo lhe ensinaria uma lição.

Sam viu uma expressão de medo passar depressa pelo rosto de Sammy e em seguida sentiu dois braços fortes puxando-o de cima do garoto. Ele deu chutes e golpes tentando se desvencilhar, mas os braços eram fortes demais. Ouviu a multidão soltar ruídos de frustração enquanto ele era arrastado até o gramado e atirado no chão.

– Caramba, você perdeu a noção? Ficou maluco? – Jake caiu ao lado dele. – É nosso primeiro dia de aula. Se meu pai descobrir que isso aconteceu, vamos cair nas garras daquela assistente social.

Sam olhou para Sammy, que estava sendo consolado pelos amigos skatistas.

– Você não devia ter me impedido, cara. Eu queria destruir o crânio daquele otário.

Jake passou o braço ao redor dos ombros de Sam.

– Eu sei, cara. Mas você precisa se controlar.

– Pra você é fácil falar.

Naquele instante, o Sr. Bates atravessou o pátio em direção a Sammy.

– Quer saber de uma coisa? Eu sinto o mesmo que você – disse Jake.

Sam acompanhou o olhar do amigo. Jake assentiu.

– Acha que eu quero esse otário ao lado da minha mãe? Fico doente só de pensar nisso.

Sam viu Sammy apontando para ele. O sr. Bates o olhou.

– Melhor você dar o fora – disse Jake.

Sam deu um pulo e saiu correndo em direção aos prédios dos fundos da escola. Não queria que Bates ficasse no seu pé. Sammy provavelmente lhe contou alguma história de que o garoto novo tinha batido nele sem motivo.

Entrou atrás do banheiro masculino, no meio das árvores, fora dos limites da escola. Ele e Mia às vezes ficavam ali.

Ao se aproximar, viu Mia sentada sozinha embaixo de uma árvore, perto do aramado. Ao avistar Sam, ela imediatamente se levantou.

– Tem alguma parte do *me deixe em paz* que você não entendeu?

– Mia, desculpe. Eu não sabia que você estaria aqui.

– É mesmo? – Mia olhou para ele por um átimo de segundo. – Quer saber de uma coisa? Você e Sammy são exatamente iguais. Extremamente egoístas.

Sam balançou a cabeça, frustrado. Por que as pessoas não paravam de dizer isso? Não era verdade.

– Eu não sou nada parecido com aquele otário.

– Quer dizer então que vir atrás de mim quando eu lhe peço para não fazer isso não é egoísta? – perguntou Mia, mal conseguindo controlar a raiva. – Roubar, brigar com meu namorado, me envergonhar na frente dos meus amigos, tudo isso foi feito *por mim?* – Ela virou as costas, tremendo de raiva.

Sam pensou no que ela disse.

– Não sou um prêmio a ser disputado por vocês – disse ela, e, em seguida, foi embora.

Sam engoliu em seco. O que ela dissera era verdade. Nada daquilo tinha sido por ela. A questão sempre foi ele e Sammy. Talvez ele fosse mesmo igual a Sammy: um retardado egoísta que só se importava em estar na crista da onda e com mais nada.

– Mia! Espere. – Sam saiu correndo atrás dela. Tirou o desenho que havia feito na aula de ciências. – Não vou mais importunar você, eu prometo. – Ele lhe entregou o desenho. – Fiz pra você, tome.

Ela aceitou o desenho com relutância, sem nem sequer olhá-lo.

– Você deveria aprender a andar de skate. Eu sei que você tem vontade – disse Sam.

Mia olhou para ele, curiosa.

– Como você sabe?

Sam encolheu os ombros.

– Na minha cidade eu namorava uma garota que queria aprender a andar de skate. Ela sempre me pedia para eu ensiná-la, mas nunca fiz isso. Explicava que era porque tinha medo de que ela caísse. Mas quer saber a verdade?

– Você tinha medo de que ela fosse melhor do que você? – desafiou Mia.

Sam achou graça daquela ideia.

– Não, de jeito nenhum! – Mas parou. Era exatamente o tipo de resposta que Sammy daria. Olhou para o chão. – Era porque eu gostava que você... quer dizer, ela, ficasse me olhando. Gostava de ser admirado.

– Há-hã. Como eu disse antes: completamente egoísta.

– Acho que sim. – Sam deu um sorriso triste. – Sorte que eu me mudei pra cá. Porque provavelmente ela iria me dar um pé na bunda.

– Provavelmente – disse Mia. E apesar de seu desdém óbvio por Sam, sorriu para ele.

Sam olhou para Mia. Cada parte de seu corpo desejava tocá-la. Sua mão se moveu lentamente em sua direção, mas em seguida parou.

Logo atrás de Mia estava um enorme pastor-alemão, que rosnava com olhos injetados de sangue, fixos em Sam.

– Mia – disse ele. – Acho melhor *correr*!

andy: quem deixou os cachorros entrar?

Andy passeou pelo gramado com Ellen e suas amigas Raquel e Suzie e uma menina loira de maria-chiquinha. Pelo que se lembrava, certa vez ela enfiou a cabeça dele embaixo do bebedouro por fazer seu time perder uma partida de vôlei.

Agora, porém, ela sorria para ele de um jeito ligeiramente insano.

– E então, pode nos contar de novo como tudo aconteceu?

– Não, Betty – disse Ellen. – Vamos nos sentar primeiro. Quero gravar tudo para postar no meu blog. – Ela sorriu para Andy. – Tenho um blog chamado *Wot the Elle* [Quem é a Ellen].

Andy assentiu, depois percebeu que as garotas estavam planejando se sentar.

– Tudo bem se a gente se sentar no lado norte do gramado? O pólen dos pinheiros me dá alergia.

As garotas olharam indecisas para ele, mas então Ellen sorriu.

– Claro, sem problemas.

Quando chegaram ao outro lado do gramado oval, Ellen sacou seu celular e apertou o botão para gravar a conversa.

– Vou chamar de "Entrevista com um Herói".

Andy olhou para o rosto ansioso das quatro garotas. Era estranho ser admirado daquele jeito. Ele não sabia muito bem o que fazer.

– Andy? – Ellen estava olhando para ele. – Vamos. Do início.

Andy respirou fundo. *Do início*. Bom, havia um probleminha. Se ele lhes contasse tudo do início, teria de falar da teoria da amnésia, suplantada pela teoria dos buracos de minhoca, que foi atualizada e virou a teoria do sonho acordado. Agora, porém, até mesmo aquela teoria também caiu por terra, uma vez que eles tinham sido atacados por abelhas, corvos e mesmo assim não haviam acordado.

– Andy? Minha bateria está acabando.

Andy finalmente abriu a boca.

– Desculpe. Bem, eu estava andando pela estrada, pensando na vida...

As garotas ao seu redor estavam em silêncio, parecendo fascinadas.

– Então, de repente, o chão começou a tremer. Eu percebi que o ônibus estava chegando.

Ellen assentiu, encorajando-o.

– E aí?

– Aí eu vi a Ellen caminhando na minha direção. Ela parecia...

– O quê? – perguntou Ellen, ansiosa.

– Parecia... parecia estar ouvindo música e não estar prestando atenção na estrada.

Ellen franziu a testa, como se aquilo não fosse exatamente o que ela queria escutar, mas Andy continuou a história mesmo assim. Estava começando a gostar daquilo.

– Então eu vi o ônibus – disse. – Estava vindo atrás dela como um dragão furioso. O motorista virou a curva e naquele segundo eu pensei: "O que o Bear Grylls faria?"

– O que ele faria? – perguntou Raquel.

– Arriscaria a vida para salvar a donzela.

Betty torceu o nariz.

– Donzela?

– Portanto, saltei para cima dela. O ônibus só não nos atropelou por uma questão de milímetros. Senti o calor do motor quando ele passou a toda velocidade por nós. O mundo passou a andar em câmera lenta. – Ele parou. O que aconteceu depois não era tão fácil de descrever.

— E depois, o que aconteceu?
— Hã. É isso, na verdade. Só isso. — Ele não podia falar que havia caído em cima de Ellen. Só de lembrar ele já ficava nervoso. Seu coração batia descontrolado no peito e ele começava a suar.
— Não aconteceu mais nada? — perguntou Ellen, torcendo o cabelo.
Andy estava com dificuldade para respirar. Ele se levantou num pulo.
— Isso foi o sinal? Preciso ir. Não tenho essa próxima aula.
Saiu andando pelo gramado. Não tinha a próxima aula? Que espécie de desculpa besta era aquela?
Quando alcançou o prédio principal, suspirou de alívio. Tanta atenção o deixara nervoso. E, seja como for, tudo aquilo era uma enorme mentira. Ele não era nenhum herói. Se alguém tinha salvado a vida de alguém, *Ellen* é que havia salvado sua vida, e não o contrário. Se ela não estivesse andando pela estrada, provavelmente ele teria se jogado na frente do ônibus.
Limpou o rosto com a manga da camisa. Estava suado e desorientado. Foi até a biblioteca. Lá ele estaria a salvo. Poderia fazer uma pesquisa sobre transpiração inadequada, quem sabe? Embora tivesse a sensação de que aquilo que estava vivendo não era nada que se pudesse pesquisar.
Subiu os degraus da biblioteca de dois em dois e abriu a porta. Que bom. Estava quieto ali. Precisava se sentar, ler alguma coisa de que entendesse.
Foi até a estante 530-533. A seção de física estava onde sempre esteve. Já era um bom começo. Tirou alguns livros sobre teoria das cordas e física de partículas. Deviam ser o suficiente. Abriu um volume intitulado *Buracos negros e viagens no tempo*.
— Eu também não tenho aula agora. — Ellen entrou pelo outro lado da estante, assustando tanto Andy que ele derrubou no chão a pilha de livros que estava segurando.

— Não queria lhe perguntar na frente delas, mas você recebeu alguma correspondência interessante nos últimos dias?

Andy olhou para ela. Como havia chegado ali tão depressa?

— Isso pressuporia a existência de uma caixa de correio, portanto, não.

— E se tivesse sido entregue pessoalmente?

Claro! O bilhete. Ele sabia que devia ser dela. Andy engoliu em seco.

Ellen sorriu.

— O que você fez foi impressionante. Eu queria lhe agradecer, mas não consegui encontrar você no Facebook.

Ellen tinha um rosto tão lindo, e ele sentiu novamente aquele cheiro fresco de xampu dela, meio floral e doce.

Ela deu um passo à frente, e as luzes tremeluziram acima. Em seguida, a biblioteca de repente caiu na escuridão.

— Deve ter sido uma queda de energia. Melhor a gente sair para dar uma olhada – disse Andy.

Ellen segurou sua mão.

— É meio romântico... Não acha?

Andy achava. Achava muito romântico. Na verdade, se começasse a achar mais poderia acabar causando algum problema para si mesmo. Melhor parar de achar.

Olhou para o rosto de Ellen. Seus lábios entreabertos. Se aproximasse a cabeça da dela, talvez seus lábios se encontrassem. Será que seria bom? Tudo indicava que sim, mas o que aconteceria depois? Será que ele saberia o que fazer?

Claro que saberia, disse a si mesmo. Seria como o encontro de forças positivas e negativas. Moveu a cabeça em direção à dela, mas em seguida parou.

Um som sibilante de rosnado vinha de trás de Ellen.

Andy olhou por cima dela e viu um cachorro que parecia muito estar de dentes arreganhados.

— Terabyte?

O cachorro rosnou para eles, com os pelos eriçados e os olhos cintilantes na semiescuridão.

Ellen olhou para Andy, assustada.

– Quem é esse aí?

– Há. Acho que é o meu cachorro.

– *Esse* é o seu cachorro?

O cão caminhou pelo carpete na direção deles, devagar. Os olhos de Andy se ajustaram à escuridão, agora ele conseguia ver claramente que era mesmo Terabyte. Porém, havia alguma coisa estranha com ele. Muito estranha.

Andy puxou Ellen para perto de si.

– Não olhe nos olhos dele. Aconteça o que acontecer.

Os dois desviaram o olhar, e, para surpresa de Andy, Terabyte recuou.

– Eu vi Bear Grylls fazer isso com um rinoceronte certa vez – disse Andy, num sussurro.

Terabyte rosnou e em seguida saltou para cima deles, abrindo a mandíbula.

– *Corre!* – berrou Ellen.

Ao saírem desabaladamente da biblioteca, Andy percebeu que a escola estava um caos. Gente corria pelos corredores, perseguida por cachorros de olhos enlouquecidos que não paravam de latir.

Sam, Felix e Jake apareceram no meio da confusão e correram na direção deles.

Um Jack Russell passou por eles, rosnando como um louco.

– É o Wiki! – gritou Ellen, saindo atrás dele. – Wiki, aqui!

– Ellen, não! – gritou Andy. Ia atrás dela, mas Felix segurou seu braço.

– Me solte! – berrou Andy, mas Felix segurou com mais força ainda.

Ele retirou de dentro da camisa um colar com uma pedra de brilho esquisito e começou a entoar:

— *Divindades dos elementos, eu vos convoco.*

Andy tentou soltar o braço. Felix ia lhe deixar um terrível hematoma. Precisava ir atrás de Ellen. Não era seguro ficar ali. O cachorro poderia atacá-la a qualquer momento.

— Ellen! – gritou ele.

Felix segurou o braço de Andy com uma das mãos e o colar à sua frente com a outra.

Terra, água, ar, fogo
Invoco que coloqueis nesta pedra
Vossa grande força, e a bondade que medra.

O alarme de incêndio de repente começou a tocar com um guincho lancinante. Água caiu em cima deles. Felix continuou entoando, sem dar atenção a nada daquilo.

E enquanto esta pedra estiver em minha mão
Estareis a salvo neste mundo de imensidão.

A pedra cintilou com força. Quase que imediatamente, os cachorros pararam de latir. Sacudiram o corpo, ganiram e começaram a se comportar de forma normal.

Felix soltou o braço de Andy.

— Você precisava fazer isso? – perguntou Andy, esfregando o braço. – Eu sei cuidar de mim mesmo.

Felix voltou a esconder o colar embaixo da camisa e disse, num murmúrio:

— Na verdade, não, você não sabe.

Jake virou-se para Felix.

— O que é esse treco? O que foi que você acabou de fazer?

Felix olhou para eles, desconfiado.

— Vocês não vão acreditar, mesmo se eu disser.

– Ah, me poupe! – exclamou Sam. – Esse negócio aí no seu pescoço... fez os cachorros pararem de atacar.

Andy soltou um muxoxo.

– Os cachorros pararam de atacar assim que o alarme de incêndio disparou. O som de alta frequência afeta o comportamento canino.

Sam e Jake o ignoraram.

– Felix?

Felix retirou relutantemente o colar de dentro da camisa.

– É um talismã, sacaram? Phoebe o deu pra nos proteger dos ataques dos elementos.

– Ataques do quê? – perguntou Sam.

– Estamos sendo atacados pelos elementos da natureza. A tempestade, as abelhas, os corvos e agora os cachorros. Tudo isso faz parte deste mundo. E os ataques estão ficando cada vez mais poderosos.

Jake inspecionou o colar, que continuava emitindo um brilho fraco.

– E funciona mesmo?

– Bom... sim. É a terceira vez que ele nos salva.

Andy olhou ceticamente para o colar.

– Cadê as pilhas?

Felix lançou-lhe um olhar sombrio.

– Não tem pilha. É movido à energia de nós quatro juntos e ativado pelo feitiço que eu recito.

Andy revirou os olhos. Como Felix podia acreditar em tamanho absurdo?

– Ah, dá um tempo! As abelhas foram derrotadas pelo inseticida. Eu apaguei o vídeo das câmeras de segurança com um ímã e o alarme de incêndio assustou os cachorros.

Os outros três olharam para ele, nada convencidos.

– O que foi? – perguntou Andy. – Está na cara.

– Nem tudo pode ser explicado racionalmente – disse Felix.

— É mesmo? Diga o nome de qualquer coisa que eu a explico a você.

— Nós. Aqui. Agora – interveio Sam.

Andy hesitou. Boa pergunta.

— Bom, estou tentando descobrir.

Sam virou-se para Felix.

— Se aquela bruxa tem objetos tão poderosos assim, talvez conheça outros feitiços também. Feitiços capazes de nos levar de volta.

— Talvez.

— Como assim, "talvez"? O que você acabou de fazer agora, isso foi...

— Magia – completou Felix.

— Ah, dá um tempo! – exclamou Andy.

— Não, ele tem razão – interrompeu Jake. – Magia não faz o menor sentido, da mesma maneira que estar aqui também não faz. Então, quem sabe a magia não possa nos levar de volta? – Ele parecia esperançoso.

— Ela sabe o que aconteceu com a gente? – perguntou Sam.

Felix fez que não.

— Não. Só sabe que estamos sendo atacados.

— A gente não deveria pedir a ajuda dela? – pressionou Sam.

— Tem um Livro das Sombras que...

— Livro das Sombras?

— É um livro onde as bruxas anotam todos os seus feitiços poderosos. Tenho certeza de que a dica sobre o que está nos atacando está lá.

— Então a gente precisa pegar este livro – disse Jake, com firmeza.

— Estou tentando fazer isso – disse Felix. – Mas ela o guarda na sala dos fundos.

— Bom. Vamos invadir a loja e roubar o livro, então – disse Sam.

— E o trem para Hogwarts sai daqui a trinta minutos – zombou Andy. Sentiu alguma coisa roçar sua perna e olhou para baixo. Viu

Terabyte pedindo carinho. – Ei, ele se lembra de mim. – Andy abaixou-se e afagou o pelo do cachorro.

– Certo, beleza – disse Felix, irritado. – Se não acredita em mim, pode ficar com seu cachorro e com sua namorada. Mas não espere que eu o salve se houver outro ataque.

– Ellen não é minha namo...

– Ei, Andy! – gritou Ellen, caminhando pelo corredor em sua direção com Wikileaks nos braços.

– Oi, Ellen – disse Andy, ficando vermelho.

– Quer "estudar" na biblioteca? – perguntou Ellen, com um sorriso doce.

Andy sentiu o suor começar a escorrer. Tinha certeza de que ela na verdade não queria estudar.

Felix olhou para ele, sombrio.

– Responda à sua namorada, Andy.

– Claro – disse Andy, enxugando o suor da sua testa. Não ia ficar ali dando ouvidos às baboseiras de Felix.

Já tinha dado um passo na direção da biblioteca quando viu Viv virar a esquina no fim do corredor. Tinha o cabelo pintado de roxo e seu uniforme parecia ter sido estraçalhado com uma faca. Avistou Andy e saiu correndo em sua direção.

– Oh, meu Deus! Tire as mãos de cima do meu cachorro! – berrou. – Primeiro você me persegue, depois persegue o meu cachorro.

– Não é verdade! – protestou Andy, olhando preocupado com o canto do olho para Ellen. – Eu não persegui você!

– Eu encontrei esse cara no meu quarto – disse Viv com voz estridente e alta. – Depois, rodeando o nosso restaurante. Você é um doido! – Ela apanhou Terabyte e saiu pisando pesado. – Fique longe de mim! – gritou por cima do ombro.

O rosto de Ellen desabou.

– Sabe de uma coisa? Acabei de lembrar que tenho ensaio da banda agora.

– Mas você não toca nenhum instrumento e tem um ouvido péssimo – retrucou Felix.

Ela olhou carrancuda para ele e foi embora.

Andy olhou para Felix. Ele estaria na verdade sorrindo?

felix: um autêntico demônio sanguinário

Felix observou Ellen se afastar. Sentiu uma pontada de prazer pelo fato de ela estar chateada com Andy. Pelo menos agora não teria de ver os dois trocando olhares. Ellen e Andy? Caramba, ele adoraria voltar para sua realidade só para ver a cara de Ellen quando ele lhe contasse que ela se apaixonou por aquele nerd. Os dois dariam boas risadas.

Suspirou. Sentia uma saudade horrível da verdadeira Ellen. É, o fato de Oscar poder andar era ótimo, mas perder a melhor amiga doía demais.

O corredor estava começando a se encher de gente mais uma vez. Felix checou para ter certeza de que o talismã estava bem escondido embaixo da sua camisa. Queria dar o fora dali – não estava a fim de encarar um interrogatório da escola inteira. O de Andy já tinha sido ruim o bastante.

– Vamos, vamos nessa.

– Não podemos simplesmente ir embora – disse Andy. – Precisamos de permissão para sair antes das três e meia.

– Bom, então vá pedir aos seus pais a autorização – retrucou Felix, irritado. – E ver o que eles dizem.

Andy pareceu magoado, mas Felix não ligou: Andy já estava enchendo seu saco, e não era só por causa de Ellen. Toda aquela história de "a ciência pode provar tudo" fazia Felix sentir vontade de berrar: "Não pode! Não pode provar isto aqui, porque não foi a ciência que provocou isto, foi a magia!" Mas neste caso ele seria obrigado a explicar como sabia disso, e não se sentia preparado ainda. Não antes de descobrir como poderia reverter as coisas.

Jake empurrou-o.

– Vamos nessa, cara. Vamos afanar aquele tal de Livro dos Espíritos.

– Das Sombras – corrigiu Felix.

– Pode ter o nome que for, desde que consiga levar a gente de volta – retrucou Sam.

Os garotos foram andando pelo corredor. A escola continuava um caos. Os esguichos tinham sido desligados, mas havia poças d'água por todo o chão, e gente por toda parte. Era a hora perfeita para darem o fora sem serem notados.

Estavam passando em frente à sala dos professores quando Bates apareceu diante da porta.

– Meninos! Esperem um pouco! – Ele saiu com alguns papéis na mão. – Vocês estão bem? – Um pequeno poodle saltitante trotava atrás dele.

– Estamos ótimos – respondeu Andy, e depois virou-se acusadoramente para Felix. – Mas tenho um hematoma feio no braço.

Felix lançou-lhe um olhar mortal. Caramba, se não tivessem de ficar todos juntos, Felix abandonaria Andy de bom grado numa lixeira com a tampa bem trancada.

– Parece não haver motivo para preocupação – disse Bates –, mas não sei o que atraiu os cachorros para cá. Nunca vi cães se comportando assim.

Ele apanhou o poodle no colo.

– Há dias procuramos Pips, e agora ela aparece na escola com um bando de cachorros alucinados! Não sei o que deu nela. Em geral é tão boazinha. Minha esposa vai ficar felicíssima em vê-la.

Felix percebeu que Jake estava fechando e abrindo os punhos enquanto o poodle lambia o nariz de Bates.

– Obrigado, sr. Bates. Estamos todos bem – interrompeu ele. – Só precisamos estudar um pouco antes da próxima aula começar.

– Ótimo. Ah, antes que eu me esqueça, quero que preencham estes formulários e me entreguem amanhã.

– Obrigado, sr. Bates – disse Felix animadamente, apanhando os formulários.

Os garotos esperaram Bates entrar de novo na sala dos professores. Depois, guardaram os formulários nas mochilas e começaram a andar em direção à porta.

Era a chance. Precisavam chegar à Arcane Lane, distrair Phoebe e pegar o Livro das Sombras. Como iriam fazer isso, Felix não tinha a menor ideia. Andava evitando Phoebe desde o dia anterior. Para ser franco, estava um tanto aterrorizado com o acordo que fizera com ela.

Os garotos saíram pela porta principal. Felix notou que o pátio estava coberto de pegadas enlameadas de cachorro. Em toda parte havia pegadas, pequenas e grandes. Elas se sobrepunham umas às outras. Felix olhou: pareciam formar desenhos estranhamente familiares. Havia um padrão, uma lógica.

Jake cutucou-o.

– Felix, venha ver isso aqui.

No centro da clareira de ciprestes que ficava nos limites do gramado da escola estava Phoebe, olhando atentamente para o pátio. Ela retirou um livro da sua bolsa e analisou uma das páginas. Depois voltou a olhar para as pegadas.

– Aquele é o Livro das Sombras – disse Felix.

– O que ela está fazendo com ele?

– Não sei. – Felix escondeu os outros de vista, atrás de uma coluna. O que Phoebe estava fazendo na escola? Estaria ela realizando alguma espécie de feitiço?

Sentiu sua pele se arrepiar. Talvez o tempo todo Phoebe é quem os estivesse atacando. No dia em que eles sumiram, ela estava na floresta. As abelhas tinham ido até sua loja. Ela estava na cabana quando os corvos apareceram, e agora estava ali, no ataque dos cachorros. Com certeza era coincidência demais.

Observou-a com cuidado. Ela fora até o pátio e agora estava abaixada, raspando uma das pegadas enlameadas dos cachorros. Que estranho.

– Vamos lá e simplesmente pedir o livro emprestado, falou? – disse Sam, ansioso para resolver logo a situação.

– Não é assim tão simples – disse Felix.

– Claro que é – retrucou Sam.

– Não é, não – disse Felix, irritado. – Já tentei fazer isso. – Ele viu Phoebe colocar um pouco de lama num tubo de ensaio, fechar o livro e caminhar em direção aos portões da escola. Ela não os havia visto. Que bom. – Precisamos ir atrás dela. Ver o que está aprontando.

– Você não disse que ela estava nos ajudando? – perguntou Jake.

– Não tenho tanta certeza assim – murmurou Felix. – Vamos.

Phoebe virou à esquerda. Os garotos rapidamente atravessaram o pátio e a seguiram de longe. Felix olhou para trás, e seu estômago deu um pulo. À distância, as pegadas formavam desenhos claros. Os mesmos padrões espiralados que ele havia visto em frente à cabana depois da tempestade. As espirais se retorciam e reviravam, e seguiam até a entrada da escola – na direção deles. Seja lá o que os perseguia, estava ficando cada vez mais forte.

– Felix, venha. Ela acabou de entrar na Dickens Street – chamou Jake.

Felix virou-se e saiu correndo para alcançá-los. Phoebe estava fora de vista. Eles dobraram a Dickens Street e viram quando ela virou a esquina da Elm Grove. Aquela era a rua de Felix. Será que estava indo até sua casa? Estaria planejando atacar Oscar ou seus pais? Felix apressou o passo.

Phoebe sumiu na casa que ficava no número onze. A casa de Felix.

— Rápido, aqui! — Felix conduziu os outros até a entrada da casa de Ellen e eles foram caminhando agachados ao longo da cerca. Pararam perto de umas tábuas quebradas, e pela fresta Felix espiou o jardim da sua casa.

— Seria muito mais simples pedir o livro e pronto — grunhiu Sam.

— Shhh! — disse Felix.

Phoebe estava de pé, embaixo do olmo. Tinha novamente aberto o livro e agora analisava atentamente a casca da árvore. Guardou o livro na bolsa e retirou uma pequena lixa de metal. Raspou a casca e guardou as raspas em outro tubo de ensaio de vidro.

— Ela está reunindo ingredientes — comentou Felix num sussurro.

— Pra fazer o quê? Torta de casca de árvore? — disse Sam.

Felix hesitou. E agora? Eles deveriam ir atrás de Phoebe para ver o que ela iria fazer, mas o que tinha feito com a árvore? Se estivesse atirando algum feitiço em sua família, ele precisava saber.

Sem consultar os outros, ele saltou a cerca da casa de Ellen e entrou no jardim da sua própria casa.

Ao chegar ao olmo, Felix parou, congelado. Ali, na casca, estava o mesmo desenho. Espirais subiam enrodilhando-se pela casca da árvore em direção à janela do quarto de Oscar. Pareciam ter sido entalhadas.

As abelhas!, pensou Felix. Aquela marca tinha sido feita pelas abelhas. Mas por que Phoebe estaria interessada nisso? Não fazia o menor sentido.

Ele ouviu o som de um carro e virou-se. Viu um Volvo verde subindo pela trilha da entrada da casa. Droga. Era sua mãe.

Ela estacionou e saiu do carro.

— Olá, Fergus. Oscar ainda não voltou da escola. — Espirrou violentamente, depois pareceu ficar intrigada. — Mas espere. Você não deveria estar na escola também?

– Há... é. – Felix tentou pensar rápido. – Só que eu não tive uma das aulas e pensei em dar um pulo aqui para esperar Oscar voltar.

Era uma desculpa esfarrapada, mas sua mãe não fez mais perguntas. Parecia simplesmente feliz pelo fato de Oscar ter um amigo. Retirou um lenço de papel da bolsa e assoou o nariz.

– Pode esperar aqui dentro, se você quiser. Eu lhe preparo um chá. – Ela voltou a espirrar, e seus olhos começaram a encher-se de água. – Desculpe, é minha febre do feno de novo.

Felix sentiu-se tentado a aceitar. Tentado de verdade. Não lembrava mais qual fora a última vez em que teve a atenção total de sua mãe. E daria qualquer coisa para comer a comida dela. Mas avistou os garotos, que o observavam do outro lado da cerca, no jardim da casa de Ellen.

– Ah, não precisa. Na verdade, tenho de fazer o dever de casa, por isso acho que volto mais tarde.

Uma nuvem de desapontamento atravessou o rosto da sua mãe.

– Tudo bem. Vou dizer a Oscie que você veio visitá-lo. Tenho certeza de que ele vai ficar triste de não ter visto você.

Felix observou sua mãe entrar. Era meio estranho que, apesar da cadeira de rodas, Oscar fosse muito mais popular no mundo dele do que naquele.

Voltou até os garotos.

– Caramba, você podia ter nos convidado também. Estou morrendo de fome – disse Sam.

– Não temos tempo. Precisamos encontrar Phoebe. – Ele olhou em torno. – Cadê o Andy?

– Acho que tá escrevendo um bilhete apaixonado para a Ellen. – Jake riu.

Andy estava enfiando um bilhete por baixo da porta da casa de Ellen. Notou então que Felix o observava e de repente pareceu ficar muito interessado em amarrar o sapato.

Felix sentiu uma onda de raiva. Lá estava ele, fazendo todo o possível para levá-los de volta, enquanto Andy saltitava por aí como um idiota apaixonado.

– Vamos – chamou. – Precisamos encontrar Phoebe. – Saiu pisando pesado da frente da casa de Ellen.

Andy saiu correndo ao lado dele.

– Eu só estava tentando explicar que meus sentimentos por Viv são e sempre serão apenas fraternais...

– Poupe a explicação pra alguém que esteja a fim de escutar – cortou Felix. Não havia nem sinal de Phoebe na rua. – Vamos para a Arcane Lane esperá-la.

Os garotos foram andando pela cidade e subiram os degraus da frente da Arcane Lane. A plaquinha na porta dizia ABERTO.

Felix olhou pelo vidro da janela com as mãos em concha e viu Phoebe sentada atrás do balcão, com os tubos de ensaio e o Livro das Sombras aberto à sua frente. Se estava tentando lhes causar mal, provavelmente eles haviam entrado numa armadilha indo até ali.

Mas ele estava com o talismã, não estava? E sabia que funcionava. Se eles estivessem unidos no momento do ataque de Phoebe, seriam protegidos, certo?

Respirou fundo e abriu a porta.

Phoebe olhou para ele, por sobre os tubos de ensaio.

– Ah, quer dizer que desta vez você resolveu cumprir com a sua palavra – disse ela, como quem não quer nada.

Felix foi pego de surpresa.

– Há. É.

Phoebe abaixou os tubos de ensaio e olhou para os outros, que estavam atrás de Felix.

– Não precisava trazer toda a *boy band*.

– Pra falar a verdade, eu precisava sim – disse Felix, com audácia. – Se alguma coisa nos ameaçar, precisamos ficar unidos, senão o talismã não funciona.

Phoebe levantou uma sobrancelha.

– Tem alguma coisa atacando vocês agora?

– Bem, agora não. Neste exato momento, não. Mas tenho motivos para acreditar que você é quem está por trás dos ataques.

Phoebe deu uma gargalhada.

– *Eu*? Eu estou por trás dos ataques?

– Bom, nós vimos você – disse Felix, agora sentindo menos certeza. – Na escola e na minha casa.

– Então me diga uma coisa – disse Phoebe. – O talismã está brilhando neste instante?

Felix retirou o talismã de baixo da camisa. Agora ele mais parecia uma pedra castanha sem graça.

– Então o que você estava fazendo? – perguntou ele, irritado com seu equívoco. Phoebe virou o Livro das Sombras na direção de Felix. Estava aberto na página que ele havia visto antes, mostrando desenhos espiralados idênticos aos que haviam sido deixados depois dos ataques.

– Esta é a seção de demonologia – explicou Phoebe, com ar sombrio.

– Demonologia? – disse Andy. – Ah, não, a coisa vai ficando cada vez melhor.

Phoebe olhou-o com cara amarrada.

– Estou tentando descobrir o que anda atacando vocês, e acho que descobri a resposta. Um demônio está atrás de vocês. Um autêntico demônio sanguinário.

Os olhos de Sam quase saltaram para fora das órbitas.

– O quê? Como assim?

Felix andou até o livro e começou a ler.

– Então – disse ele por fim –, esses ataques elementais... são o mesmo demônio, mas em diferentes formas? Que tipo de demônio é?

Jake parecia completamente aterrorizado.

– Existe mais de um tipo de demônio?

– Isso aqui – disse Phoebe, apontando para a espiral – é a assinatura de um demônio da restauração.

Felix leu em voz alta.

– Criado para restaurar a ordem natural depois de uma perturbação mágica.

– O que é uma perturbação mágica? – perguntou Sam.

– Acho que é... *Vocês?* – disse Phoebe. – Vocês têm alguma coisa a me dizer?

Todos os olhos se voltaram para Felix. Ele respirou fundo. Se Phoebe estava mesmo querendo ajudá-los, não havia problema em lhe dizer a verdade. Bem, pelo menos parte dela.

– Há... bem... – Por onde ele poderia começar?

Por sorte, Sam interveio.

– A gente estava numa excursão da escola, certo? Aí nos perdemos na floresta, e quando descobrimos como voltar pra Bremin, ninguém mais se lembrava da gente. Por isso precisamos da sua ajuda pra voltarmos pro nosso mundo, porque, vou lhe dizer uma coisa, este mundo aqui é uma droga.

Os olhos de Phoebe se iluminaram.

– Foi o que eu pensei. Quer dizer que vocês desapareceram completamente do seu próprio mundo?

– Acho que sim – disse Felix.

Phoebe apanhou uma foto emoldurada de uma moça, que estava sobre o balcão. Respirou fundo.

– Esta é a minha irmã, Alice. Ela sumiu há dez anos. A polícia procurou por ela durante meses, mas nunca encontrou nenhuma pista de seu paradeiro.

– Devem estar nos procurando assim no nosso mundo – disse Sam.

Phoebe assentiu:

– Eu diria que sim.

– O que você acha que aconteceu com ela... com a Alice? – perguntou Felix, hesitante. Não tinha certeza se queria saber a resposta.

Phoebe olhou para ele com intensidade.

— Magia, Felix. Alice era uma bruxa e fez um feitiço poderoso, mas alguma coisa deu errado. Obviamente, quando contei isso à polícia, acharam que eu estava louca.

Felix desviou o olhar. Sabia mais sobre feitiços poderosos que deram errado do que gostaria de admitir.

— O que nos traz de volta ao nosso acordo, Felix.

— Eu... não tenho certeza de como posso ajudar — gaguejou ele.

— Tudo bem. Então me devolva o talismã.

Felix estava encurralado e sabia muito bem disso. Não havia como devolver o talismã a Phoebe. Aquele demônio da restauração iria atrás deles, e o talismã era a única proteção que eles tinham. Precisavam dele até Felix descobrir como poderiam voltar.

— Você sabe qual feitiço ela fez? — perguntou Felix.

Phoebe fez que não.

— É por isso que preciso de você.

— Mas se há dez anos você está tentando descobrir qual foi, que chance eu tenho?

— Sabe qual é a diferença entre nós, Felix?

Felix olhou para Phoebe. Muitas coisas estavam vindo à sua mente.

— Você é capaz de fazer feitiços, mas... — Ela olhou para o outro lado.

— Você não? — perguntou Felix. De repente, ele percebeu por que era tão importante para ela.

— Estudei magia a vida inteira, mas nunca tive nenhum dom. Alice, sim, era a bruxa da família. A única bruxa de verdade que já conheci. Até encontrar você.

Os outros garotos olharam para Felix.

— Cara, você é bruxo? — perguntou Jake.

Felix tentou desviar o assunto.

— Bom, eu li uns livros, consultei uns sites na internet... Mas é o que todo gótico faz.

– Você fez o talismã de Alice funcionar – disse Phoebe. – Só um bruxo verdadeiro é capaz de invocar o poder do talismã elemental.

– Se ele conseguir ajudar você, tem como nos levar de volta? – perguntou Sam, ansioso para voltar ao problema principal.

– Se ele me ajudar a encontrar Alice, ela fará vocês voltarem.

– Acordo fechado – disse Sam.

– Espere aí – disse Felix. – Como é que eu vou encontrar Alice e trazê-la de volta, quando não consigo nem sequer fazer *a gente* voltar?

– Encontrando o feitiço que ela fez. Feito novamente, do mesmo jeito e no mesmo lugar, o feitiço pode ser revertido – explicou Phoebe com simplicidade.

Felix absorveu aquilo. Era só isso o que ele precisava fazer? Se fosse assim tão simples, ele conseguiria fazê-los voltar.

– Felix?

– Claro. Vou tentar.

– Estou contando com você. Neste meio-tempo, tome cuidado. O demônio está ganhando forças. Ele vai demorar um pouco para se reorganizar depois do ataque de hoje, mas, quando voltar a atacar, estará mais forte do que nunca.

Felix estremeceu. O demônio havia voltado todos os cachorros de Bremin contra eles. Era melhor não pensar no que seria capaz de fazer em seguida.

Os garotos voltaram para a cabana caminhando pela trilha no meio do mato. Felix estava afastado dos outros. Precisava de tempo para pensar. Se Phoebe estivesse certa quanto à maneira de reverter um feitiço, ele tinha quase certeza de que conseguiria levá-los de volta. Devia isso aos outros, embora com certeza fosse difícil deixar aquele mundo, onde seu irmão era capaz de andar e sua mãe queria lhe servir chás da tarde.

Quando voltaram à cabana, Jake ficou parado na semiescuridão, segurando o papel que Bates lhes havia dado.

– Galera.

– O que foi?

– Deem uma olhada nisso aqui.

Os outros o rodearam.

– Autorização para excursão até a Cadeia Montanhosa de Bremin – leu Andy.

Os garotos se entreolharam.

– É a mesma excursão! – disse Sam, num sussurro.

– Deve ter sido adiada neste mundo – comentou Andy.

Felix ficou olhando para o papel. A mesma excursão, o mesmo lugar. O destino havia se manifestado. Os outros olharam para ele.

– Você acha que consegue trazer Alice de volta? – perguntou Sam.

Felix sorriu.

– Posso fazer mais do que isso. Acho que consigo levar *a gente* de volta.

jake: caça a um buraco de minhoca

Jake sentou-se junto à janela da cabana. Lá fora, o sol estava nascendo. O mundo se banhava de uma luz suave e esperançosa. Jake inclinou a cabeça contra o vidro. Mal dormira a noite inteira. Segurava em uma das mãos a autorização para a excursão. Lembrou como sua mãe havia assinado aquele papel correndo, como sempre, apressada para sair de casa. Ela havia terminado o último turno na noite anterior e agora, às oito, já tinha outro. Antes de sair pela porta dos fundos, para evitar o agente imobiliário Phil, ela lhe dera um beijo e lhe dissera para se divertir.

O sol estava mais alto no céu, agora. Jake era quase capaz de enxergar as árvores encolhendo enquanto observava a cena. O dia estava nascendo depressa e ele não sabia direito o que pensar disso. Será que realmente gostaria de fazer sua mãe voltar a uma vida de miséria só porque decidira aos dezoito anos ter o filho que trazia na barriga?

— Não é assim que as coisas funcionam.

Jake olhou para o lado. Andy estava observando-o, deitado na cama.

— Há?

— Nos universos paralelos, as duas realidades existem simultaneamente. Não é questão de uma ou outra.

Jake olhou fixo para ele.

— Como você sabia no que eu estava pensando?

Andy encolheu os ombros.

— Palpite, acho.

Jake olhou para o outro lado.

– Eu só estava pensando, sabe... que se hoje é a nossa chance de voltar, não tenho tanta certeza se...

– Eu sei – disse Andy. – Eu sinto mais ou menos a mesma coisa.

– Sério? Achei que você estivesse desesperado para comer a comida da sua *nai nai* e enfrentar as três horas de atividades extracurriculares que seu pai prepara pra você.

Andy parecia pensativo.

– Bom, se eu precisasse definir em porcentagem o meu sentimento de estar aqui, diria que odeio de 60% a 70%; mas gosto de 17%, pois me sinto estimulado... basicamente porque uma garota gosta de mim... ou pelo menos gostava. E de 13% a 23% do tempo eu me divirto.

Jake sorriu. Era porque ele estava no meio do mato há tempo demais ou porque agora o que Andy dizia começava mesmo a fazer sentido?

Sam sentou-se e esfregou os olhos.

– Aqui os meus irmãos me odeiam e meus pais me substituíram. Então quero 110% voltar pra casa.

Todos olharam para Felix, que roncava serenamente, segurando firme o talismã com uma das mãos.

– E ele? – perguntou Jake.

– Ele parece bem feliz aqui – respondeu Andy. – Aqui o irmão dele anda. E a família dele está sempre convidando-o para visitar sua casa.

Jake observou o peito de Felix subir e descer. De todos, Felix era o que parecia ter se dado melhor com a troca.

Felix deve ter sentido que o observavam, porque acordou.

– O que vocês estão olhando, hein?

– Se liga, cara. Você mesmo que disse – falou Sam, empurrando-o de brincadeira. – Hoje a gente vai voltar.

– Bom, não tenho certeza se as coisas são tão simples assim.

— Claro que são — retrucou Sam. — A gente só precisa refazer os mesmos passos.

— E encontrar um buraco de minhoca — acrescentou Andy.

— Exato — disse Sam. — Espere aí. Que buraco de minhoca?

— Aquele que nos trouxe pra cá.

Os outros olharam para Andy, incertos.

— Neste mundo, a excursão foi adiada. Portanto, provavelmente o buraco de minhoca também foi. Só precisamos encontrá-lo de novo.

Felix revirou os olhos.

— E você ainda acha que a *magia* é que é algo inacreditável.

Andy o ignorou.

— Repetir as mesmas ações para obter os mesmos resultados. Esta é a base do método científico.

Jake olhou para Andy. Fazia sentido, na verdade. E, se era verdade que sua mãe podia existir em mundos múltiplos, então pelo menos ele gostaria de estar numa realidade em que ela soubesse quem diabos ele era.

— Magia, ciência, tanto faz; eu acredito em qualquer coisa, desde que nos faça voltar — disse Sam.

Felix apanhou sua mochila.

— Tudo bem, então. Tem um ônibus nos esperando.

Jake estava olhando para o formulário de autorização.

— Galera, espera aí. Phoebe precisa assinar isso aqui.

Sem sequer piscar um olho, Felix sacou uma esferográfica da mochila e rabiscou *Phoebe Hartley* na linha pontilhada dos quatro formulários.

— I-isso é f-fraude — gaguejou Andy.

— Então me entregue à polícia — disse Felix, olhando-o com seu olhar mais sombrio e caminhando em direção à porta.

— O que deu nele?

Jake balançou a cabeça.

— Cara, você roubou a gata dele. Dificilmente ele vai querer ser seu melhor amigo. — Percebeu a expressão chocada no rosto de Andy e acrescentou: — Vamos lá, vamos caçar uns buracos de minhoca.

Os garotos caminharam até a escola. Um ônibus aguardava estacionado em frente, com o motor ligado.

Jake olhou para cima. Algumas nuvens escuras ameaçavam tingir um céu que, de outra maneira, estava limpo. Exatamente como naquele dia.

Do nada, uma bola de futebol australiano veio voando em sua direção. Sem pensar, Jake estendeu a mão e a apanhou. Houve uma explosão de aplausos enquanto Trent e Dylan o cumprimentavam.

— Não era pra você, cara, mas mandou muito bem! — disse Trent, dando-lhe um tapinha nas costas.

Jake virou-se para ver quem era o alvo da bola e viu Felix de cara feia.

Ah, é. Ele tinha se esquecido disso.

Devolveu a bola para Trent.

— Sabia que a gente está precisando de um jogador no time de futebol? — comentou Trent, enquanto passava a bola para Dylan.

Jake sorriu.

— Parece sensacional.

— Você tá dentro, cara.

Uma BMW preta estacionou ao lado do ônibus e Bates saltou do banco do passageiro, vestido com um suéter lilás de gola em V recém-passado a ferro.

O sorriso de Jake sumiu quando sua mãe saltou do lado do motorista. Juntos, ela e Bates abriram o porta-malas e começaram a descarregar uma pilha de balizas de orientação. Jake ficou olhando os dois batendo papo, descontraídos. Depois de descarregar tudo, Bates se virou e beijou-a na boca.

Jake olhou para o outro lado.

– Que nojento – disse Sam, que estava parado ao seu lado.

– Te falei – disse Jake, e tirou do bolso o formulário de autorização.

Certo. Se ele tinha alguma dúvida se queria ou não ir embora daquele mundo, não tinha mais. Pegaria o próximo ônibus que saísse dali.

– Aos seus lugares, senhoras e senhores. A natureza não espera por ninguém. – Bates estava parado junto à porta do ônibus coletando os formulários de autorização.

Jake colocou o seu formulário com toda a força na mão de Bates, embarcou e foi se sentar ao lado de Sam.

– Próxima parada: lar, doce lar. – Sam sorriu. Seu entusiasmo era contagiante.

– Há-há. Próxima parada – concordou Jake.

O ônibus deu partida e começou a andar. Jake olhou pela janela. Adeus, estranho mundo alternativo de Bremin. Olá, mundo real.

Um brinquedo macio cor-de-rosa cintilante voou por cima da sua cabeça e aterrissou com um baque no corredor. Gritos e vivas vieram do fundo do ônibus. Jake virou-se e viu Trent, Dylan e o resto da galera tirando Mikey do seu assento.

– Aaaah, coitadinho, perdeu seu brinquedinho – disse Trent.

– Não se preocupe, ele pode ficar chupando o dedo. – Dylan empurrou o polegar de Mikey com força em direção à boca.

– *Trent. Dylan.* Aos seus lugares, *agora*! – berrou Bates.

Trent e Dylan deram um *high-five* e desabaram em seus assentos, enquanto Jake os observava. Será mesmo que um dia eles foram seus melhores amigos? Olhou para o unicórnio caído no corredor. Seu olho de vidro o encarava ressentido. Hesitou por um instante, depois inclinou-se e apanhou o brinquedo.

— Ah, mandou bem, Jakey! Atira isso pra cá! – gritou Dylan.

Jake deu as costas e andou lentamente pelo corredor do ônibus. Trent soltava urros de alegria.

— Para o seu lugar, Jake – gritou Bates.

Jake, porém, continuou andando. Foi até a outra ponta do corredor e devolveu o unicórnio para Mikey.

Os queixos de Trent e Dylan caíram.

Jake voltou para o seu lugar e sentou-se.

Felix lhe deu um sorrisinho, mas Jake sabia muito bem o que aquele sorriso significava. Não precisava que Felix deixasse claro o quanto seu antigo eu era um otário. Já era ruim o bastante ele mesmo reconhecer isso.

Bates estava no meio da explicação sobre os procedimentos daquela excursão.

— Ao chegarmos, vocês serão divididos em grupos de quatro. Trata-se de um exercício de colaboração e de aprender a trabalhar em equipe.

Andy inclinou-se para Jake, do outro lado do corredor, e sussurrou:

— Está vendo? O padrão está se repetindo.

Depois do que pareceu ser uma eternidade, o ônibus parou no estacionamento do Parque da Cadeia Montanhosa de Bremin e todos desembarcaram. Como da última vez, Bates colocou os mapas e as folhas de atividade sobre uma das mesas de piquenique.

Ellen aproximou-se de Andy, que estava ao lado de Jake.

— Andy, eu recebi seu bilhete – disse ela.

— Recebeu? Fez sentido?

Ellen balançou a cabeça.

— Nenhum. – Inclinou-se na direção dele e disse: – Mas foi bonitinho.

Andy de repente segurou sua mão.

– Bom, só para o caso de eu não voltar, eu queria... – Ele inclinou-se e deu um beijo no rosto dela.

Jake notou que Felix agora parecia bastante interessado em seus próprios sapatos.

– Certo, gente – disse Bates pelo megafone. – Formem equipes de quatro pessoas enquanto leio os seus nomes. – Mike, Sam, Tammy e Trent.

Sam olhou para os outros.

– Isso não está certo.

– Andy, Myles, Hugo e Dylan.

– Não estamos juntos – sussurrou Andy. – Era para ter sido igual da outra vez. Todas as outras coisas estão acontecendo assim.

– Não dá pra fazer um feitiço ou algo assim? – perguntou Sam meio desesperado para Felix.

– Não é assim que funciona – explicou Felix, que agora estava mais branco do que o normal.

Jake pensou depressa. Se eles não estavam juntos, só havia uma opção.

– Jake, Sammy, Oscar e Mia – disse Bates.

Os outros alunos começaram a formar seus grupos, mas nenhum dos quatro garotos havia mexido um músculo.

– Vamos, gente – disse Bates. – Os outros não vão morder vocês.

– *Corram!* – gritou Jake, e os quatro saíram em disparada pela trilha da floresta.

– Ei, voltem aqui! – gritou Bates irritado pelo megafone. – Vocês estão suspensos, os quatro.

Jake não estava nem aí. Dane-se Bates e suas regras idiotas. Seguiu na frente. Lembrava-se da trilha tão claramente quanto se estivesse estado ali no dia anterior.

Antes ele tinha dado tanta importância a vencer aquele maldito exercício, e tudo isso por quê? Para derrotar o panaca do Trent?

Correu mais rápido. Podia ouvir os outros atrás dele. Era bom correr, era como se estivesse correndo do seu eu antigo e de todas as idiotices às quais ele dava tanta importância.

Virou uma curva e parou, sem fôlego.

Os outros o alcançaram.

– Isso foi sensacional – ofegou Sam. – Viram a cara do Bates?

Felix olhou ao redor.

– Sei onde estamos. É o lugar onde Jake esvaziou a mochila de Andy.

Jake suspirou. Caramba, será que ele realmente precisava de mais um lembrete do quanto havia sido idiota?

– Beleza, já entendi. Eu era um tapado.

– Bom, não reconhecer o valor do poncho de *nai nai* foi bastante negligente da sua parte, dadas as circunstâncias – disse Andy.

Jake não conseguiu conter um sorriso. Ficou de joelhos.

– Eu gostaria então de pedir desculpas a você, Andy, e a você, Felix, por ter sido um otário. – Levantou-se. – Pronto. Felizes?

Andy sorriu.

– Todos nós mudamos. Eu era um nerd, mas não sou mais. – O céu de repente escureceu, e Andy olhou para cima. – Uma tempestade repentina. Como da vez passada. Uma confluência de eventos repetidos.

Jake, Sam e Felix se entreolharam.

– Há-há, definitivamente não é mais um nerd. Claro – riu Jake.

Felix começou a incitá-los trilha abaixo.

– Vamos nessa. Precisamos encontrar o atalho que pegamos daquela vez.

O céu estava ficando cada vez mais escuro e eles ouviram um ribombar grave. Jake parou e olhou ao redor, nervosamente. Aquilo não parecia um trovão. Mais parecia vir de dentro da terra. O que foi mesmo que Phoebe disse que eles eram? *Uma perturbação mágica?* A terra soltou novo estrondo, raivosa.

Assustado, Jake correu para alcançar os outros.

Felix ia na frente, descendo a trilha em direção aos arbustos.

– Foi aqui que saímos da trilha.

Jake empurrou os galhos para abrir passagem pelo mato e emergiu ao lado dos outros em uma clareira familiar.

– É aqui – disse Felix.

– Aqui caímos da encosta – disse Sam.

– E eu perdi o mapa – emendou Felix.

– Uau, é íngreme mesmo! – exclamou Andy, olhando pela beira da encosta.

A terra ribombou mais uma vez, agora tão violentamente que o chão tremeu como se houvesse algo ali embaixo tentando sair.

Eles olharam uns para os outros, nervosos.

Jake notou a luz pulsando embaixo da camisa de Felix.

– Felix, o talismã está brilhando.

– Eu sei – disse Felix. – O demônio recuperou suas forças.

Jake sentiu uma pontada de medo. O que será que iria atacá-los desta vez? O que viria depois de cachorros? Touros? Leões?

– Precisamos ficar juntos – disse Felix com firmeza. Estendeu as mãos para a frente. – Vamos descer.

Jake olhou para a mão estendida de Felix. Tinha avançado muito ao admitir que fora um canalha, mas não tinha certeza se estava preparado para segurar a mão de outro cara.

– De jeito nenhum, parceiro.

Naquele instante, um ribombar gigantesco emergiu da terra, fazendo o chão tremer. Jake então segurou a mão de Felix, e estendeu a outra para Andy e Sam, e quando eles perceberam, já tinham saltado de cima do penhasco. Deslizaram depressa e furiosamente pela encosta da ravina e aterrissaram lá embaixo com quatro baques consecutivos.

Jake olhou em torno. Como da vez passada, havia uma estranha calmaria. Nenhuma brisa. Nenhum ruído. Olhou para os outros. Seus rostos ainda registravam o choque da aterrissagem.

Felix retirou o talismã de dentro da camisa. Não brilhava mais.

– As pilhas devem ter caído durante a queda – comentou Andy.

Felix tornou a escondê-lo, incomodado.

– Você acredita em buracos de minhoca e nas mais idiotas teorias científicas que já foram inventadas, mas não acredita em magia.

– Se quer mesmo saber, a física quântica pode ser comprovada.

– Bem, e se a magia não passar de ciência que ainda não foi provada?

Jake olhou para Andy. Como ele iria responder àquela pergunta? Andy, porém, não disse nada.

Felix se levantou.

– Vamos, precisamos encontrar a clareira onde fizemos o fei... quero dizer, o fogo.

– Pensei que a gente estivesse procurando buracos de minhoca – disse Sam.

– Pois é, bem, boa sorte com isso – retrucou Felix, indo embora.

– Como é um buraco de minhoca, exatamente? – perguntou Jake.

– Um túnel geométrico que atravessa o espaço-tempo.

Jake olhou ao redor.

– Não tem nenhum túnel assim por aqui.

– Bem, você talvez só seja capaz de vê-lo depois que ele engolir você.

– Vamos! – chamou Felix. – Precisamos ficar juntos.

Quando alcançaram Felix, ele estava parado no centro de uma pequena clareira. Penduradas nas árvores que a formavam havia os estranhos objetos que eles viram da última vez. Felix mexia distraidamente num deles, imerso em pensamentos. Olhou para os outros.

– Não faz sentido, mas estes objetos estavam pendurados no nosso universo e também estão presentes neste aqui.

— Quer dizer que alguém andou fazendo aulas de artesanato nos dois mundos — disse Andy, sem dar importância aos ornamentos feitos de tear.

Felix o ignorou.

— Acho que tem a ver com a irmã de Phoebe. Pode ter sido aqui que ela desapareceu.

— Então, você só precisa reverter o feitiço para ela voltar, certo? — disse Jake, cheio de esperança.

— Você conhece o feitiço? — perguntou Sam.

Felix olhou para o outro lado, evasivo.

— Posso tentar.

— Bem, então danem-se as minhocas. Faça o feitiço — ordenou Sam.

Felix fechou os olhos e começou a entoar baixinho.

— *Água, fogo, terra e ar,*
Elementos que precisamos partilhar.

O céu se abriu com um estrondo, e um relâmpago ofuscou seus olhos. Quase que imediatamente uma torrente de chuva começou a cair.

— Saiam de perto das árvores! — gritou Andy.

Jake avistou a plataforma de pedra onde eles haviam se abrigado antes. Correu até lá, atravessando a clareira. Os relâmpagos dividiam o céu em dois. Jake corria depressa, sem conseguir ver os outros.

Então, de repente, caiu. O mundo ficou negro enquanto ele caía terra abaixo. É assim, pensou, que deve ser a sensação de ser engolido por um buraco de minhoca.

sam: ainda na floresta

Através da chuva torrencial, Sam via a silhueta de Felix segurando o talismã e gritando a plenos pulmões:

– *A água lava nossos pecados,*
A terra nos guia para um lugar.
O vento traz consigo o medo,
Chamas que precisamos enfrentar.

Aquelas palavras... Sam tinha certeza de que já tinha ouvido aquilo antes. Mas onde? A chuva atingia sua pele com força. Ele abriu caminho até Felix. Se a magia iria levá-los de volta, Sam com toda a certeza queria estar no lugar onde aquilo aconteceria.

– *Caminhe de novo sobre esta terra,*
Caminhe sobre esta...

Tinha quase alcançado Felix quando sentiu alguma coisa segurar seu tornozelo e, antes que se desse conta do que estava acontecendo, teve a sensação de estar caindo. Tudo ao seu redor ficou preto e ele aterrissou com um baque dissonante.
– Aiii – disse uma voz.
Sam tateou no escuro. Pernas. Braços. Uma cabeça.
– Pare de ficar me apalpando – disse a voz.
– Jake?
– Sam?

– Onde estamos?

– Acho que encontramos o buraco de minhoca de Andy – sussurrou Jake.

Sam tateou em torno. Estavam dentro de uma espécie de rede. Sam enfiou a mão por um dos buracos da rede e sentiu que tocava terra.

– Os buracos de minhoca são feitos de terra?

– Sei lá.

Sam olhou para cima e avistou um trecho de céu cinzento, escondido pelo que ele achava serem os galhos de uma árvore.

– Parece mais uma trincheira de guerra. Talvez a gente tenha viajado no tempo até a Segunda Guerra Mundial ou algo assim – disse Sam.

Jake sentou-se.

– Há-há, essa foi boa. Era só o que a gente precisava.

– Shhh – disse Sam. – Estou ouvindo vozes.

Lá em cima eles podiam ouvir Felix e Andy e outra voz, grave e áspera.

– Quem é? – perguntou Jake.

– Provavelmente um general ou algo do tipo. Fique quieto – sussurrou Sam.

Mas Jake não deu ouvidos.

– Socorro! – gritou. – Tira a gente daqui!

Uma luz fraca entrou ali quando os galhos acima deles foram afastados, fazendo uma cascata de água aterrissar sobre os dois. Um rosto enlouquecido olhou-os lá do alto.

– Roland?

– Interessante. Muito interessante – disse Roland, afastando ainda mais galhos e revelando os rostos ansiosos de Felix e Andy na abertura do buraco.

A chuva parecia ter parado. Sam gritou lá para cima:

– Chegamos? Funcionou?

Roland continuava parado, com o *nulla-nulla* numa das mãos.

– Não foi bem o resultado esperado, mas foi um sucesso mesmo assim – disse, pensativo.

– Quer dizer então que voltamos? – perguntou Sam, cheio de esperança.

– Esta é minha armadilha para animais selvagens. Nunca consegui apanhar nada com ela, portanto, é bom saber que funciona. Nunca se sabe o que se pode encontrar por aqui, rapazes – disse Roland, encolhendo os ombros. – Esteja preparado, é o que eu sempre digo.

Sam gritou para Felix:

– Felix? Deu certo? O feitiço que você ia...

Roland estendeu o braço para baixo para ajudar Sam a sair.

– Acho que vocês vão querer de novo uma carona de volta para a cidade, né?

De novo. Sam sentiu a pontada daquela palavra. Quer dizer que eles *não* tinham voltado. Se tivessem, Roland não teria a menor ideia de quem eles eram. Nada daquilo havia funcionado. Nem o buraco de minhoca, nem o feitiço. Sentiu uma pontada no estômago. Olhou para Roland e se deu conta do quanto havia esperado que aquela excursão fosse reverter tudo. Mas, agora, suas últimas esperanças tinham ido por água abaixo.

Segurou a mão suja de Roland, relutante, e deixou que ele o içasse para a luz. Roland em seguida puxou também Jake.

Sam caiu no chão ao lado do buraco: imundo, enlameado e deprimido.

– Certo, rapazes, vamos até o carro que eu lhes darei uma carona de volta pra casa – disse Roland, e virou-se em direção ao mato.

Sam teve vontade de gargalhar. *Casa?* Ele não tinha casa.

Lá embaixo, o chão começou a tremer. Como se zombasse de sua cara, soltou um estrondo parecido com uma gargalhada querendo sair da barriga de alguém. Sam virou-se para os outros e viu Felix segurando com força seu pescoço.

– O talismã! – disse. – Deve ter caído em algum lugar.

O chão ao redor começou a tremer com mais violência.

Sam observou Roland com atenção. Ele parecia estranhamente congelado. Depois, seu corpo começou a se movimentar de um jeito esquisito, meio robótico. Seu pescoço se virou e ele olhou para os garotos com um olhar tão morto quanto uma pedra.

– Precisamos encontrar o talismã! – gritou Felix sobre o estrondo ensurdecedor da terra. – É o demônio. Ele está assumindo a forma humana!

Sam se pôs de pé num pulo. Começou a tatear pelo mato, procurando o talismã.

Roland começou a andar de um jeito espasmódico em direção a Felix. Seus olhos começaram a irradiar uma luz vermelha assustadora. Um grunhido grave e gutural explodiu de sua boca.

Sam segurou o braço de Andy.

– Vamos! Procure! Precisamos encontrar o talismã.

– Como se um colar pudesse salvar a gente – disse Andy, irônico.

Sam não conseguia acreditar. Quando um *demônio* estava prestes a atacar não era o melhor momento para se duvidar da magia. Segurou o braço de Andy com mais força.

– Ai! – gritou Andy. – Não precisa apelar para a violência física.

– Procure. Agora! – ordenou Sam.

Felix havia desviado para trás de Roland, que estava assustador, mas cujos movimentos eram lentos. Ele demorou alguns instantes para descobrir para onde Felix havia ido. Então, finalmente virou-se, levantou o *nulla-nulla* acima da cabeça e tentou golpear Felix. Quase o derrubou, mas Felix se desviou rapidamente e voltou a esconder-se atrás dele. Mais uma vez, Roland demorou um pouco para descobrir para onde ele havia ido.

– Vamos encontrar o talismã enquanto Felix o distrai – disse Sam irritado para Jake e Andy.

Os três começaram a abrir caminho pelo meio do mato, que estava úmido. Sam não conseguiu obter mais do que uns punhados de folhas úmidas.

Roland abriu a boca e soltou outro rugido tenebroso. Seus olhos brilhavam como brasas. Ele parecia estar começando a ficar cada vez mais forte.

– Encontrem o talismã! – gritou Felix. Atravessou depressa na frente de Roland, tentando desorientá-lo, mas os reflexos de Roland estavam melhorando. Ele estendeu a mão para agarrar Felix e por uma questão de milímetros não conseguiu.

– Jake, precisamos impedi-lo, senão ele vai matar Felix – gritou Sam, e virou-se de novo para Andy. – Continue procurando!

Como se só tivesse notado a presença deles naquele momento, Roland virou-se para Jake e Sam. Atirou o *nulla-nulla* no chão e saiu correndo atrás dos dois.

Jake e Sam se entreolharam, nervosos. Roland abaixou-se e apanhou um tronco gigantesco. Sam sabia que não havia como um ser humano conseguir levantar aquilo, mas obviamente Roland não era mais humano, porque levantou o tronco como se não passasse de um pauzinho. Atirou-o com toda a força em Jake e Sam, mas eles se lançaram para o outro lado e o tronco atingiu com um estrondo uma árvore próxima. Roland saiu correndo atrás deles, rugindo com uma força descomunal que vinha diretamente da terra e o atravessava.

– Rodeiem o cara! – berrou Sam.

Jake assentiu.

– Um, dois, três, já!

Eles se atiraram um de cada lado em cima de Roland, que se desvencilhou dos dois como se não passassem de insetos chatos. Sam caiu com força sobre uma rocha. Uma dor aguda atravessou sua perna direita. Ele apalpou sua canela. Caramba, tomara que não tivesse quebrado nenhum osso.

Roland voltou agora a atenção para Felix e estava alcançando-o rapidamente. Felix desviou-se do seu caminho, mas Roland agora era ágil demais. Segurou-o com as duas mãos. Felix tentou se desvencilhar de seu aperto, mas Roland era muito forte. Estava prestes a sufocá-lo quando Andy gritou:

– Encontrei!

Sam se pôs de pé num pulo. A dor em sua perna direita lançou uma pontada lancinante até o alto da sua coxa, mas ele mal sentiu.

– Segura aí, Andy! – gritou ele.

Roland virou-se na direção do talismã. Soltou Felix, que caiu atônito no chão, e começou a andar em direção a Andy, atraído como uma mariposa pela luz.

Sam correu até Felix e o colocou de pé. Felix estava mortalmente pálido e esforçava-se para conseguir respirar.

– Você precisa entoar o feitiço!

Felix tossiu. Sam virou-se e viu Andy empunhando o talismã, que brilhava intensamente, na frente de Roland. Sacudiu Felix com força.

– Vamos! Diga!

Felix tentou recobrar o fôlego e começou a recitar.

– *Divindades dos elementos, eu vos convoco.*

Roland aproximou-se de Andy.

Felix tossiu e seu peito chiou.

– *Terra, água, ar, fogo.*

– Vamos, Felix, depressa! – gritou Sam, desesperado.

– *Invoco que coloqueis nesta pedra*
Vossa grande força, e a bondade que medra.

Felix estava recuperando o fôlego. Sua voz aos poucos recobrava a força.

Andy brandia corajosamente o talismã. Roland estava a poucos passos de distância.

– *E enquanto esta pedra estiver em minha mão*
Estareis a salvo neste mundo de imensidão.

O talismã de repente brilhou com intensidade e Roland estacou.

Sam observou impressionado a luz vermelha começar a abandonar seus olhos. Ele deixou as mãos penderem nos lados do corpo e balançou a cabeça como um nadador tentando tirar água do ouvido. Seus ombros se curvaram em sua posição normal. Ele olhou cheio de curiosidade para Andy, que o encarava fixo, empunhando o talismã com uma expressão de completo terror.

– O que foi, parceiro? Parece até que você viu um fantasma!

Sam soltou Felix, que caiu de joelhos.

Roland apanhou seu *nulla-nulla* do chão.

– Certo, o que vamos fazer? Querem que leve vocês de volta à cidade ou não?

Sam estava sem fala. Roland não fazia a menor ideia do que tinha acontecido e olhou para Felix, que estava mortalmente pálido.

– O que deu nele?

– *Você* deu nele – respondeu Sam. – Você ficou completamente pirado e tentou nos matar.

Roland começou a gargalhar com gosto.

– Ah, essa é boa! Com certeza tem muitas coisas perigosas por aqui, mas eu não sou uma delas. – Tirou um galho do seu cabelo e olhou-o, intrigado.

Ninguém sabia o que responder.

– Certo – disse Roland. – Acho que vou deixar vocês à vontade e ir alimentar as Henriettas. Se quiserem uma carona pra Bremin, é só dar um pulo no acampamento. – Ele saiu pisando o mato e assobiando alegremente.

Os garotos se entreolharam. Caramba, por *muuuito* pouco não acabam mal.

Andy ainda não havia se mexido. Continuava parado, segurando o talismã. Seu braço lentamente pendeu ao lado do corpo e ele olhou envergonhado para Felix.

– Certo. Existe magia, com certeza.

Felix sorriu.

— Até que enfim!

— Mas a gente precisava quase ter morrido pra você descobrir isso? — disse Jake, ajudando Felix a se levantar.

— Precisamos dar o fora daqui — disse Felix. — Se o demônio é capaz de possuir pessoas, está ficando muito forte.

Sam mal podia acreditar no que estava escutando.

— Espera aí. A gente veio pra cá para descobrir um jeito de voltar pro nosso mundo.

— Sam — disse Felix. — Eu tentei, tá legal? Não deu certo. Precisamos encontrar outro jeito.

Sam balançou a cabeça. Não ia deixar que eles desistissem. Já estavam ali. Tinham o talismã para protegê-los. *Precisavam* continuar tentando.

— De jeito nenhum. Precisamos refazer nossos passos.

— A gente já fez isso, cara — retrucou Jake, olhando em torno. — E quase morremos.

— Ainda não terminamos — disse Sam. Olhou ao redor, procurando lenha. — Da vez passada, nós acendemos uma fogueira. — Ele apanhou uns gravetos úmidos. — Vamos! Precisamos refazer nossos passos, ou seja, passar a noite aqui. Só amanhã vamos saber se deu certo ou não.

Ninguém se moveu.

— Provavelmente ainda dá tempo de pegar o ônibus de volta — disse Andy, entregando o talismã a Felix.

Que traidor. Sam virou-se para ele:

— Foi *você mesmo* que disse que ia dar certo. Que a gente encontraria o buraco de minhoca, se repetíssemos tudo exatamente como da última vez.

Andy pareceu ficar pensativo.

— É. Mas isso foi antes de eu acreditar em magia. Devo admitir que isso mudou o jogo completamente.

Sam sentia vontade de gritar de frustração. O que deu neles? Será que só ele realmente queria voltar? Apanhou mais lenha e foi andando em direção à plataforma rochosa.

Felix gritou, chamando-o.

– Sam, por favor. Precisamos voltar. Conversar com Phoebe.

Sam virou-se, furioso.

– Certo, tudo bem. Podem ir. Mas eu vou ficar bem aqui.

Felix suspirou.

– Você não pode ficar aqui sozinho. Você acabou de ver o que aconteceu. Se não estivermos juntos...

De repente, do meio dos arbustos, à direita de onde eles estavam, ouviu-se um estalo alto.

Jake virou-se bruscamente.

– O que foi isso?

Parecia uma criatura caminhando pelo mato na direção deles.

Sam caminhou até onde os garotos estavam.

– É o demônio de novo. Rápido, faça o feitiço!

– *Divindades dos elementos...* – começou a entoar Felix.

Justamente quando eles perceberam que o talismã não estava brilhando, os galhos de uma acácia se afastaram e surgiu diante deles um furioso Bates.

– Que *diabos* vocês pensam que estão fazendo aqui?

Os garotos se entreolharam.

– Matando demônios? – arriscou Andy.

Bates fingiu que não ouviu.

– Os alunos já estão cansados de esperar no ônibus, enquanto vocês estão aqui... fazendo o quê? – Ele olhou para os braços de Sam, cheios de gravetos. – Montando acampamento?

– A gente se perdeu – explicou Felix.

– Bem, se tivessem apanhado um dos mapas e permanecido com as equipes destinadas, nada disso teria acontecido. – Bates não conseguia conter sua raiva. – Vamos. Sigam-me.

— Tudo bem. Podemos ficar aqui mesmo — sugeriu Sam. — A gente não se importa.

Bates virou-se para ele bruscamente.

— Nem sonhando.

— Mas isso já aconteceu uma vez, antes — murmurou Sam.

— Sigam-me. *Agora*! — ordenou Bates.

Felix, Andy e Jake saíram atrás do professor; seu suéter lilás indicava o caminho pelo meio do mato.

Sam hesitou. Melhor ficar ou ir embora? Tentar mais uma vez? Lembrou-se dos olhos demoníacos de Roland e de sua força sobre-humana. Ele não teria a menor chance contra aquilo, sozinho. Atirou longe o punhado de gravetos molhados. O fato de ter ficado tão próximo de voltar e não ter conseguido piorava muito a situação.

Os outros já estavam praticamente fora de vista quando ele rumou atrás deles, relutantemente. Caminhou com tristeza pelo mato. Viu Andy à sua frente.

— Sam.

— Hum. Que foi? — disse Sam, irritado.

Andy virou-se para ele.

— Eu não disse nada.

Sam observou Andy caminhando. Ele sumiu ao virar uma curva.

— Sam.

A voz parecia bem próxima.

— Sim? — disse Sam, hesitante.

— Eles não entendem o que você está passando... mas eu entendo.

Sam olhou ao redor. A voz parecia estar vindo de toda parte. Da terra, das árvores, do céu; tudo parecia vibrar com aquele som.

— Eu posso ajudar você, Sam.

Sam ficou perfeitamente imóvel.

— Se me deixar.

Sam sentiu sua respiração se acalmar aos poucos. A voz era consoladora.

Olhou ao redor, mas não havia ninguém ali. Só uma brisa suave, roçando os galhos dos eucaliptos. Balançou a cabeça. Devia estar imaginando coisas. Virou-se para tentar alcançar os outros. A voz surgiu novamente; agora com mais insistência.

– Você vai me deixar ajudá-lo, Sam?

felix: desfazer o...

— Portanto, talvez a explicação mais próxima do que aconteceu de fato com a gente seja uma interseção entre a ciência e a magia. O ponto de ligação onde os dois sistemas colidem.

Felix estava tentando não dar bola para Andy desde o momento em que entraram no ônibus. Mas, mesmo agora, enquanto caminhavam pela trilha, ele não parava a lenga-lenga. Como se fosse um crente recém-convertido, Andy inundava Felix de perguntas sobre cada aspecto da magia. Aquilo estava deixando Felix maluco, a ponto de quase desejar que Andy tivesse continuado a não acreditar em magia. Pelo menos aí Felix não seria obrigado a enfrentar as perguntas constantes sobre como a magia funcionava e o quanto seu sistema de causa e efeito era próximo do modelo científico.

— Pode ser — disse Felix, tentando dar uma indireta para Andy de que era melhor ele calar a boca. Agora ele tinha mais com o que se preocupar, como por exemplo o motivo de o feitiço não ter funcionado. Talvez Sam tivesse razão. Eles não haviam refeito seus passos exatamente como antes.

Jake pousou a mão em seu braço.

— Felix, dá uma olhada.

Felix estava tão envolvido em seus próprios pensamentos que não tinha percebido que eles já estavam na frente da cabana. Estacionado em frente, havia um carro de polícia.

— É meu pai — disse Jake.

Os garotos se agacharam e observaram o pai de Jake andar de um lado para o outro. Outro policial saiu da cabana enquanto isso.

— Nem sinal deles, sargento, mas com toda a certeza é aqui que estão morando.

O pai de Jake correu os olhos pelos arbustos. Seus olhos passaram pelo lugar onde os quatro garotos estavam escondidos, junto à grama. Felix prendeu a respiração.

— Certo. Vamos vasculhar a área, então. Eles não podem estar longe.

— Precisamos dar o fora daqui, *agora mesmo* — sussurrou Felix, desesperado.

Os garotos correram novamente pela trilha. O sol estava se pondo e os pássaros cantarolavam ao anoitecer, antes de se acomodarem para a noite que chegava.

— Para onde vamos? — perguntou Andy.

— Não temos muita opção — respondeu Felix, enquanto eles alcançavam o asfalto de uma rua.

— Oh, não — gemeu Sam. — Phoebe não.

Felix virou-se para ele, com brusquidão.

— E você por acaso tem um plano melhor?

Quando chegaram à Arcane Lane, as luzes dos postes da rua já estavam acesas e o chilrear dos pássaros fora substituído pelo zumbido grave do trânsito dos carros que voltavam para suas casas.

Uma placa escrito FECHADO estava pendurada na porta. Felix a ignorou e bateu com força no vidro. Nenhuma resposta.

— Ela já foi pra casa, cara — disse Sam.

— Ela mora nos fundos — retrucou Felix. — Deve estar aqui, só está se escondendo. — Ele bateu novamente, mais alto.

— Pelo jeito você sabe bastante sobre ela — disse Sam.

Felix fingiu não ter ouvido. Uma luz se acendeu e passos vinham em direção à porta.

Ouviram três ferrolhos diferentes sendo abertos e em seguida o rosto mal-humorado de Phoebe apareceu à porta.

– Vocês não sabem ler? – Ela apontou para a placa. – F-E-C-H...

– Podemos entrar? – pediu Felix.

– Descobriram alguma coisa?

Felix encolheu os ombros.

– Pode ser.

Phoebe olhou para eles, desconfiada.

– O que quer dizer com *pode ser*? Ou descobriram ou não descobriram.

Felix ouviu um carro entrando no estacionamento. Olhou ansiosamente por cima do ombro. Não demoraria até a polícia começar a procurar por eles na cidade. Agora, por que estavam atrás deles era algo que ele não sabia e com certeza absoluta não queria saber.

– Precisamos da sua ajuda.

Phoebe sustentou seu olhar.

– E eu da sua. Mas o que consegui até agora?

– Deixe a gente entrar. Por favor.

Phoebe suspirou e abriu a porta apenas o suficiente para os quatro deslizarem para dentro da loja. Conduziu-os até a sala dos fundos.

– Certo. O que está acontecendo aqui?

– A gente foi para uma excursão da escola – soltou Andy.

– A mesma que fomos no nosso mundo. A gente achou que poderia refazer nossos passos e encontrar o caminho de volta – acrescentou Jake.

Phoebe lançou um olhar sombrio para Felix.

– Quer dizer que você pensou que podia simplesmente ignorar nosso acordo e encontrar sozinho o caminho de volta.

– Não se preocupe. Foi um fracasso completo, em todos os sentidos – murmurou Sam, que havia desabado na poltrona de Phoebe.

– É. Fomos atacados por um demônio que assumiu forma humana – disse Andy, ansioso. – Mas eu o derrotei.

— Com magia – acrescentou Felix.

— É, com magia – repetiu Andy. – Foi demais. Empunhei o talismã como se fosse...

— Quer dizer então que o demônio agora pode assumir a forma humana? – interrompeu Phoebe. – Isso não é nada bom.

— Tô sabendo – disse Felix.

— Significa que ele está mais forte. E que sua força vai continuar aumentando, até ele conseguir destruir vocês.

— Isso se o meu pai não nos apanhar primeiro – disse Jake.

Phoebe olhou para ele.

— Seu pai está atrás de vocês?

— A polícia descobriu nossa cabana. Não podemos mais voltar pra lá. É por isso que viemos aqui – disse Felix.

Phoebe levou alguns instantes para entender o que Felix estava lhe dizendo. Seus olhos se arregalaram.

— Não.

— Não temos outra opção – retrucou Felix.

— Vocês não podem ficar aqui. Quatro garotos fedidos nesta salinha minúscula? Ninguém conseguiria sair vivo.

— Por favor, Phoebe. – Felix olhou ao redor. Ali era seco, quente. Os sofás tinham estofado macio, e havia um tapete com aparência felpuda no chão.

— De jeito nenhum.

Felix enfiou a mão na mochila e tirou de lá um dos objetos estranhos que havia encontrado pendurados na floresta.

Phoebe pareceu estupefata.

— Onde você conseguiu isso?

— É de Alice, não é?

Phoebe assentiu e se sentou ao lado de Felix.

— Ela fazia essas coisas para suas invocações. Onde foi que você...?

— Na Cadeia Montanhosa de Bremin – respondeu Felix.

— Mas a polícia vasculhou a região! E eu também.

— Existe uma trilha escondida.

— É preciso cair do alto de uma encosta para encontrá-la. Literalmente — acrescentou Andy.

— E havia outro sinal de Alice ali também — disse Felix, devagar.

Phoebe olhou para ele, animada.

— Qual?

— Se eu contar, você deixa a gente passar a noite aqui?

Phoebe sabia que tinha sido encurralada. Suspirou e revirou os olhos.

— Não faço papel de mãe e não preparo café da manhã pra ninguém.

— Tudo bem — disse Felix.

— Beleza, então. Desde que vocês usem desodorante e *não mexam em nada*.

— A gente não tem deso... — começou a dizer Andy.

Phoebe atirou um cristal para ele.

— Experimente isso. Tem um colchão extra e roupa de cama naquele armário. O chuveiro fica pra lá. — Ela apontou para uma porta que levava a um pequeno corredor.

Andy, Jake e Sam se levantaram. Estavam imundos e exaustos, isso sem falar na fome que sentiam.

— Phoebe — começou Jake a dizer. — Eu estava pensando...

— Sim, a cozinha também fica pra lá. Tem pão de brotos e missô na geladeira.

Os garotos trocaram olhares. Jake encolheu os ombros.

— Mendigos não podem ser frescos.

Phoebe inclinou-se para mais perto.

— E então? — sussurrou para Felix. — O que mais você encontrou?

— Perto de onde as conjurações estavam penduradas, havia um altar. — Felix não tinha contado isso aos outros, mas o arame em que Sam e Jake haviam tropeçado puxara um dos arbustos para o lado e revelara a existência de um altar de pedra ali escondido.

Os olhos de Phoebe brilharam.

— Foi onde ela fez seu feitiço?

– Provavelmente.
– Quer dizer que foi no mesmo lugar onde vocês se perderam, no seu mundo?

Felix assentiu.

– Eu sabia que havia uma ligação entre ela e vocês! – exclamou Phoebe, triunfante. – Agora só precisamos descobrir qual foi o feitiço.

Felix tinha um palpite muito bom de qual poderia ser. No altar havia entalhes dos quatro símbolos dos elementos.

– Aconteceu alguma coisa com Alice, qualquer coisa, que ela tivesse vontade de... sei lá... mudar?

O rosto de Phoebe ficou sombrio.

– Por que está me perguntando isso?

– Só estou tentando descobrir por que ela desejaria fazer um feitiço tão poderoso.

Phoebe olhou ao redor. Jake e Sam haviam sumido e Andy estava arrumando sua cama.

Ela virou-se para Felix, subitamente vulnerável. Felix tinha se acostumado tanto à velha Phoebe rabugenta que vê-la daquele jeito era inquietante.

– Há quinze anos, meus pais morreram num incêndio. Eu e Alice estávamos numa festa e, quando voltamos para casa...

Felix mexeu os pés. Lidar com emoções não era o seu forte. No seu mundo, os fones de ouvido e a porta do quarto fechada eram sua defesa natural contra isso.

– Desculpe – disse ele, sem jeito.

– Disseram que foi falha elétrica – continuou Phoebe –, mas Alice nunca acreditou nisso. Nosso pai era gerente de empréstimos de um banco da cidade, e, quando veio a seca, muitos fazendeiros faliram. As pessoas estavam com muita raiva dos bancos.

– Então Alice achou que foi proposital?

– Ela era adolescente. Você sabe: errática, emocionalmente instável – disse Phoebe, agora mais parecida com seu eu antigo.

– Sei – disse Felix, entrando no jogo. – Nós somos assim.
– Enfim, ela não parava de falar em descobrir um modo de mudar o passado.
– De desfazê-lo – murmurou Felix. Sua intuição estava correta. Ele e Alice tinham muito em comum.
– O que você disse?
– Nada – disse Felix. – Posso dar uma olhada no Livro das Sombras dela?
Phoebe se levantou e retirou o Livro das Sombras da gaveta. Entregou-o para Felix.
– Isso não sai desta sala, entendeu?
– Certo – disse Felix, apanhando o livro pesado.
Phoebe ficou parada por um instante.
– Felix?
Ele a olhou.
– Obrigada.
Felix assentiu. Podia perceber o quanto Phoebe desejava ter a irmã de volta. Dez anos era muito tempo para ficar sem ver sua irmã, e, de todas as pessoas no mundo, ele sabia exatamente qual era a sensação de perder seu único irmão.
Alguma coisa caiu no seu colo. Ele a apanhou. Era o cristal desodorante. Os outros haviam voltado para a sala.
– Não se acanhe, *mermão* – disse Jake, sorrindo.
Phoebe se levantou.
– Vou deixar vocês a sós. – Olhou com intensidade para Felix.
– Boa sorte.
Felix sorriu, indeciso. Não tinha certeza se sorte era exatamente o que ele precisava, mas enfim.
Enquanto os outros entravam embaixo das cobertas e aos poucos caíam no sono, Felix levou o Livro das Sombras de Alice até a escrivaninha de Phoebe. Sentou-se e começou a virar as páginas com todo o cuidado. Havia capítulos sobre riqueza, fertilidade, amor e maldições. Cada seção tinha um certo número de feitiços

escritos à mão, a maioria deles acompanhada por desenhos elaborados dos ingredientes ou padronagens complexas. Felix correu os olhos por eles, sabia exatamente o que estava procurando. Virou uma página e lá estava: FEITIÇO PARA DESFAZER ALGO. No dia em que entrara escondido na sala dos fundos da loja de Phoebe, havia copiado aquele mesmo feitiço. Queria desfazer o acidente de Oscar. Alice, no seu próprio mundo, usara o mesmo feitiço para desfazer o incêndio que matara seus pais.

Leu as últimas duas frases do feitiço, que ele havia modificado para servir a seus propósitos. Eram diferentes do feitiço dele, mas a intenção era a mesma.

Apaguem as chamas para que possamos voltar
Apaguem as chamas para que possamos voltar.

Felix fechou cuidadosamente o livro. Phoebe tinha razão: ele e Alice estavam conectados. Os dois haviam sumido de seus próprios mundos por tentarem desfazer alguma coisa. Então, em que mundo estaria Alice? Ele estremeceu ao pensar que talvez eles estivessem afastados de seu próprio mundo há dez anos. Como poderia fazer aquilo com os outros? Não. Precisava levá-los de volta.

Pensou na promessa de Phoebe: de que, se encontrassem Alice, ela conseguiria fazê-los voltar. Disso Felix não tinha tanta certeza. Se Alice quisesse voltar, com certeza saberia como reverter o seu próprio feitiço. Ela conhecia o feitiço que havia usado e onde o fizera. Talvez Alice *não quisesse* voltar de onde havia ido e, se alguém a obrigasse a voltar, ela não ficaria nada feliz.

Felix balançou a cabeça. O verdadeiro problema é que ele não estava sequer convencido de que era possível reverter um feitiço. Eles mesmos continuavam ali, o que significava que o simples fato de repetir o mesmo feitiço no mesmo lugar não era o bastante para revertê-lo.

Lembrou-se do momento em que tentou fazer isso: talvez não tivesse funcionado porque Jake e Sam caíram exatamente no instante em que ele o estava fazendo. Ou talvez fosse porque ele não sentira vontade de dizer as últimas palavras. Talvez, para fazer um feitiço funcionar, fosse preciso *desejar* que ele funcionasse.

Felix guardou o Livro das Sombras na gaveta da escrivaninha. Olhou para os outros. Sam e Jake haviam ficado com os sofás e Sam já estava roncando, como sempre. Andy estava dormindo no chão. Talvez fosse melhor para todo mundo se ele não contasse a Phoebe que havia encontrado o feitiço de Alice. Agora ele precisava se concentrar em como fazer com que *eles* voltassem ao seu mundo.

Felix apanhou um lençol do armário e o estendeu ao lado de Andy. Achou que teria dificuldade em pegar no sono, mas a sala estava quente e ele estava exausto: num piscar de olhos, já estava dormindo.

Sonhou com uma casa. Uma bela casa de madeira nos limites de uma floresta. Entrou na casa e encontrou uma festa ali dentro. Alice estava sentada na cabeceira de uma mesa de jantar. Sentados ao seu lado estavam sua mãe, seu pai e Phoebe. Todos riam. Celebravam. Ergueram os copos em um brinde. Felix sentou-se e Alice virou-se para ele. Começou a aplaudi-lo. A mãe de Alice sorria para ele com lágrimas nos olhos. Felix não sabia o que tinha feito, mas estava feliz. De repente, todos começaram a cantar:

Água, fogo, terra e ar,
Elementos que precisamos partilhar.

Felix juntou-se à cantoria. Alice inclinou o corpo para a frente e lhe deu um beijo na bochecha. Felix virou a cabeça e percebeu que ela não era mais Alice e que eles não estavam mais numa mesa. Era Ellen, e eles estavam no quintal da casa dele. Ela sorria para Felix.

– Senti tanta saudade – disse ela.

– Eu também – disse Felix.

Ellen inclinou a cabeça para ele e justamente quando seus lábios estavam prestes a se tocar, Felix teve a sensação estranha de estar sendo observado.

Acordou com um sobressalto e viu um vulto inclinado sobre ele.

– Sam?

Sam se afastou dele e sacudiu a cabeça, como se para despertar.

– Você estava tentando me beijar? – perguntou Felix.

– Só nos seus sonhos, cara – retrucou Sam. Sua voz parecia grave e espessa.

– Então que diabos você estava fazendo?

– Calma aí, tá bom? Eu só estava procurando o banheiro.

Sam levantou-se e foi andando de jeito meio desastrado até o corredor.

Felix virou de lado. Queria voltar para o seu sonho. Provavelmente era o mais próximo que ele iria chegar de...

De repente, sentiu alguma coisa quente em seu peito. Colocou a mão por baixo da camisa e sacou o talismã. Ele estava brilhando.

sam: namorando o demônio

Sam virou-se de lado no sofá. Puxou um lençol por cima da cabeça para bloquear o som de alguém esmurrando a porta. Provavelmente Pete havia esquecido a chave de casa de novo e agora estava voltando de uma festa. Problema dele. Sam não iria se levantar. As batidas ficaram mais altas. Sam fechou os olhos com força. Estava tão confortável ali que de jeito nenhum ele iria...

Espere um pouco. Estava confortável? E ele tinha travesseiro? Não admira que não conseguisse se levantar. Tinha passado mais de uma semana dormindo no chão duro de uma cabana cheia de correntes de ar. Naquele momento ele se sentia tão à vontade que nunca mais iria querer sair dali.

Jake o cutucou.

– Sam, levanta. É o meu pai.

Sam de repente se lembrou de onde ele estava. No albergue da bruxa maluca. O jantar tinha sido uma meleca preta com papelão. Sentou-se e esfregou os olhos.

As batidas haviam parado e Sam ouviu vozes vindo da loja.

Os quatro garotos se esconderam atrás da cortina de contas e espiaram para dentro. O pai de Jake estava de pé no meio dos unicórnios e cartas de tarô, discutindo com Phoebe.

– Você com certeza deve saber onde estão seus sobrinhos.

Phoebe estava se fingindo de ocupada, espanando uma fileira de fadas com olhar amalucado.

– Ora, provavelmente estão correndo por aí, atirando coisas a torto e a direito. Não é isso que os adolescentes fazem?

– Na verdade, os adolescentes deveriam estar na escola. Achei que uma guardiã exemplar deveria saber disso.

Os garotos se entreolharam. Oh-oh.

Phoebe pigarreou.

– Ora, mas é claro. É exatamente onde eles estão.

– Não, não estão. Já conferi.

O pai de Jake havia apanhado uma poção do amor da estante.

– Esse negócio funciona mesmo?

– Vamos. Precisamos dar o fora daqui – sussurrou Felix.

– Pra onde a gente vai?

– Pra escola. Se ele já procurou por lá, é o lugar mais seguro.

– Por que você está atrás deles, afinal? – Phoebe perguntou ao pai de Jake, que estava cheirando a poção do amor.

– Por invasão de propriedade.

– Merda – sussurrou Jake. – Ele vai nos prender por invadir a cabana.

– Venham – disse Felix, mais desesperado. – Pelos fundos.

Os garotos escaparam até a rua que ficava nos fundos da loja de Phoebe e começaram a caminhar em direção à escola. Sam seguia no fim da fila. Não havia perdoado os outros por não quererem ir até o fim na floresta. Talvez a verdadeira razão pela qual não haviam insistido mais fosse porque na verdade não *quisessem* voltar. O irmão de Felix agora andava. Os pais de Jake tinham uma vida melhor, e Andy – bom, o motivo dele veio correndo encontrá-lo assim que eles chegaram na entrada da Bremin High.

– Oi, Andy! – disse Ellen. – Quer estudar comigo na biblioteca, na hora do almoço?

Andy corou.

– Claro. Parece bem... ah... educativo.

Jake grunhiu.

– Beleza, a gente se vê por lá, então. – O sinal que indicava o fim do intervalo tocou e Ellen foi embora.

Andy olhou para ela se afastando, aflito. Hã-hã, Andy estava apaixonado – e isso era o bastante para fazer qualquer outra coisa perder a importância. Sam sabia exatamente o que ele estava sentindo.

– Felix, você conhece Ellen melhor do que ninguém – disse Andy. – Se eu quisesse convidá-la pra sair, onde você acha que ela gos...

– Sabe qual conselho eu lhe dou? – O rosto de Felix estava carrancudo. – Desista. Porque, embaixo dessas roupas cafonas, existe uma garota muito legal.

Andy pareceu confuso quando Felix saiu andando em direção ao prédio da escola, pisando pesado.

– O que foi que eu disse?

Jake balançou a cabeça.

– Cara, você não entende mesmo? – Virou-se para Sam. – Ele pode até ser um gênio da matemática, mas é tão tapado quanto... Sam?

Sam só ouviu vagamente o que Jake estava dizendo. Do outro lado do pátio, embaixo da árvore em que se terminavam os namoros, estavam Sammy e Mia.

– Vejo vocês mais tarde – disse Sam, enquanto atravessava o pátio.

Até que enfim, pensou, alguma coisa boa estava acontecendo.

Ele sentou-se num banco de onde podia observar Mia e Sammy com o canto do olho. Mia é quem parecia estar conduzindo toda a conversa. Sammy segurava a cabeça baixa entre as mãos. Mia disse algumas palavras finais e foi embora, deixando Sammy arrasado.

Sam ficou de pé num pulo. Sabia que Mia uma hora ou outra acabaria se dando conta da verdade. Saiu correndo atrás dela.

– Oi, Mia. Como vai?

Mia se virou. Seus olhos estavam vermelhos, como se ela houvesse chorado.

— Ah. É você.

— Não pude deixar de perceber que...

— Que o quê? – interrompeu Mia. – Que a gente terminou? Bem, parabéns. Está feliz agora?

Isso fez Sam parar onde estava.

— Não, claro que não. Só queria dizer que, se precisar conversar com alguém, sabe, eu ficaria feliz em...

— Você não perde tempo, né? – disse Mia.

— O quê?

— Nem esperou pra pular em cima de mim.

Sam de repente não soube o que dizer.

— Você realmente acha que só porque eu terminei com Sammy, vou querer sair com você?

— Não, eu...

— Sabe o que eu quero? O que eu quero de verdade?

Sam pensou naquela pergunta. Não tinha certeza.

— Não.

— Que me deixem em paz. Tá legal?

— Claro. Sem problemas – gaguejou Sam. Deixou Mia se afastar. Sentiu vontade de dar um tapa em si mesmo: será que ele nunca iria aprender?

Sam subiu as escadas e entrou no laboratório de ciências. Os outros já estavam sentados em seus lugares, e Bates dava um sermão sobre a importância das regras e do comparecimento. Bates encarou Sam com olhos fixos enquanto ele se sentava num lugar vago.

— Outro exemplo de aluno que adora desobedecer as regras.

— Desculpe, professor – murmurou Sam.

— Também se desculpa por ignorar os protocolos da excursão? Por provocar uma briga no pátio? Por você e seus "primos" estarem sempre atrasados e nunca virem preparados para a aula?

Os olhos de Sam se desviaram até Jake, Felix e Andy, que estavam de cabeça baixa.

– Sim, professor.

– E o que isso quer dizer?

– Que isso não vai mais acontecer, professor.

Bates virou-se para os outros.

– É melhor mesmo. Senão vocês quatro vão passar todos os sábados limpando pichações das carteiras escolares. Agora, abram o livro. Hoje vamos estudar o ciclo de vida do ácaro.

Sam suspirou e abriu o livro. Até mesmo ser preso pelo pai de Jake parecia bom, comparado a ficar trancado numa sala sem ventilação junto com Bates e seus ácaros.

Quando Bates se virou para escrever na lousa, a porta se abriu e Mia entrou. Foi direto até onde estava Sam e sentou-se no assento vago ao seu lado. Ele olhou para ela, pego de surpresa.

Ela tirou da mochila o desenho que ele havia feito dela. Era perfeito.

– Você é muito talentoso.

O coração de Sam inflou-se.

– Há, pois é, o tema ajudou – disse ele, sorrindo.

Mia sorriu também e pousou a mão sobre a dele. Estava fria, o que era estranho. As mãos de Mia eram sempre muito quentes.

Ela apertou a mão dele com suavidade e, antes que Sam entendesse o que estava acontecendo, ele começou a desenhar.

Olhou de relance para Mia. Ela estava prestando atenção na lousa, como se os sete estágios da vida dos ácaros fossem a coisa mais interessante deste mundo.

Ele tornou a olhar para seu caderno e, para seu espanto, viu que sua mão estava desenhando o talismã. Observou sua mão movendo-se com rapidez ao longo da página. Era uma sensação muito estranha, como se sua mão se movimentasse de modo completamente independente da sua mente. A mão desenhou uma réplica perfeita do talismã, com direito a detalhes que Sam nem sequer havia visto.

– O que está acontecendo? – perguntou ele para Mia.

A cabeça dela virou-se na direção de Sam como se ela fosse uma marionete.

– Isso é o que está prendendo vocês aqui. – Sua voz era grave e rouca. – Destrua o talismã e vocês conseguirão voltar para o seu mundo.

Sam olhou-a no fundo dos olhos. O que ela estava dizendo fazia sentido, mais ou menos.

– Não posso.

– Então vocês jamais voltarão – disse Mia, virando-se para olhar para a frente de novo.

Sam acompanhou seu olhar. Na lousa, as letras e palavras de Bates começaram a se juntar. Tremendo como uma fila de formigas, elas aos poucos formaram as palavras DESTRUA O TALISMÃ.

Mia apertou novamente a mão de Sam e sorriu. Ele ficou olhando para as palavras. DESTRUA O TALISMÃ.

Devagar, Sam virou-se para olhar para Felix, que estava sentado algumas fileiras mais atrás. O talismã, como sempre, estava em seu pescoço – e Sam percebeu que brilhava com força.

Mia tinha razão. O talismã não os estava protegendo, estava atrapalhando, isso sim! Se o demônio queria que eles voltassem para o seu mundo, por que eles estavam se opondo? Ele tinha razão: os outros não queriam voltar. Queriam ficar ali. Eram *eles* que estavam impedindo que Sam voltasse para casa. Como ele não havia percebido isso antes? A única coisa que ele precisava fazer para voltar era destruir o talismã.

Sam sentiu uma necessidade tremenda de saltar as carteiras e arrancá-lo do pescoço de Felix. Levantou-se de repente, justamente quando o sinal do intervalo soou.

Ao seu lado, Mia se levantou com movimentos espasmódicos.

– Vá atrás deles.

Felix estava saindo da sala. Sam abriu caminho entre os outros alunos e viu Felix e Andy no final do corredor, rumando em direção à biblioteca. Começou a segui-los. Precisava pôr as mãos naquele talismã.

Sam abriu a porta da biblioteca e olhou ao redor. Felix e Andy estavam sentados na frente dos computadores. Sam aproximou-se deles furtivamente, às suas costas. Andy pesquisava sites de magia na internet. Sam ficou olhando, sem saber qual seria a melhor tática para conseguir o que desejava.

— Se tanto a ciência quanto a magia são governadas pela lei da causa e efeito... — dizia Andy.

Felix parecia entretido demais em sua própria pesquisa para dar atenção a Andy.

— Então, qual foi a causa? — perguntou Andy. — Por que nós?

— Provavelmente foi um acaso — disse Felix com displicência.

— Mas não faz sentido.

Sam se aproximou ainda mais, com os olhos fixos no talismã. Caminhou em sua direção, embasbacado.

Felix olhou para ele, assustado.

— Sam, dá pra parar de chegar de fininho? Isso está me deixando de cabelo em pé.

Sam quase podia sentir o talismã.

Ele estava pedindo que ele o arrancasse.

Sentou-se na cadeira ao lado de Felix e estava prestes a estender a mão na direção do seu pescoço quando Ellen apareceu.

— Quer dar uma olhada na seção de física? — perguntou ela para Andy.

— Claro — disse ele, tropeçando em sua cadeira no afã de se levantar.

— Espero que as luzes não se apaguem como da outra vez – disse Ellen, com timidez.

— Por favor, me deem licença que eu preciso vomitar – disse Felix, teclando com toda a força.

Sam ficou de olho na pedra que estava ao pescoço de Felix.

— É o único jeito – murmurou. – Um dia você vai me agradecer por isso. – Atirou-se para roubar o talismã.

Porém, Felix foi mais rápido. Segurou a mão de Sam com força e os dois lutaram.

— Passa isso pra cá! – disse Sam.

Felix afastou o talismã de Sam.

— Por que você está se comportando como um maluco? – Virou-se para escapar, mas Mia apareceu do outro lado. – Mia...? O que é que tá ac...

Ela olhou para Sam, com olhos profundamente vermelhos. Sua cabeça girou como a de uma ave.

— Você vai conseguir – disse ela numa voz estranha e grave. – Destrua o talismã e voltará para o lugar que é seu de direito.

— Ah, meu Deus. Não, não, não. Mia não. – Felix ficou de pé.

Sam aproveitou a chance e pulou em cima dele. Segurou o talismã e puxou o cordão com o máximo de força que conseguiu, até que se rompesse. Sam saiu correndo da biblioteca com o talismã na mão.

— Sam! Espere! Não! – berrou Felix.

Sam saiu correndo pelo corredor. Ouviu Andy e Felix gritando atrás dele, mas não deu a mínima. Tinha o talismã e iria se livrar dele. *Destrua o talismã*, dissera Mia, portanto, não daria para simplesmente atirá-lo num lago. Precisava destruí-lo fisicamente. Desceu pelo corrimão da escadaria que ficava em frente à entrada da escola e saiu em disparada até os portões.

Jake estava atravessando o pátio.

— Ei, cara, qual é a pressa?

Sam o ignorou. A oficina mecânica. Era para lá que iria.

Alcançou a porta de enrolar de metal, puxou-a para cima e entrou. Olhou ao redor.

A oficina estava escura e bagunçada. Havia ferramentas presas nas paredes e carros por toda parte, com os capôs abertos, prontos para serem consertados.

Sam colocou o talismã sobre um banco. Arrancou um martelo da parede e testou o peso em sua mão. Deveria servir.

Olhou para o talismã, sentindo a raiva inundá-lo. Aquilo é o que o estava prendendo ali. Aquilo havia roubado tudo o que era dele. Ergueu o martelo acima da cabeça. Iria esmagá-lo em mil pedacinhos e então finalmente, *finalmente*, voltaria para o lugar que era seu.

– Sam. *Não!*

Jake, Felix e Andy haviam entrado na oficina.

– Sam. Pare. O talismã está nos protegendo.

Sam levantou o martelo ainda mais alto.

– Não. Não está. Está nos impedindo de voltar. Mia me contou.

Ouviu os gritos de Felix, mas não deu importância. Desceu o martelo com toda a força. Bem no meio do talismã.

Crac!

O martelo pulou para cima. Sam olhou para ele, sem acreditar. Não havia nem sequer um arranhão. Droga! Precisava usar mais força. Ergueu o martelo mais uma vez, mas, antes que pudesse dar novo golpe, o talismã começou a tremer. O ar de repente se encheu de um som agudo intenso, que zumbia nos ouvidos, como se fosse o zumbido de milhares de mosquitos. O talismã se sacudiu com mais força e depois se quebrou em quatro pedaços iguais.

O martelo caiu no chão enquanto Sam levava as mãos aos ouvidos. Olhou para os quatro pedaços quebrados na sua frente. O som desapareceu.

– Coitadinhos. Tão desamparados – disse uma voz grave e rouca familiar.

Sam olhou para cima. Mia estava parada diante da porta. Seus olhos ainda eram de um vermelho intenso, e ela segurava uma corrente de metal.

Ah, meu Deus. Sam recuou. De repente sentiu que retomava o controle de seu corpo e sua mente. Olhou para Mia: o que ele havia feito? Ela estava possuída, e ele nem sequer se dera conta. Apanhou os pedaços do talismã.

– Seu brinquedinho quebrou, Sam?

Felix virou-se justamente quando Mia vinha brandindo a corrente em sua direção.

– Felix! – gritou Sam. – Corra!

Mia avançou na direção deles, andando de modo tão espasmódico quanto os movimentos da sua cabeça.

– Rápido! Atrás dos carros – gritou Sam para os outros. Eles ficaram de quatro e correram para os fundos da oficina. – Ela é o demônio – sussurrou Sam.

– Nossa, você acabou de descobrir isso? – disse Felix, irônico.

Sam mordeu o lábio. Que idiota!

– Precisamos confundi-la – disse Felix. – É como Roland. No começo ela será lenta.

Eles se agacharam atrás de um dos carros e observaram Mia girar em círculos, girando a corrente. Felix tinha razão: ela não sabia para onde eles haviam ido.

Sam olhou para os quatro pedaços quebrados do talismã que estava segurando em sua mão.

– Dá pra consertar?

– Muito pouco provável – respondeu Felix.

Ao ouvir suas vozes, Mia começou a abrir passagem entre os carros, seguindo na direção deles.

– Felix, desculpe – sussurrou Sam. – Ela estava me controlando, não sei como.

Felix apanhou uma chave de parafuso e atirou com toda a força que pôde no meio da oficina. A ferramenta aterrissou com um estrondo metálico e Mia virou-se no mesmo instante, depois seguiu na direção do barulho.

– Vamos – sussurrou Felix. – Não vamos conseguir enganá-la por muito tempo. – Ele os conduziu silenciosamente ao redor das traseiras dos carros e em direção à porta de ferro.

Justamente quando a alcançaram, Mia os avistou.

Sam viu um extintor de incêndio preso na parede. Pensou rápido. Se ele havia colocado os outros naquela encrenca, era ele quem iria tirá-los dessa.

– Vão na frente. Eu cuido dela.

Mia vinha depressa na direção deles.

– Vão. *Vão*! – Sam os empurrou na direção da porta e apanhou o extintor de incêndio.

Felix olhou para trás, indeciso, enquanto Jake e Andy saíam.

– Felix, confie em mim. Vá!

Mia movimentou-se rapidamente, com os olhos fixos em Felix. A corrente girava em sua mão e soltava um ruído metálico ameaçador sempre que tocava no chão de concreto.

Sam esperou até ela estar a uma braçada de distância e então abriu o extintor de incêndio. Uma nuvem de névoa branca cobriu-a exatamente quando Felix resolveu não correr mais riscos e escapar por baixo da porta de ferro.

Sam soltou um suspiro de alívio. Certo, os três estavam a salvo. Agora era só ele e Mia.

A espuma se dissipou e Mia voltou seu olhar vermelho para Sam.

– A ordem precisa ser restaurada – disse ela com voz rouca enquanto andava em sua direção.

– Mia, sou eu, Sam. Eu sei que esta não é você. Que tem outra coisa no controle – tentou Sam, desesperado.

Mia deixou a corrente pender ao lado do corpo.

– Você pode derrotar essa coisa, Mia. Não tenha medo. – Ele deu um pequeno passo para a frente. – Lute contra ele, Mia. Você consegue, eu sei.

Sam pensou ter visto um lampejo de reconhecimento nos olhos de Mia, mas então ela levantou a corrente e balançou-a com força em sua direção. Ele se abaixou, bem na hora. Lembrou-se do que havia acontecido com Roland; o modo como sua força pareceu aumentar. Precisava sair dali.

Mais uma vez esguichou o extintor em Mia e a desequilibrou, depois de cobri-la com uma névoa. Desorientada, ela brandiu a corrente furiosamente para todos os lados. Sam disparou por baixo da porta de ferro e fechou-a.

Os outros estavam esperando por ele do outro lado.

Ele ouviu Mia recuperando-se, lá dentro. Ela começou a bater com força na porta, rugindo com fúria.

– Rápido! – disse Felix. – Me dê os pedaços do talismã. – Sam entregou-lhe os quatro pedaços partidos e Felix rapidamente juntou-os e os levantou. – *Divindades dos elementos...*

Eles olharam para o talismã. Nada. Nem mesmo um arremedo de brilho.

O rugido de Mia tornou-se ensurdecedor e a porta de ferro começou a balançar.

– Ela está ficando mais forte – disse Jake.

– E agora não temos mais nenhuma proteção – disse Felix, olhando acusadoramente para Sam.

Sam olhou fixo para o talismã quebrado. Oh, meu Deus. O que ele fez?

– Precisamos sair daqui – berrou Jake.

– Mas... e Mia? – Sam estava preocupado.

– Você está falando da sua namorada demônio que está aí dentro?

– Ela está ficando mais forte. Se ficarmos, vai escapar daí e nos fazer em pedacinhos – disse Jake.

– Vão vocês. Quero ter certeza de que ela vai ficar bem.

Felix encolheu os ombros.

– O funeral é seu – disse.

Sam sentia-se péssimo. Havia destruído a única coisa que poderia protegê-los, e agora sua namorada tinha virado um demônio que preferia matá-lo a namorá-lo.

jake: feliz dia das mães

— Certo, povo. Se vocês vão ficar aqui, então é melhor se esforçarem pela estadia. — Um espanador atravessou voando a loja e aterrissou aos pés de Jake.
— E você pode limpar o chão — disse Phoebe para Andy. Em seguida, virou-se para Sam e Felix. — Vocês dois, limpem as janelas. — Ela lhes entregou um balde e esponjas e sumiu na sala dos fundos.
— Você acha mesmo que é hora de se preocupar com limpeza? — murmurou Andy enquanto apanhava o esfregão.
— É, como se ficar limpo fosse impedir o demônio de vir atrás da gente — concordou Felix.
Andy derramou um pouco de água no chão.
— Talvez o cheiro de desinfetante de pinho afaste o demo.
— Vale a tentativa, já que não temos mais nenhuma outra proteção — disse Felix, olhando feio para Sam.
Sam virou o rosto, envergonhado.
Jake pousou a mão sobre o ombro de Sam, em sinal de apoio.
— Dá um tempo. Ele nos salvou do demônio.
— Bom, eu não teria de nos salvar se não tivesse sido tão idiota — retrucou Sam.
— Shhh — disse Felix.
Phoebe saiu da sala dos fundos lutando com uma placa meio cafona em que se lia NESTE DIA DAS MÃES, FAÇA SUA MÃE SORRIR.
Jake observou-a sair porta afora e pendurar a placa em frente à loja. Virou-se para os outros.
— Hoje é o Dia das Mães?

Sam passou um pano com água na vitrine.

— Quem se importa? Nós nem temos mais as nossas mães.

Os sinos da porta tilintaram quando Phoebe voltou a entrar.

— Vocês estão dando um duro danado, pelo que estou vendo.

Jake apanhou seu espanador e começou a tirar o pó de um grupo de sapos de cerâmica vestidos de avental e macacão. O espanador se moveu em seguida até um conjunto de golfinhos de vidro. Olhou para eles. Sua mãe adorava golfinhos. Ela sempre comentava sobre como queria ir a Monkey com Mia um dia nadar com eles. *São muito mais inteligentes do que os seres humanos*, era o que ela sempre dizia.

Jake apanhou um dos golfinhos. Ele cintilou num tom vítreo de azul à luz do sol, como o mar num perfeito dia ensolarado. Sua mãe adoraria aquilo. Poderia acrescentá-lo à sua coleção.

Jake olhou ao redor. Phoebe estava ocupada arrumando caixas em formato de coração sobre o balcão. Será que ela daria falta do golfinho? Ele rapidamente o escondeu no bolso.

— No Dia das Mães, meu pai sempre obrigava o meu irmão e a mim a escrever um cartão pra minha mãe. — Felix foi para o lado de Jake, que deu um pulo de susto. — Aí, Oscar entregava o cartão e ela sempre chorava. Ah, bons tempos.

Jake não soube bem como responder. Para ele, o Dia das Mães era sempre feliz. Panquecas no café da manhã. Piquenique no parque. Um filme no cinema. Sentiu o golfinho se revirar no seu bolso, como se tentasse escapar.

Felix aproximou-se de Jake. Abriu a mão para mostrar-lhe os pedaços quebrados do talismã.

— Encontrei cola na sala dos fundos. Se você segurar os pedaços, posso colá-los.

Jake olhou para ele, nada convencido.

— Você realmente acha que vai funcionar?

Felix deu de ombros.

– Vale a pena tentar. No mínimo vai fazer com que Phoebe não pegue no nosso pé. Se ela descobrir que o talismã está quebrado, vai ter um ataque.

Felix puxou Jake para trás de uma estante e dispôs os pedaços do talismã sobre um livro. Cuidadosamente juntou-os e, então, sacou a cola.

– Espere um pouco – disse Jake. Aquilo não estava parecendo certo. Ele mudou os pedaços de lugar e mesmo assim eles se encaixaram perfeitamente. Os dois se entreolharam.

Sam enfiou a cabeça pela lateral da estante e Andy foi até lá, segurando o esfregão. Os quatro se reuniram em torno do esfregão.

– Qual é a ordem certa? – perguntou Jake.

Sam sorriu.

– Beleza. O demônio é estranho, violento e maligno, mas acho que talvez tenha nos ajudado. – Ele tirou um papel do bolso e o colocou ao lado do talismã. – A Mia Demônio me fez desenhar isso.

Felix rapidamente reorganizou os pedaços de modo a reproduzir o desenho.

– Bingo.

Começou a unir os pedaços com a cola.

– Nossa, como eu adoro o cheiro de acetato pela manhã.

Os garotos viram Phoebe parada atrás deles, de braços cruzados.

– O que vocês estão fazendo com o meu talismã, exatamente?

– Ah – disse Felix enquanto tentava pensar desesperadamente em uma resposta.

Jake interveio.

– A namorada do Sam foi possuída pelo demônio e ela o controlou e o fez destruir o talismã.

– O quê? – Phoebe cerrou os dentes. – Vocês têm alguma ideia do quanto ele era valioso?

– Não está destruído – disse Felix, colando depressa o resto do talismã. – Está vendo? Ficou como novo.

Phoebe apanhou a peça com cuidado e olhou atravessado para Sam.

– Sempre soube que você era um tapado mesmo.

– Pode me devolver, por favor? – pediu Felix.

– Não tem muito sentido, tem? – disse Phoebe. – Não vai funcionar depois de ter sido quebrado.

Felix olhou para o talismã.

– Talvez ele só precise ser reativado.

Phoebe pensou a respeito.

– Talvez. Mas teremos de esperar até surgir outra ameaça.

– Então só vamos saber se vai dar certo quando o demônio atacar de novo? – perguntou Andy.

– Há-há – disse Phoebe. – Mais ou menos. E esse demônio está ficando bem esperto, se já aprendeu a atacar o elo mais fraco.

Sam estava vermelho como um pimentão. Jake sentiu pena dele.

– Sam não é o elo mais fraco. Só não percebeu que sua namorada tinha sido possuída.

Phoebe zombou:

– Um típico garoto adolescente observador. – Virou-se para Sam. – E cadê sua namorada agora? Se ela ainda estiver possuída, podemos usá-la para tentar reativar o talismã.

Sam balançou a cabeça.

– Ela já está bem. Esperei em frente à oficina. Depois que Felix e os outros foram embora, ela de repente voltou ao normal.

Phoebe franziu a testa.

– Interessante... depois que o centro do distúrbio se afastou.

– O que isso quer dizer? – indagou Jake.

– Quer dizer que o demônio só está interessado em Felix, por algum motivo – respondeu Andy.

– Essa é só mais uma de suas teorias malucas – disse Felix, rapidamente.

– Na verdade, é um fato observável – retrucou Andy.

Felix evitou olhar para Andy.

– Na floresta, Roland estava mesmo era atrás de você – continuou Andy. – E a Mia Demônio parecia mais interessada em destruir você do que em destruir a gente.

Felix virou-se rapidamente para Phoebe, mudando de assunto:

– Parece que ele está demorando mais para se recuperar depois de cada ataque.

Phoebe assentiu.

– Quanto mais evoluído, mais energia o demônio gasta e o tempo entre os ataques aumenta. Contudo...

Jake sentiu o golfinho se revirar em seu bolso. Era isso o que ele precisava ouvir. Deixou o espanador de lado e rumou para a porta.

– Jake, aonde você acha que vai? Vocês precisam ficar juntos – ouviu Phoebe dizer, mas não ligou. Ele não demoraria, e pelo visto talvez aquela fosse sua única chance.

Disparou correndo pela rua. Sabia que estava fazendo uma loucura. Não havia sentido, mas ele não conseguia explicar por que estava agindo assim. Simplesmente precisava tentar e pronto. Afinal, hoje era o dia especial dele e de sua mãe.

Correu pela cidade. Na rua principal uma multidão estava reunida ao lado de uma faixa onde se lia TRADICIONAL CORRIDA DO DIA DAS MÃES DE BREMIN. Havia mulheres por toda parte, rindo animadamente, alongando-se ao sol e parecendo preparadas para correr. A impressão que se tinha é de que a maior parte da cidade estava presente, mas Jake tinha certeza de que sua mãe não estaria: ela odiava correr.

Jake se desviou das tendas e da multidão. O golfinho saltava para baixo e para cima, dentro do seu bolso. Provavelmente devia estar contente de ter sido libertado da loja abafada de Phoebe. Virou a esquina da rua da sua mãe e desacelerou o passo. Se ela estivesse ali, ele não queria aparecer ofegante e vermelho na sua frente.

Ao se aproximar da casa, notou um vulto no alto de uma escada. Ótimo. Bates provavelmente estava realizando alguns reparos domésticos. Aproximou-se e, para seu alívio, viu que o vulto era sua mãe.

Ela estava precariamente equilibrada no alto da escada, empurrando folhas para fora das calhas com a ponta de uma vassoura. Inclinou-se um pouco demais, e a escada começou a balançar. Jake correu pela trilha da entrada da casa e segurou a ponta da escada.

Sua mãe olhou para baixo, surpresa.

– Oh, obrigada. Essa foi quase.

Jake sorriu.

– Não tem de quê.

Ela o olhou por um instante.

– O que você veio fazer aqui, de novo?

Jake sentiu um aperto na garganta. Como ele iria responder aquilo sem parecer um perseguidor maluco? Pensou depressa.

– Eu, há, só... queria pedir desculpas ao Bates, há... ao sr. Bates. Pelo que aconteceu na floresta.

– Ah, que gentil da sua parte. Ele na verdade não está em casa no momento, mas vou avisar que você veio.

Jake sentiu uma onda de alívio. Graças a Deus. A ideia de ser obrigado a pedir desculpas ao Bates o deixara enojado.

Sua mãe agora estava novamente virada para a calha.

– Devo admitir que esta é a tarefa doméstica de que eu menos gosto.

– É, é um trabalho horrível pra alguém que tem medo de altura – concordou Jake, sem pensar.

– Como você sabe que eu tenho medo de altura?

– Ah, foi só um palpite. – Ele precisava parar de fazer aquilo. – Ei, por que você não desce? Eu continuo.

Ela sorriu.

– Você é um rapaz legal. Sua mãe tem sorte de ter um filho tão prestativo.

Jake olhou para o outro lado. O que se responde a isso?

Sua mãe desceu da escada e, quando atingiu o chão, parou e levou a mão à cabeça.

– Você está bem? – perguntou Jake. Tinha ficado bastante pálida.

– Achei que eu nunca mais passaria por isso, mas volta e meia essa dor aparece.

Jake guiou-a até um banquinho. Ela sorriu para ele.

– Vou ficar bem, pode ir.

Jake subiu a escada. Não gostava de ver sua mãe passando mal toda hora. Estava acostumado com ela defendendo-o, não importava o que acontecesse. Que ele se lembrasse, ela nunca faltou nem um dia no trabalho.

Enfiou o cabo da vassoura na calha e um monte de folhas apodrecidas e úmidas caiu na trilha da entrada da casa com um baque molhado.

– Está gostando da escola, Jake? De que matéria você gosta mais?

Ele olhou para sua mãe. Ela parecia um pouco melhor.

– Há... futebol australiano?

Ela riu.

– Sou fã de carteirinha dos Bandicoots.

– Eu sei. Quer dizer, todo mundo aqui é, não é verdade? – Mordeu a língua. Se não tomasse cuidado, ela acharia que ele era um maluco.

– Todo mundo, não – dizia ela. – Brian odeia futebol.

Pois é, pensou Jake. Claro que ele odeia, esse otário. Mais folhas molhadas caíram sobre a trilha da entrada.

– É mesmo? – disse ele, com educação. – Então, com quem você vai aos jogos?

Sua mãe riu.

– Nossa. Eu não vou aos jogos!

Jake olhou para ela, sem acreditar.

– Mas você sempre foi... – Droga! De novo!

– É verdade, antes eu costumava ir – disse ela, olhando para ele lá em cima. – Mas espere. Como você sabia disso?

Jake mudou depressa de assunto.

– Certo. Terminei. – Desceu da escada. Quando se aproximou da mãe, ela fez uma careta e levou a mão à cabeça.

– Que droga. Espere aqui. Vou lhe dar um dinheiro pelo que fez e depois lhe preparar um lanche, como forma de pagamento. Que tal um sanduíche de bacon com salada?

Jake sorriu.

– É o meu preferido.

Sua mãe sorriu também.

– E o meu. – Ela se levantou da cadeira e caminhou cambaleando até a porta da casa. Jake observou-a entrar e sentiu uma onda de felicidade. Ela gostava dele. Podia não ter a menor ideia de quem ele era, mas pelo menos os dois bateram um papo e ela pareceu contente com sua companhia.

Ele enfiou a mão no bolso e sentiu o vidro liso do golfinho. Queria tanto dá-lo a ela! Mas será que ela acharia estranho? E se ele simplesmente o deixasse em um canto qualquer, onde ela o encontrasse depois? Olhou para a porta da casa aberta. Sim. É o que ele faria.

Jake entrou hesitante. Não havia sinal da sua mãe. Olhou em torno da sala. Mal acreditava no que estava vendo. Nem um único objeto da antiga casa estava ali. Os sofás eram de couro macio, o carpete branco e macio, havia almofadas perfeitamente espalhadas aqui e ali e uma enorme TV de tela plana dominava um dos cantos da sala. Jake olhou tudo aquilo boquiaberto. Cadê o caos colorido da sua casa? Os tapetinhos de crochê, a lareira cheia de porta-retratos, o pufe que sempre deixava um rastro de bolinhas brancas?

Tirou o golfinho do bolso e olhou para a peça. Não parecia certo deixá-lo ali. Aquela sala não era da sua mãe. Não tinha nada de seu calor.

Ouviu o som de algo se quebrando na cozinha e enfiou depressa o golfinho no bolso.

– Mãe? – Não houve resposta. – Sra. Bates? – Ele odiava o som daquelas palavras. Nenhuma resposta, novamente.

Jake caminhou pela vastidão de carpete branco em direção à cozinha. Abriu a porta e encontrou a mãe caída no chão. Correu até ela e virou-a de costas. Ela estava inconsciente. Jake segurou seu pulso. Sentiu sua pulsação fraca, mas então notou que, onde ele a tocou, apareceu uma erupção vermelha intensa. Puxou as mãos e olhou horrorizado enquanto a erupção subia pelo seu braço.

– Mãe? Acorde! Mãe?

A porta da frente abriu-se com um estrondo.

– Sarah? Você está em casa?

Jake olhou para cima, alarmado. Era Bates. Como iria explicar por que ele estava...

– Que diabos você fez com a minha mulher? – Bates estava parado na porta da cozinha, boquiaberto.

– Nada – disse Jake. – Ela entrou para pegar um comprimido e caiu no chão. Vou chamar uma ambulância.

Bates virou-se para ele.

– Saia da minha casa agora mesmo. Você não tem o direito de estar aqui.

Jake não mexeu um músculo. Não podia simplesmente deixá-la ali.

– Saia. Agora. Antes que eu chame a polícia – berrou Bates enquanto se ajoelhava ao lado da sua mãe.

Jake hesitou por um instante, depois saiu correndo. Correu pela rua principal de Bremin. Se Bates chamasse uma ambulância, levariam sua mãe para um hospital. Ele iria para lá então. Para ter certeza de que sua mãe estava bem.

O som de sirenes fez com que estacasse. Diante dele, na rua principal, duas ambulâncias pararam perto da praça.

Uma multidão estava reunida em torno da faixa de corrida. Quatro paramédicos saltaram e saíram correndo em direção à tenda de primeiros socorros.

Jake ficou olhando enquanto a multidão se abria, revelando três mulheres com aparência doente e perturbada. Felix, Andy e Sam estavam num grupinho ali perto. O que estariam fazendo ali? Então, com espanto, Jake percebeu: as três mulheres eram suas mães.

Ele abriu passagem pela multidão na direção deles.

– São nossas mães – disse Andy. – Elas caíram assim que começamos a conversar com elas.

– A minha também – disse Jake.

Os garotos observaram preocupados suas mães serem colocadas no fundo das ambulâncias.

– Tente agora, Felix – disse uma voz. Eles se viraram e viram Phoebe atrás deles, segurando o talismã.

– Você está seguindo a gente? – perguntou Felix.

– Acha que eu vou deixá-los sozinhos com um demônio atrás de vocês? Sou sua guardiã, afinal – disse ela, com severidade. Entregou-lhe o talismã. – Vamos. Tente.

Felix começou a entoar.

– *Divindade dos elementos, eu vos convoco.*

O talismã não brilhou.

– *Terra, água, ar, fogo...* – Felix continuou entoando o feitiço, mas nada acontecia. Ele parou. – Não adianta. Está totalmente em pane.

Eles se viraram para Sam.

– Caras, desculpem. O que mais eu posso dizer?

– A não ser que isso não seja um ataque do demônio – disse Phoebe, pensativamente.

Jake observou as ambulâncias indo embora, com as luzes acesas e as sirenes tocando pela rua.

Demônio ou não, que importância isso tinha? Precisava ver sua mãe.

– Eu vou para o hospital.

– Espere! – disse Phoebe, levantando a mão. – É a primeira vez que suas mães reagem à presença de vocês assim?

Os garotos se entreolharam.

– Na verdade, a minha sempre espirra quando me vê – disse Felix.

– E a minha reclamou de dor no estômago quando eu a vi pela primeira vez – disse Andy.

– A minha caiu no chão e teve a mesma erupção estranha quando eu fui pra casa – disse Sam.

Jake assentiu. Desde que estavam naquele mundo, todas as vezes que ele conversava com a sua mãe ela reclamava de dor de cabeça.

– É como se nossas mães fossem alérgicas à gente – disse Andy, arrasado.

Phoebe assentiu, pensativa.

– Acho que pode ser verdade.

Jake sentiu o ar sair de dentro dele. *Ele* é quem estava causando mal à sua mãe. Ele era o problema.

– Quer dizer que se a gente ficar longe de nossas mães, elas ficarão bem? – perguntou Felix, esperançoso.

– Pode ser a opção mais segura – disse Phoebe.

Andy olhou para ela, de repente.

– Espere um pouco. Se nossas mães são alérgicas à gente, é porque não deveríamos estar aqui. Somos como corpos estranhos para elas.

– Sim – disse Phoebe, com cautela.

– Então, para se curarem, elas precisam ser inoculadas contra o vírus. Que somos... nós. Então elas ficarão bem.

Phoebe olhou desconfiada para ele.

– Na verdade, você é mais esperto do que parece ser. – Virou-se para os outros. – Andy tem razão. Uma vacina pode ser a resposta.

– E como vamos fazer isso? – perguntou Jake, impaciente. – Não somos médicos.

— Uma vacina mágica, claro. — Os olhos de Phoebe brilharam. — Precisamos de alguma coisa, um objeto, que suas mães tenham nos dois mundos. Se puderem encontrar isso, vou procurar um feitiço para Felix fazer.

— Mas o talismã não... — começou a dizer Felix.

— Não precisam dele — disse Phoebe —, porque isso não tem nada a ver com o demônio. Vão. Encontro vocês no hospital.

Jake hesitou.

— Mas a vida da minha mãe é completamente diferente aqui. Ela nem mora na mesma casa, não tem nada que tinha antes.

— Deve haver alguma coisa. Você só precisa encontrar. Vá. Agora — ordenou Phoebe.

Jake correu de volta à casa da sua mãe. Toda aquela conversa sobre vacina tinha feito sua cabeça girar. Ele não tinha certeza de que Andy e Phoebe sabiam do que estavam falando, mas, se havia uma chance de fazer sua mãe melhorar, ele precisava tentar.

Jake chegou em casa. Legal! Parecia que ninguém estava ali. Caminhou de fininho pelos fundos, procurando uma janela aberta. Bates provavelmente era o tipo de cara que colocava alarme em tudo quanto era lugar. Para alívio de Jake, a janela da cozinha tinha sido deixada aberta o suficiente para que ele conseguisse entrar.

Aterrissou no chão e olhou ao redor. A cozinha, como o resto da casa, estava em perfeita ordem. Não havia nada ali que sua mãe teria no mundo dele. E se ele tentasse o quarto? Foi subindo as escadas acarpetadas. Aquela casa era grande demais para duas pessoas.

No alto das escadas havia um quarto duplo. Jake tentou evitar olhar para a cama king size. Não podia suportar a ideia de sua mãe e Bates dormindo juntos. Olhou para a mesa de cabeceira. Não havia nada além de um despertador e um abajur. Tocou o golfinho em seu bolso. E se ele o deixasse ali? Mas e se Bates o encontrasse antes dela?

Olhou em volta. Como conseguiria encontrar algo que sua mãe tivesse nos dois mundos, se aquele mundo era completamente diferente? Ele abriu o armário e vasculhou as roupas dela. Eram todas chiques e de marca. Nem sinal de camisetas ou calças esportivas. Suspirou e estava prestes a fechar a porta quando viu uma caixinha vermelha guardada nos fundos do armário, atrás dos sapatos. Ajoelhou-se e tirou-a de lá. Com todo o cuidado, levantou a tampa. Ali dentro estava uma coleção dos objetos mais pessoais de sua mãe. Jake tirou uma foto de sua mãe e seu pai adolescentes, abraçados. Olhou para os outros itens da caixa. Flores de formatura secas. Algumas cartas e mais fotos, e então, lá no fundo, encontrou um broche dos Bremin Bandicoots. Quer dizer então que seus pais *tinham mesmo* namorado naquele mundo!

Jake apanhou o broche. Era ele. No seu mundo, sua mãe usava aquele broche em todos os jogos do time. Rapidamente guardou-o no bolso e estava prestes a guardar a caixa de volta no lugar quando ouviu passos nas escadas.

Alguém estava vindo.

andy: um bear gryll chinês

Andy estava em frente ao restaurante chinês de Lily Lau. Não ousara voltar ali desde o incidente com o cutelo de carne, mas agora que sua mãe estava em perigo ele não tinha outra escolha. Como, porém, conseguiria passar por *nai nai*? Ela guardava aquele lugar como se fosse um pit-bull.

Andy analisou com cuidado suas opções. Seria melhor entrar pela porta principal do restaurante e ir de fininho até a parte de trás das escadas? Ou seria melhor entrar pela cozinha, nos fundos do restaurante, e chegar até a escadaria por ali? Os dois caminhos eram arriscados, mas ele sabia que, se desejava encontrar algum objeto pessoal de sua mãe, precisaria subir até a sala de estar. Viu um vulto movendo-se pelo restaurante. Era *nai nai*, arrumando as mesas para o almoço. Certo, decisão tomada. Ele entraria pela cozinha.

Andy entrou de fininho pelo beco que ladeava o restaurante. A porta da cozinha estava aberta. As grandes fitas mata-moscas de plástico moviam-se suavemente com a brisa. Andy abaixou-se e foi andando sorrateiro até a porta, abriu caminho entre as fitas e entrou.

Na cozinha, foi atingido com força por uma onda intensa de saudade. Era o cheiro. Por que aquilo? Por que a memória olfativa era tão poderosa? Outra pergunta para fazer a seu pai, se ele o visse novamente. Se voltasse para seu mundo, será que sentiria saudades do cheiro de Ellen? Tinha um cheiro fresco e muito doce que era ao mesmo tempo estranho e bastante atraente.

Afastou aquele pensamento. Foco, Andy. Sua mãe precisa de você.

Passou sorrateiramente pelas pilhas de panelas de bambu, as woks oleadas, as caixas de ervas e legumes recém-entregues. Viu as escadas. Estava quase lá.

Se Viv não estivesse lá em cima, ele estaria à vontade em casa.

– Aiiiiiieeee!

Algo passou zumbindo pela sua cabeça e se alojou na parede. Dessa vez não era um cutelo, e sim uma tesoura de cozinha de aparência maligna.

Andy virou-se e sorriu com fraqueza.

– Oi, *nai nai*.

– Você de novo. Que faz aqui? Viv não interessada em garotos malucos tarados.

Andy suspirou.

– Não estou interessado na Viv, tá bom?

Olhou para *nai nai* por um instante e algo lhe ocorreu: talvez, apenas talvez, *nai nai* acreditasse na verdade.

Ele hesitou. *nai nai* apanhou um espeto de assar pato. Certo, bem, agora era a verdade ou enfrentar a morte com um utensílio de cozinha. Ele respirou fundo.

– *Nai nai*. Meu nome é Andrew Qiao Li Lau. Sou seu neto.

Nai nai avançou na direção dele.

– Do que falando você, seu menino maluco?

– Não sou maluco. Viv é minha irmã e Michael e Nicole são meus pais.

Nai nai abaixou o espeto, apanhou uma colher de pau e começou a espancá-lo.

– Pare com isso. Falando besteira.

Andy levantou as duas mãos para se proteger. Precisava convencê-la, senão jamais sairia daquela vivo e nada seria capaz de ajudar sua mãe.

– Eu sei que o papai gosta de ficar sentado no barracão fazendo experimentos com massa e tempo. Sei que a comida preferida de mamãe é espaguete à bolonhesa, mas ela tem medo de lhe contar. E, *nai nai*, sei que você precisa usar óculos, mas não quer que ninguém descubra, por isso você os esconde na terceira gaveta da sua cômoda. Sei de muito mais coisas. Porque esta família é minha... e eu sou seu neto.

Nai nai conteve um grito e deixou a colher de pau cair no chão.

– Ai-yaieee! – disse, baixinho. – Um espírito! – Ela segurou o braço de Andy e o beliscou com força, fazendo com que ele soltasse um gritinho.

– *Gu Hun Ye Gui!* O espírito do filho que eles não tiveram. O neto que ela nunca me deu.

– Isso não faz o menor sentido. – Andy esfregou o braço. – Escute, *nai nai*. Mamãe está muito doente e preciso de sua ajuda para que ela melhore.

– Aquela garota. Sempre alguma coisa errada com ela.

Andy sabia que não havia muito amor entre *nai nai* e sua mãe, mas agora não era o momento para aquilo.

– *Nai nai*. Por favor.

Nai nai suspirou.

– Certo. Que precisar ela? Ervas chinesas?

Andy hesitou. Como iria explicar toda a ideia de vacina mágica para alguém que achava que ele era um espírito? Ele sacudiu a cabeça. Difícil.

– Mamãe está num hospital e precisa que eu leve para ela algo que a faça feliz. Algo que ela ama.

– Por que ela mandar você, menino espírito?

Andy não sabia o que responder. Talvez a verdade funcionasse.

– Ela não me mandou. Ela não me conhece. Mas sou seu filho e quero que ela melhore. Por favor, *nai nai*.

Ela franziu a testa.

– Espera aqui. – Ela sumiu escada acima e voltou alguns minutos depois com um porta-retratos.

Andy olhou para ele, maravilhado. Perfeito! Ele se lembrava daquela foto. Sempre ocupou o lugar de honra na mesa de cabeceira da sua mãe. Era do velho Foo Ling, o pai de sua mãe, em algum lugar das florestas da Rússia segurando um par de chifres.

Nai nai atirou a foto para Andy.

– Homem idiota. Urso na Sibéria matou ele. Devia ter sido contador.

Andy olhou para a foto. Sempre adorou as histórias da sua mãe sobre Foo Ling. Ele foi um aventureiro nos anos sessenta – intrépido e incansável. Um Bear Grylls chinês.

– Obrigado, *nai nai*.

Ela se inclinou para a frente e o beijou na bochecha.

– Não há de quê, menino espírito. Sempre querer neto. Vem me visitar de novo.

Andy saiu correndo do restaurante e seguiu o mais rápido que pôde para o hospital.

Andy viu Phoebe, Sam e Felix através das portas do hospital, esperando no saguão. As portas deslizaram para se abrir e ele entrou apressado.

– Suas mães foram internadas no primeiro andar – explicou Phoebe. – Para que o feitiço funcione, precisamos ficar o mais próximos possível delas.

Felix andava de um lado para o outro.

– Cadê o Jake? Não podemos fazer nada sem ele.

– Não podemos simplesmente entrar na ala de internação e começar a entoar um feitiço – disse Sam. – O hospital vai chamar a polícia.

– Eu sei disso, seu tapado – disse Phoebe, irritada. – Estou pensando em um plano.

As portas deslizaram e Jake apareceu. Estava tão ofegante que mal conseguia respirar. Dobrou o corpo em dois.

— O que aconteceu com você? — perguntou Phoebe.

— Um vizinho chamou a polícia. — Ele olhou para ela, tentando recuperar o fôlego. — E meu pai me apanhou na casa da minha mãe e me perseguiu até aqui.

Phoebe revirou os olhos.

— Ah, mas que maravilha. Agora ele vai acusá-lo de roubo. Como se a gente já não tivesse problemas suficientes.

— Cadê minha mãe? — perguntou Jake.

— Elas estão todas lá em cima — explicou Phoebe. — Venha. Precisamos ser rápidos.

Os garotos seguiram Phoebe enquanto ela andava na direção dos elevadores. Andy olhou para a foto de Foo Ling.

— Vamos, Foo — sussurrou ele. — Você pode nos salvar dessa.

O elevador soltou um tilintar e a porta se abriu no primeiro andar. Eles saíram.

Um médico com uma prancheta estava parado na frente da enfermaria conversando animadamente com uma enfermeira.

— Não entendo — Andy o ouviu dizer. — É como se o sistema imunológico delas tivesse se rebelado completamente.

Os garotos se entreolharam. Tudo indicava que eles estavam certos.

— Fiquem aqui — sussurrou Phoebe, e então seguiu um faxineiro do hospital pelo corredor.

Andy olhou pela porta de vidro para o interior da enfermaria. Viu sua mãe deitada numa cama. Ela recebia soro e seu rosto estava tão branco quanto um lençol. Seu pai estava sentado ao seu lado, segurando sua mão. Parecia doente de preocupação.

Phoebe voltou com o assistente hospitalar, sorrindo triunfalmente.

— Este é o Dave. Ele vai nos deixar entrar no armário da limpeza.

Dave enfiou uma chave na fechadura e a porta do armário da limpeza se abriu com um rangido.

– Para dentro. Depressa – ordenou Phoebe. Atirou o cabelo e sorriu sedutoramente para o faxineiro. – Valeu, Dave.

Phoebe fechou a porta, mas ainda assim havia luz suficiente para Andy ver que ela estava olhando furiosa para eles.

– Sim, sim, eu sei o que vocês estão pensando. Mas vejam só! Phoebe um dia foi à escola e teve namorados, e Dave por acaso foi um deles. Agora fechem o bico e vamos nessa.

Phoebe empurrou um esfregão com balde para um canto, para liberar espaço suficiente no chão.

– Agora, um a um, coloquem seus itens no chão e expliquem por que ele os conecta com suas mães. Pensem em cada item como uma ponte que liga os dois mundos. Você primeiro, Andy.

Andy colocou com cuidado a foto de Foo Ling no chão.

– Este é o meu avô, pai da minha mãe. Foi um aventureiro nos anos sessenta e viajou o mundo inteiro. Minha mãe costumava me contar histórias sobre como ele estrangulava jiboias e comia mariposas assadas. Mas em seguida ela chorava, porque ele foi morto por um urso quando ela era pequena e ela nunca chegou a conhecê-lo de verdade.

Phoebe assentiu.

– Sam?

Sam colocou um pincel.

– Este é o pincel preferido da minha mãe. Ela me ensinou a pintar com ele e me disse que, quando eu me sentisse triste, poderia pintar meus sentimentos e transformá-los em alguma outra coisa.

Felix havia colocado uma pequena pá de jardinagem sobre o chão.

– Quando o meu irmão sofreu o acidente, minha mãe não conseguia mais dormir, não conseguia mais trabalhar, tudo mudou. Eu só via minha mãe sorrir quando ela estava no jardim. Era o único momento em que ela parecia esquecer que... – a voz de Felix falhou.

Phoebe rapidamente interrompeu:

– E você, Jake?

Jake colocou o broche dos Bremin Bandicoots.

– Minha mãe ganhou este broche do meu pai, no primeiro encontro dos dois. Eles foram assistir a um jogo de futebol australiano e o Bandicoots ganhou. Meu pai é um fracassado no nosso mundo, mas esta é a prova, eu acho, de que eles um dia se amaram. – Ele deu um passo para trás.

– Certo – disse Phoebe. – Todo mundo de mãos dadas. Felix vai recitar o feitiço que eu lhe dei.

– Na verdade – disse Felix, evitando os olhos de Phoebe –, eu criei outro. É uma mistura de feitiço de restauração com...

Os olhos de Phoebe escureceram.

– Tanto faz. O bruxo é você.

Andy observou Felix retirar seu livro negro e analisá-lo.

– Achei que isso fosse seu diário.

Felix era sempre tão reservado a respeito daquele livro. Nunca deixava ninguém chegar perto. Andy tentara algumas vezes olhar o livro por cima do ombro de Felix, mas ele o fechava imediatamente.

– E é – respondeu Felix. – É que às vezes escrevo outras coisas aqui também, só isso.

– Outras coisas tipo feitiços? – perguntou Andy.

Felix o silenciou com um olhar carrancudo.

– Precisamos nos concentrar. Pensem nas suas mães e nos objetos que trouxeram. A lembrança precisa ser do nosso mundo e precisa ser feliz.

Andy fechou os olhos. Pensou na sua mãe sentada na beira da sua cama, rindo, enquanto lhe contava a história de quando Foo Ling foi perseguido para fora de um lago por um crocodilo. Ele lhe dissera que para confundir um crocodilo é preciso correr em zigue-zague.

Felix começou a recitar:

— *Água, fogo, terra e ar,*
Compartilhamos todos o poder de curar...

Andy abriu os olhos. Lá fora, ouviu um estrondo alto, como o de um trovão distante. Olhou para os outros. Seus olhos estavam bem fechados enquanto se concentravam nas suas lembranças. Felix continuou recitando:

— *Dentro de nossas mães coloque este quebranto*
Um filho nasceu e na sua mão
Sua segurança, saúde e felicidade estão,
Portanto, desperte e saiba que não há mais pranto,
Portanto, desperte e saiba que não há mais pranto.

Ouviram um estalar alto de relâmpago e depois o som ensurdecedor de um trovão.

Felix soltou a mão dos outros garotos. Eles se entreolharam.

— Venham — chamou Jake, abrindo de leve a porta. — Vamos lá ver se deu certo.

Os garotos saíram aos trambolhões de dentro do armário de limpeza e correram até a porta de vidro da enfermaria. Um sorriso espalhou-se no rosto de Andy quando ele viu sua mãe sentada na cama. A cor havia voltado a suas faces.

Olhou para as outras mães. Os olhos da mãe de Jake estavam abertos e os médicos andavam apressados ao seu redor, sem acreditar.

A mãe de Sam olhava para seus braços, sem entender. A erupção havia sumido completamente.

A mãe de Felix tomava um copo d'água e apanhava uma revista.

Andy virou-se para Felix.

— Você conseguiu!

Sam deu um tapinha nas costas de Felix.

– Demais, cara.

Felix sorriu. Jake olhou para sua mãe, pensativo.

– Aquele feitiço que você fez... Quer dizer que agora as nossas mães vão se lembrar da gente?

– Não sei exatamente como ele funciona – respondeu Felix. – Mas a memória age como uma vacina. Coloca a lembrança de nossa existência dentro delas, portanto, elas deixam de ter uma reação negativa à gente na vida real.

– Muito bem, Felix – disse Phoebe, dando um olhar entendido para o garoto.

Quando deixaram o hospital, a noite havia caído e as ruas de Bremin estavam cobertas de longas sombras cinzentas. Jake e Sam caminhavam à frente, com passo rápido. Andy observou Phoebe caminhar ao lado de Felix e sussurrar algo em tom apressado no seu ouvido. Felix assentia, concordando.

Era estranho. Desde que Andy começara a acreditar em todo esse lance de magia, algo o incomodava: a magia funcionava segundo os mesmos princípios da ciência. Causa e efeito. Você faz uma coisa e ocorre uma consequência.

O problema é que *eles* eram a consequência, a "perturbação mágica", nas palavras de Phoebe – mas qual era a causa? As coisas não aconteciam ao acaso, simplesmente. Sempre havia um motivo.

Andy notou o quanto Felix segurava protetoramente a mochila onde estava guardado o livro. Se Felix era capaz de fazer um feitiço tão poderoso quanto o que fizera hoje, então do que mais ele seria capaz?

Naquela noite, Andy colocou a foto de Foo Ling ao lado de sua cama. Manteve os olhos em Foo enquanto aguardava pacientemente que os outros adormecessem. O velho Foo era um Bear Grylls chinês que desbravava valentemente novos mundos, tal como Andy. Mas Foo sabia por que estava naqueles mundos e como havia chegado lá. E só sabendo *disso* é que era possível voltar para casa. Esta era a diferença entre ele e Foo.

Sam foi o primeiro a cair no sono, depois Jake. Finalmente, a respiração de Felix ficou mais profunda e ele virou de lado.

Andy se aproximou furtivamente da mochila de Felix com o máximo de silêncio que pôde e retirou de lá o livro negro.

Levou-o até a escrivaninha de Phoebe e acendeu o abajur. Ninguém se mexeu. Cuidadosamente, Andy começou a folhear as páginas. As primeiras fizeram pouco sentido para ele. Um monte de desenhos de criaturas sombrias. Anotações sobre plantas esquisitas. Versos ao acaso. Mas então, lá estava: FEITIÇO PARA DESFAZER ALGO. Ao lado estava uma foto de Oscar antes do acidente. Oscar andando.

Andy começou a ler: *Para fazer este elemento são requeridos os quatro elementos.*

As palavras TERRA, AR E ÁGUA haviam sido escritas como títulos e sob cada elemento diversos nomes estavam listados e riscados. Andy olhou para seu próprio nome escrito em letras maiúsculas embaixo de ÁGUA.

ANDY LAU: PEIXES. ÚMIDO, PENSAMENTO FLUIDO. Continuou a ler.

Água, fogo, terra e ar,
Elementos que precisamos partilhar.

Era a música que Felix havia tocado ao redor da fogueira.

A água lava nossos pecados,
A terra nos guia para um lugar.
O vento traz consigo o medo,
Chamas que precisamos enfrentar.

Caminhe de novo sobre esta terra,
Caminhe sobre esta terra...

Andy leu aquelas palavras sem acreditar.
Felix havia feito o feitiço que os transportara até ali.
Felix era a causa. E, durante todo aquele tempo, mentiu para eles.

felix: o quinto elemento

Três pares de olhos miravam Felix com olhar acusador. Ele desviou os olhos. O que podia dizer?
– Desculpe – murmurou, olhando para o chão.
Sam deu um soco com força na parede.
– Desculpe? – berrou. – Só isso?
– Eu não queria que isso acontecesse. – Felix ouviu as palavras saindo de sua boca. Seu som era tão fraco quanto ele se sentia.
Sempre soube, o tempo inteiro, que uma hora eles iriam descobrir. Agora que tinham mesmo descoberto, na verdade era quase um alívio. Com todas as perguntas de Andy sobre o motivo de o demônio estar atrás especificamente dele e sua insistência de que um efeito precisava de uma causa, o gênio da matemática não demoraria muito para somar dois mais dois.
– Eu estava tentando desfazer o acidente de Oscar, só isso. Não sabia que o feitiço desfaria a gente também.
– Mas você nos usou! – disse Andy, segurando o Livro das Sombras de Felix aberto na página do feitiço para desfazer algo. Sam e Jake reuniram-se ao seu redor para olhar.
Jake apanhou o livro de suas mãos e leu em voz alta.
– Jake Riles: Capricórnio. Prático, teimoso, bruto. Terra. – Entregou-o para Sam.
– Sam Conte: Gêmeos. Egoísta, superficial, cabeça nas nuvens. Ar. – Sam atirou o livro no chão, enojado.
– Eu precisava dos quatro elementos para que o feitiço funcionasse – disse Felix em voz baixa. – Era pra acontecer só isso. A gente

deveria voltar pra casa depois da excursão e tudo estaria igual, a única diferença é que Oscar voltaria a andar novamente.

– Quer dizer que fazer a gente se perder na floresta foi tudo armação sua? – vociferou Jake.

Felix assentiu.

– Eu sabia que precisava fazer o feitiço num determinado local para que desse certo. Consegui um mapa mágico no Livro das Sombras de Alice e precisava fazer todo mundo se reunir naquele lugar.

– Mas como sabia que a gente estaria no mesmo grupo? Bates é que decidiu isso – perguntou Andy.

– Eu sabia o código da sala dos professores e por isso modifiquei os grupos no arquivo de computador. Ele não percebeu nada.

Caiu um silêncio, enquanto os outros processavam aquela informação.

– Caramba, você se esforçou mesmo pra destruir nossa vida – disse Sam, por fim.

Felix sentiu-se péssimo.

– Desculpe, Sam. Estou fazendo tudo o que posso pra gente voltar.

– Você devia ter contado a verdade – disse Jake, com os punhos fechados de raiva. – A gente não fazia a mínima ideia do que estava acontecendo, mas você sabia, o tempo todo.

– Desculpem. – Felix sentiu o gosto do fracasso naquela palavra, mas o que mais poderia dizer? Nada poderia fazer com que o perdoassem. E por que deveriam perdoar?

– Repetir as mesmas ações para obter os mesmos resultados – murmurou Andy.

– Do que você está falando? – perguntou Jake.

– É isso o que precisamos fazer. Essa é a chave pra gente voltar.

– Eu já tentei fazer isso – disse Felix –, lá na floresta. Fiz o feitiço de novo, mas não aconteceu nada.

– Bem que eu sabia que já tinha ouvido essas palavras em algum lugar – disse Sam.

Andy franziu o cenho.

– Então alguma coisa devia estar diferente.

– Já chega, cansei disso tudo – disse Jake, levantando-se. – Ele já nos traiu uma vez. Vocês realmente acreditam que ele vai fazer a gente voltar? É tudo mentira.

– Eu tô com o Jake – disse Sam.

– Gente, por favor, me deem uma chance. Tenho certeza de que a gente vai conseguir descobrir um...

– Passe seu celular para cá – disse Andy, ficando de pé num pulo.

– Por quê? – perguntou Felix. – Está descarregado. Não funciona.

– Porque na metodologia científica não pode haver variáveis.

– Passei semanas com ele, mas as coisas que ele diz continuam a não fazer o menor sentido pra mim – murmurou Sam para Jake.

Andy os ignorou.

– Quando a gente estava na floresta, você tocou uma música extremamente melódica para nós. Aquele era o feitiço, certo?

– Ah, mas o senso de humor dele com certeza melhorou – retrucou Jake para Sam.

Felix fez que sim.

– Então, para que tudo seja exatamente igual, acho que a gente precisa tocar o feitiço no seu telefone.

Felix tirou o celular da mochila. Talvez Andy tivesse razão. Como ele não havia pensado nisso?

Andy foi até a escrivaninha de Phoebe e plugou o celular no carregador dela. Virou-se para os outros.

– Certo, agora voltamos para a floresta com o celular e tentamos de novo.

Felix balançou a cabeça.

– Se o talismã não funcionar, não vamos sobreviver a outro ataque do demônio...

Uma batida alta na porta da loja fez Felix parar no meio da frase.

– Ótimo – disse Jake. – Provavelmente é o meu pai vindo me prender por furto.

Phoebe apareceu na porta da sala, ainda de camisola.

– Querem a boa ou a má notícia primeiro?

– Há. A boa.

– O demônio está aí fora.

Os garotos deram um pulo e se puseram de pé.

– E isso é uma boa notícia?

– Claro – disse Phoebe. – Agora podemos tentar reativar o talismã.

– E a má notícia, qual é? – perguntou Sam.

Phoebe olhou para ele como se ele fosse um idiota.

– Que o demônio está aí fora, óbvio.

Felix enfiou-se por baixo da cortina de contas e entrou na loja. Os outros o seguiram.

A sombra de um punho cerrado bateu novamente na porta da entrada.

– Como ela sabe que é o demônio? – perguntou Andy, num sussurro.

Felix levou os dedos aos lábios e andou de fininho até a porta. Dali, dava para ver lá fora. Um vulto estava parado na frente da loja. Levantou o punho para tornar a bater na porta, mas de repente sua cabeça virou-se espasmodicamente para a direita e olhou fixo para Felix.

– Bates – sussurrou Felix. – Rápido. Pelos fundos.

– Por que o fato de Bates ser o demônio não me surpreende nem um pouco? – disse Jake, enquanto eles seguiam depressa para a sala dos fundos.

Phoebe havia colocado tigelas de água e terra sobre a escrivaninha e estava acendendo uma vela.

– Felix, venha, rápido. Precisamos reativar o talismã. Podemos usar isso para ativar cada um dos elementos.

— Boa ideia. — Felix puxou o talismã para fora da camisa.

As batidas vieram de novo, mais altas agora.

— Faça o feitiço, Felix — ordenou Phoebe.

Felix virou-se para os outros.

— Quando eu disser o seu elemento, vocês o colocam no talismã — disse ele, indicando a água, a terra e o fogo que Phoebe havia colocado sobre a escrivaninha.

Pousou o talismã ali no meio e começou a recitar.

— *Divindades dos elementos, eu vos convoco. Terra* — Assentiu para Jake, que pôs a mão na tigela de terra e salpicou um pouco sobre o talismã. — *Água...* — Andy colocou a mão na tigela de água e fez o mesmo. — *Ar...* — Sam olhou para ele, sem saber o que fazer.

— Sopre o talismã, seu cabeça de vento — disse Phoebe, com pressa.

— *Fogo.* — Felix segurou a vela e levou a chama até o talismã.

— Invoco que coloqueis nesta pedra
Vossa grande força, e a bondade que medra
E enquanto esta pedra estiver em minha mão
Estareis a salvo neste mundo de imensidão.

Felix olhou para o talismã, torcendo para que brilhasse. Mas nada. Nem mesmo o mais suave dos brilhos.

— Ele parou de bater. Isso significa que funcionou? — perguntou Jake, esperançoso.

Phoebe balançou a cabeça.

— Ele só está planejando outra maneira de pegar vocês. Se o talismã não brilhar, não está oferecendo proteção.

— Talvez seja a cola — disse Andy, virando o talismã e inspecionando-o. — O cianoacrilato pode ter interferido na magia.

Phoebe balançou a cabeça.

— O talismã é apenas um receptáculo para a energia mágica, portanto, teoricamente, deveria ser possível consertá-lo.

Sam conteve um grito de espanto.

— Você poderia ter me dito isso ontem.

Os lábios de Phoebe se viraram para cima num sorriso irônico.

— Por que eu faria isso?

— Então por que não está funcionando? – perguntou Felix, impaciente. Bates estava lá fora e era só uma questão de tempo até ele conseguir quebrar o vidro e entrar.

— Não sei – respondeu Phoebe. – Alguma coisa deve estar diferente entre agora e a primeira vez em que ele foi ativado.

Felix esforçou-se para pensar. O que estaria diferente? As abelhas? A cabana? Ele estava embaixo de uma cama quando fez o feitiço.

— Não s... – Ele parou. Claro! – O meu irmão. Oscar. Oscar estava lá.

— Aquele cara nerd dentuço é seu irmão? – perguntou Phoebe.

— Ele não é tão nerd assim – disse Felix. – Bom, um pouco, talvez.

— Será que ele tem alguma coisa a ver com o motivo de vocês estarem aqui? – perguntou Phoebe.

Felix hesitou.

— Conte – disse Jake.

— Não sei como...

— Oscar é o motivo pelo qual estamos aqui – interrompeu Sam. – Ele sofreu um acidente no nosso mundo e Felix tentou desfazê-lo, mas fez um feitiço de bosta e por isso acabou desfazendo a gente também.

Phoebe olhou desconfiada para Felix.

— Você ia me contar isso algum dia?

Felix evitou o olhar dela.

— Claro. Eu só...

– Você fez um feitiço para desfazer algo e desapareceu do seu próprio mundo? É uma informação meio significativa, não acha?

Ouviram outra batida alta e urgente na porta.

– Vamos – disse Andy, chamando a atenção de todos para o talismã mais uma vez. – Como fazemos essa coisa funcionar?

– Certo – disse Phoebe, endireitando os ombros. – Segundo a sabedoria pagã, existem quatro elementos: terra, ar, fogo e água. E um quinto elemento: espírito. Se foi por Oscar que o feitiço foi feito, então ele é a conexão entre o seu mundo e o nosso. Oscar é o quinto elemento. Basta encontrá-lo que o talismã vai funcionar.

– Phoebe! – berrou uma voz na frente da loja. – Abra imediatamente esta porta.

– É o meu pai – sussurrou Jake.

– Bom, pelo menos não é o demônio. – Phoebe lançou um olhar penetrante para Felix e depois foi até a cortina de contas.

Ele a decepcionara. Sabia disso. Decepcionara todo mundo.

Os garotos escutaram enquanto Phoebe abria a porta e falava com a polícia.

– Melhor a gente sair pelos fundos – disse Felix – e procurar Oscar. Fazer esse talismã funcionar.

A cortina de contas de repente se abriu e apareceu o primeiro-sargento Riles e o policial Roberts.

– Certo. Vocês, venham comigo – disse o pai de Jake.

– Sob que acusações? – Phoebe tentou passar por eles.

– Que tal vagabundagem, invasão de propriedade, furto, falsidade ideológica... nossa, e isso é só o começo. Vamos, rapazes.

– Não se esqueça de danos intencionais causados à escola – disse uma voz grave atrás do primeiro-sargento.

Bates.

Felix sentiu uma lufada de ar frio. Ele seguira a polícia até ali.

– O que você está fazendo aqui, Brian? – perguntou o pai de Jake.

– A porta estava aberta. – A voz de Bates estava horrivelmente rouca.

– Você deveria usar umas pastilhas pra garganta, cara. – O pai de Jake fez um gesto para Roberts. – Vamos, oficial. – Segurou os braços de Jake e Sam, enquanto Roberts tentava segurar Andy.

Phoebe tentou se meter na frente deles.

– Vocês não podem simplesmente levá-los. Sou sua guardiã.

– É mesmo? – disse o pai de Jake, enquanto arrastava os garotos loja afora. – Quero ver os documentos, então.

– Eles estão, há... no correio – gaguejou Phoebe.

Roberts abriu a porta da loja e puxou Andy em direção ao carro. O pai de Jake veio atrás, com Jake e Sam. Felix observou tudo sem poder fazer nada enquanto eles eram atirados no banco de trás do carro.

O pai de Jake foi até Felix.

– Só há três cintos de segurança no banco de trás, sargento – disse Roberts. – Não estaria dentro da lei transportar os quatro.

– Eu levo Felix – disse Bates.

– Obrigado, Brian, mas acho que consigo lidar com isso sozinho – disse o pai de Jake.

A cabeça de Bates tremeu quando ele se virou para encará-lo.

– Do mesmo modo como lidou com todo o resto da sua vida, Gary?

O pai de Jake deu a impressão de que iria explodir. Virou-se para Phoebe.

– Seja útil e venha atrás com Felix, sim? – Saltou para o banco do motorista e deu ré com um guincho alto.

– Vamos – disse Phoebe para Felix, apressada.

Mas a mão de Bates estremeceu com um espasmo e o segurou.

– Venha comigo, Felix.

Felix tentou se desvencilhar, mas a mão de Bates o segurou como uma garra.

Phoebe não perdeu tempo: foi até Bates e lhe deu um chute com toda a força nas canelas.

Ele cambaleou para trás e balançou a cabeça, desorientado.

– Vá! – disse Phoebe, desesperada. – Encontre Oscar e vá para a delegacia. Vocês cinco precisam estar juntos para ativar o talismã.

– Não posso deixar você com ele!

– Não se preocupe, não sou eu quem ele quer. Vá!

Felix hesitou. Bates estava recuperando o equilíbrio. Começou a se mover retesado em direção a Felix.

– *Corra!* – berrou Phoebe, empurrando-o.

Felix virou-se e saiu em disparada. Correu o mais rápido que pôde por Bremin. Phoebe tinha razão. Ele precisava encontrar Oscar. A probabilidade maior era de que ele estaria em casa. Pelo menos seria este o lugar mais óbvio. Tomou um atalho por uma ruela e saiu correndo pelo chão de calçamento de pedra.

Parou de repente.

Do outro lado estava Bates. Como havia chegado ali tão depressa? Impossível.

Os olhos vermelhos de Bates atravessaram Felix. Um rugido explodiu de sua boca – o tipo de rugido que ele ouvira de Roland e depois de Mia.

Felix saiu correndo novamente em direção à rua principal, mas sabia que não era possível competir com Bates. Rapidamente caiu no chão e se escondeu embaixo de um carro que estava estacionado na rua.

Deitado de barriga para baixo, viu os sapatos de Bates passarem pelo cascalho. Os sapatos pararam e depois se viraram. Estaria ele confuso? O demônio com certeza não era inteligente. Pelo menos não no início.

Dito e feito, os sapatos de Bates sumiram rua acima. Felix, dando um suspiro de alívio, estava prestes a voltar para baixo do carro quando outro par de sapatos entrou em seu campo de visão. Um par familiar de tênis vermelhos e verdes.

— Oscar! – disse Felix, baixinho.

Os sapatos pararam. O dono estava obviamente tentando descobrir de onde vinha a voz.

— Aqui embaixo!

O rosto de Oscar subitamente apareceu junto ao seu.

— Que demais. Os alienígenas moram embaixo dos carros. Faz sentido.

— Escute, Oscar. Você está vendo o sr. Bates?

— Há-há, ele tá na frente do supermercado.

— Certo. Finja que está amarrando o sapato.

— Por quê?

— Só finja, tá bom?

Oscar começou a desamarrar e amarrar o tênis.

— Preste atenção. Preciso da sua ajuda com um feitiço. Um feitiço muito importante. O sr. Bates está possuído por um demônio e quer me matar.

Oscar se virou para o outro lado.

— Oscar? Você está me ouvindo?

— Oi, sr. Bates – disse Oscar, com voz fraca. Levantou-se e ficou longe da vista de Felix.

Felix revirou os olhos. Droga.

— Como vai, Oscar? – disse a voz grossa de Bates.

— Ah, hum, tudo ótimo...

Felix hesitou, por odiar aquela decisão, mas sabia que era sua única opção. Rapidamente rolou para baixo do carro e gritou para Oscar:

— *Corra!*

Os dois dispararam rua abaixo.

Bates levou alguns instantes para processar o que havia acontecido e então, com movimentos robóticos espasmódicos, saiu atrás deles.

Felix e Oscar dispararam pela cidade.

– Precisamos chegar à delegacia – disse Felix, ofegante.

– Mas a delegacia fica lá atrás – disse Oscar.

– Eu sei, mas a gente precisa confundir Bates. Vamos passar pela ponte e depois atravessar pelo outro lado. Os demônios têm um péssimo senso de direção. A gente precisa desorientá-los.

– Demais – disse Oscar, ofegando. – Nunca fui perseguido por um demônio antes.

Enquanto corriam até o rio, Felix ouviu um carro atrás deles. Olhou para trás e viu uma SUV preta aproximando-se deles. Ah, meu Deus: Bates estava num carro. Eles estavam fritos.

– Pra cá! – gritou Felix, desesperado, conduzindo Oscar para fora do asfalto.

A SUV freou com tudo e Bates saltou do carro.

– Corra! – gritou Felix, incitando Oscar a seguir em frente. Ele olhou para trás e viu Oscar tropeçar num toco de árvore e aterrissar com força no chão.

– Oscar, levante. Vamos! – berrou Felix.

Oscar cambaleou, tentando ficar de pé, mas Bates estava se aproximando.

Felix correu de novo até Oscar. Olhou para Bates.

– Não se atreva a tocar no meu irmão.

– Eu sou... seu irmão? – perguntou Oscar, surpreso.

– É. De onde eu venho, você é meu irmão.

Oscar sorriu.

– Uau. Sempre quis ter um...

– Oscar, cuidado!

Bates havia levantado a mão para atingi-lo, mas parou de repente no meio do golpe e sua mão voltou num movimento espasmódico para junto do corpo.

Felix deu um suspiro de alívio.

– Tudo bem. Ele ainda está fraco demais. Vamos, corra!

Mas Oscar não se mexeu.

Felix olhou para ele.

Os olhos de Oscar estavam completamente vazios. Ele deu um passo espasmódico em direção a Felix.

Felix sentiu um grito erguer-se do fundo de seu ser, mas, antes que conseguisse libertá-lo, tudo ficou preto.

jake: adeus bremin

– Chega de besteira, rapaz. Quer que eu chame a assistência social de novo? – ameaçou o pai de Jake.

Jake olhou para a entrada da delegacia. Por que Phoebe e Felix estavam demorando tanto? Eles deviam vir logo em seguida. Não que fossem parar para comer um hambúrguer com o Demônio Bates.

Claro, Felix havia ferrado todos eles, mas isso não significava que merecesse ser morto pelo seu professor de ciências. Além disso, egoisticamente, Jake não achava que tivessem grande chance de voltar sem a ajuda de Felix. Se ele havia feito o feitiço que os trouxera até ali, então era ele que precisava fazer o feitiço para eles voltarem.

Seu pai pigarreou.

– Estou esperando.

Sam inclinou-se para a frente.

– Certo. O negócio é o seguinte – tentou ele, sinceramente. – Viemos de outro mundo, igual a este, com a única diferença que aqui não existimos.

O pai de Jake sufocou uma risada e ergueu uma das pernas do chão.

– Quer puxar esta aqui também, pra ver se eu caio nessa?

– Precisamos encontrar o Felix. Ele já deveria ter chegado a esta altura – disse Jake.

O policial Roberts estava tentando processar o que Sam tinha acabado de dizer.

— Se vocês não existem, como estamos vendo vocês na nossa frente?

— Sim, fisicamente estamos presentes. Mas vocês não sabem quem somos. Ninguém daqui sabe — explicou Andy.

— Então, *quem... são... vocês?* — perguntou o pai de Jake. Alongou cada palavra como se estivesse falando com alguém com deficiência mental.

O tempo era curto. Jake pensou que àquela altura Bates já teria com certeza colocado as mãos em Felix.

— Se contarmos a verdade, vocês vão sair para procurar o Felix?

— Claro. Se forem capazes de fazer isso — disse seu pai.

Jake respirou fundo.

— Meu nome é Jake Riles e, no meu mundo, sou seu filho.

O pai dele deu uma risada escandalosa.

— Você está seriamente confuso, rapaz. Não tenho filho nenhum.

— Não neste mundo, talvez. Mas no meu, você e sua ex-namorada, Sarah, tiveram um filho quando eram adolescentes. E este filho sou eu.

Seu pai balançou a cabeça, frustrado.

— Sabe do que mais? Isso com certeza é uma questão de doença mental. — Virou-se para Roberts. — Ligue para o serviço social.

Justamente neste instante, porém, o telefone tocou na recepção e Roberts se levantou para atender.

Jake inclinou o corpo para a frente. Precisava livrar-se daquela enrascada com o pai. Era a única chance que eles tinham.

— No seu mundo, vocês não tiveram o bebê, porque não era a hora certa, mas no meu mundo tiveram e... — Jake engoliu em seco. — Isso mudou tudo.

Jake viu alguma coisa cintilar nos olhos de seu pai. Percebeu que ele estava calculando as datas, mentalmente.

— Não é possível.

— É possível, porque aconteceu — disse Jake. — Eu sei que, lá no fundo, você me conhece.

O seu pai olhou para ele com atenção. Jake pensou ter visto algo mudar nele.

– Você precisa confiar em mim, pai.

Ele respirou fundo.

– Roberts, ligue para Phoebe – gritou, rabugento. – E descubra por que ela está demorando tanto.

Jake sorriu.

– Valeu, pai.

Ele mexeu em alguns papéis que estavam sobre sua mesa.

– Não force as coisas, rapaz.

Roberts desligou o telefone e voltou até o escritório.

– Desculpe, sargento. O que foi que você disse? Era um telefonema da sra. Lau, dizendo que um homem estava perseguindo dois adolescentes na rua.

– Dois adolescentes? – sussurrou Sam.

– Devem ser Oscar e Felix – disse Jake. – Se Felix encontrou Oscar, eles devem estar procurando a gente.

Andy pulou da cadeira.

– Sargento Riles, acho que é hora de informar que o sr. Bates foi possuído por um demônio e quer matar Felix.

– Ah, pelo amor de Deus. O que vai ser em seguida, hein?

– Sargento – disse Roberts. – Acho melhor a gente sair para dar uma olhada. Ela estava bastante perturbada.

O pai de Jake apanhou o chapéu.

– Tudo bem. Eu vou conversar com ela. Você fique aqui com esse bando e coloque Phoebe e Bates na linha. Descubra onde eles estão.

Andy estava prestes a protestar, mas Jake balançou a cabeça para ele. Teriam mais chance de fugir se seu pai estivesse longe dali.

– Boa sorte, pai – gritou, quando seu pai alcançou a porta.

– Obrigado, filho.

Jake sorriu, enquanto seu pai se dava conta do que havia acabado de dizer e quase esbarrava na porta de vidro.

Jake observou Roberts, que havia voltado para a recepção e estava procurando o número de telefone de Phoebe no computador. Inclinou-se para a frente, em silêncio, e apanhou o fone que estava na mesa de seu pai. Apertou o botão da recepção e meteu-se embaixo da mesa.

Andy levantou o polegar para ele quando Roberts atendeu.

– Delegacia de polícia de Bremin. Em que posso ajudar?

Jake fingiu uma voz rouca de velha.

– Socorro, fui roubada!

– Onde a senhora está? – perguntou Roberts.

– Logo atrás da delegacia. Por favor, não demore. – Jake desligou o telefone silenciosamente.

– Senhora? Senhora? – gritou Roberts ao telefone. Desligou e olhou para os garotos, sem saber o que fazer. – Fiquem aqui. Não vou demorar. – Apanhou seu chapéu e saiu depressa em direção à porta dos fundos da delegacia.

– Vamos – sussurrou Jake, assim que Roberts saiu de seu campo de visão.

Os garotos saíram correndo porta afora e desceram a escada da delegacia. No meio da rua principal, Jake avistou seu pai perto do supermercado, conversando com a sra. Lau. Não podiam ir naquela direção.

– Como vamos encontrá-los? – perguntou Sam.

Jake hesitou. Boa pergunta. Eles podiam estar em qualquer parte.

– Precisamos de um carro – disse Sam. – Pra procurar mais rápido.

Os garotos se entreolharam. Só havia um lugar para ir: a loja de Phoebe.

Subiram os degraus da Arcane Lane. Phoebe estava na frente da loja, caída contra a vitrine. Mia e Ellen estavam abaixadas diante dela.

— Mia — disse Sam. — O que você está fazendo aqui?

— A gente estava passando pela loja, a caminho da escola, e a encontramos assim.

Phoebe apoiou uma das mãos na parede e outra no ombro de Ellen para se levantar, bem devagar.

Andy passou correndo por ela e entrou na loja.

— Cadê o Felix? — perguntou Phoebe, com voz fraca.

— O que aconteceu com você? — perguntou Jake.

Phoebe estava mortalmente pálida e lutava para se manter de pé.

— O demônio estava atrás de Felix. Tentei segurá-lo, mas ele me dominou.

Os olhos de Mia se arregalaram.

— Demônio?

— Ah, pelo amor de Deus — murmurou Phoebe. — E isso eu estou ouvindo da garota que foi possuída!

— Do que ela está falando? — perguntou Mia a Sam.

Sam pareceu incomodado:

— Hum, é uma longa história.

— Vamos — disse Phoebe. — Precisamos encontrar Felix antes de Bates.

— Você disse Bates? — perguntou Ellen.

— Sim. O demônio possuiu Bates — explicou Phoebe, como se aquilo fosse a coisa mais natural deste mundo.

— Há, acho que não sei o que está acontecendo — disse Mia, devagar. — Mas vimos o sr. Bates passar correndo agora há pouco, atrás de Felix e o vizinho de Ellen.

— Ele estava perseguindo os dois, sua tola. Demônios não são adeptos da corrida esportiva — disse Phoebe, irritada.

— Não precisa ser mal-educada — protestou Sam, olhando para a cara magoada de Mia.

— Tudo bem — disse Jake. — Meu pai foi atrás de Bates. Alguém ligou para a delegacia.

Phoebe soltou a mão da parede. A cor estava voltando ao seu rosto.

– A polícia não tem a menor chance. O demônio está ficando cada vez mais poderoso. Precisamos encontrá-los para que Felix consiga reativar o talismã.

Andy saiu correndo da loja segurando o celular de Felix.

Ellen ergueu uma das mãos para impedir sua passagem.

– Ei, dá pra rebobinar só um segundo? Nosso professor de ciências é um demônio e ele está perseguindo Felix e meu vizinho esquisito. Desculpa aí, mas que bosta está acontecendo?

– Conte o que está acontecendo – pediu Mia.

– Há... não temos muito tempo – disse Sam.

Andy puxou Sam para um canto:

– Talvez a gente não tenha outra chance de contar para elas.

Sam assentiu.

– Certo, então acho que está na hora de confessar. – Os dois viraram-se para as garotas. – Tudo começou com uma excursão na floresta...

– Jake – disse uma voz.

Jake se virou e viu sua mãe parada no alto da escada, sorrindo para ele. Ele se afastou dos outros.

– Oi.

– Gary me disse que você estava hospedado aqui na casa da sua tia.

– É. Bom, pelo menos por enquanto. – Ele olhou para baixo e notou algo cintilando nas mãos de sua mãe. O golfinho de vidro girava entre seus dedos.

– Quando eu estava no hospital, alguém colocou isto na minha mesa de cabeceira.

Jake olhou para ela.

– Foi você, não foi?

Ele assentiu.

– Como você sabia que eu adoro golfinhos?

– Palpite.

– Você sabe muita coisa sobre mim – disse ela, com voz suave. Olhou para ele com atenção. – Quem é você, Jake?

Jake abriu a boca para mentir, mas então a ideia o atingiu: que importância aquilo tinha? Ou o demônio mataria a todos ou eles conseguiriam voltar para seu mundo. Seja lá o que acontecesse, ele não precisaria mais fingir.

– Parece loucura, mas... – ele respirou fundo. – Imagine um mundo em que você e Gary tivessem tido um filho.

– Como você sabe disso? – perguntou ela, atônita.

Jake lutou para encontrar as palavras certas.

– É que... se o filho tivesse sido um menino, imagine como ele seria hoje.

A respiração dela ficou presa em sua garganta.

– Ele teria quinze anos hoje. Como você.

Jake sustentou o olhar dela e assentiu devagar. A emoção inundou o rosto de sua mãe.

– Não entendo.

– Vamos, gente! – berrou Phoebe do outro lado do estacionamento. – Precisamos encontrar um certo demônio à solta!

Jake acenou em direção à Kombi.

– Eu tenho que...

A mãe dele limpou uma lágrima do canto do olho.

– Claro. Pode ir, fazer o que precisa fazer. Só vim aqui para lhe agradecer. – Ela lhe deu um sorriso triste, estendeu o braço e apertou a mão dele. – A gente se vê por aí, Jakey.

Jake sorriu.

– Até mais, mãe.

Jake atravessou o estacionamento correndo até a Kombi. Phoebe estava ao volante e Sam no banco dianteiro, com a janela aberta, para conseguir conversar com Mia. Jake abriu a porta e entrou no banco de trás.

Andy ainda estava do lado de fora, conversando com Ellen. Ela prendeu um colar de rubi no pescoço dele.

– É pra você dar para a outra Ellen, quando a vir. – Inclinou-se para a frente e beijou seus lábios.

O rosto de Andy ficou mais vermelho do que o colar.

– Muitos dos garotos são uns babacas – disse Ellen. – Quando eu finalmente me apaixono, o cara por acaso é de outra dimensão. Típico!

– Vamos, gostosão, esse demônio não vai se derrotar sozinho! – gritou Phoebe.

Andy entrou no banco de trás e sentou-se ao lado de Jake.

Sam estava com o braço esticado, segurando a mão de Mia.

– Quando eu voltar pro meu mundo, vou ser o namorado mais legal que existe para você.

Ela franziu a testa.

– Só que não vou ser eu. Você e eu nem sequer saímos juntos.

Phoebe começou a dar ré e Sam foi obrigado a soltar a mão de Mia.

– Adeus, namorado do universo paralelo – gritou Mia.

Jake olhava pela janela da Kombi de Phoebe enquanto as ruas de Bremin passavam a toda velocidade. Não havia sinal de Felix nem de Oscar em nenhuma parte.

– Para onde estamos indo, exatamente? – quis saber Sam.

– Os demônios são criaturas de hábitos – explicou Phoebe, com severidade. – Se conseguiu pôr as mãos em Felix e Oscar, ele os levou para a floresta. É lá que seu poder será maior.

Jake olhou para Andy. Ele havia retirado o celular de Felix do bolso e estava procurando a música entre as gravações ali contidas.

É isso, pensou Jake. Vamos voltar ou morrer tentando.

felix: a batalha final

Felix estava deitado, perfeitamente imóvel, nos fundos de uma SUV. Seus braços tinham sido amarrados nas laterais do corpo, de forma que ele não conseguiria se mexer nem se quisesse. Através do saco de estopa que fora colocado em sua cabeça, ele vislumbrou Bates e Oscar no banco da frente. Bates tinha colocado um CD para tocar e ele e Oscar balançavam a cabeça ao som da música techno. Que ótimo, pensou Felix, demônios com um gosto musical horroroso.

Sentiu a lisura do asfalto ser substituída com um solavanco por uma estrada de terra. Quer dizer que eles o estavam levando para a floresta. Ele deveria ter imaginado isso. Se o afastassem o máximo possível dos outros, poderiam fazer com ele o que bem entendessem. E, seja lá o que fosse, ele tinha certeza de que seria sangrento, provavelmente fatal.

Manobrou o saco de estopa em direção à boca e começou a mastigá-lo. Se fizesse um buraco, talvez conseguisse dar um jeito de abrir a porta do carro com os dentes e rolar para fora. Qualquer coisa seria melhor do que morrer num sacrifício satânico.

Parou com a estopa entre os dentes, pensando ter ouvido alguma coisa à distância. Parecia uma sirene de polícia. Escutou com toda a atenção. A música continuava a toda altura, mas, sim – era de fato uma sirene de polícia. Seria o pai de Jake vindo resgatá-lo, com os outros? Começou a morder a estopa novamente. Se fizesse um buraco, poderia pelo menos enxergar o que estava acontecendo.

Sentiu o carro acelerar. Droga. Bates iria tentar despistar a polícia.

A sirene ficou mais alta. O carro de polícia estava vindo mais depressa.

Felix puxou a estopa com força usando os dentes da frente e ouviu um rasgo. Sim, tinha conseguido! Tinha aberto um buraco.

Movimentou o saco com a cabeça, de modo que seu olho ficasse posicionado bem no local do buraco. Tinha uma visão desimpedida de Bates agora. Ele havia parado de balançar a cabeça ao ritmo da música e estava focado na estrada, com atenção. Felix avistou o velocímetro: 160 quilômetros por hora. Caramba, os policiais nunca iriam alcançá-lo.

A distância, ouviu uma voz berrar por um megafone, ordenando que Bates parasse o carro.

Em resposta, o velocímetro subiu para 170 quilômetros por hora. Felix era atirado para todos os lados no banco de trás da SUV, enquanto o carro sacolejava loucamente pela estrada de terra.

Ele retorceu o corpo até conseguir novamente posicionar o olho no buraco. Desta vez, avistou Oscar, que estava olhando para a frente com um sorriso demoníaco ensimesmado.

Felix ouviu com atenção. Não escutou mais a sirene nem o megafone. Sentiu uma onda de desespero. Ninguém iria resgatá-lo. Era o fim.

Bates de repente freou com tudo, fazendo Felix pular do banco por um instante e aterrissar no chão do carro com um baque. O carro parou.

Felix ouviu o som do megafone novamente, agora bem perto. Muito perto mesmo.

– Saia do veículo com as mãos para o alto.

Felix sentiu uma onda de alívio. Era mesmo o pai de Jake. Devia ter pegado a trilha do incêndio como atalho, por isso agora estava bem ali.

– Sargento Riles! – gritou Felix, a plenos pulmões. – Sou eu, Felix. Socorro! – Contorceu-se o máximo que pôde, esperneando. – Socorro!

Sentiu um soco atingi-lo com força no peito e, em seguida, seu peito se comprimir, sem ar. Enquanto lutava para conseguir respirar, ouviu o zumbido da janela se abaixando e o sargento Riles perguntando a Bates por que ele não parou quando a polícia ordenou que parasse.

– A gente não estava a fim de parar – disseram em coro Oscar e Bates.

– Para fora do carro. Agora – ordenou o pai de Jake.

Felix lutou para se sentar.

Socorro! gritou, com voz fraca.

Oscar lhe deu outro soco, mas Felix já estava preparado e lhe deu um chute em troca.

– SOCORRO! – gritou o mais alto que pôde.

– O que foi isso? – perguntou o sargento Riles.

– Só um saco de carne – Felix ouviu Bates dizer.

A porta de trás do carro foi aberta e duas mãos puxaram Felix para fora. O cinto foi desafivelado e Felix sentiu o saco ser retirado de sua cabeça.

O pai de Jake olhou para ele, atônito.

– Mas que...? – Virou-se para Bates. – Vou prendê-lo por sequestro, Brian.

A cabeça de Bates girou na direção do pai de Jake, sorrindo.

Por um momento, o sargento Riles pareceu transfigurado. Lá do chão, Felix observou horrorizado a cabeça do sargento estremecer espasmodicamente e depois todo o seu corpo se sacudir, como se tivesse recebido um choque elétrico. Quando o sargento Riles olhou novamente para Felix, seus olhos tinham um brilho vermelho opaco.

Oh, meu Deus, não. Felix se pôs de pé e afastou-se, cambaleando, enquanto o sargento Riles avançava em sua direção.

Bates e Oscar saíram do carro, batendo as portas em uníssono.

Os três caminharam na direção de Felix. Seus movimentos eram lentos, mas não havia a menor dúvida quanto à sua intenção.

– Destruam-no – disseram com voz rouca e demoníaca.

Felix saiu correndo da estrada, em direção ao mato. Desorientá-los. Isso ele sabia que precisava fazer. Atravessou os arbustos numa carreira desabalada, sem a menor ideia de para onde estava indo. O talismã de nada servia, portanto sua única esperança era ficar o mais longe possível dos três.

Quando já tinha corrido uma boa distância, parou para respirar. Ouviu com atenção. Não escutou ninguém se aproximando. Certo, isso era bom.

Apoiou-se numa árvore, esperando sua respiração se acalmar. Uma mão segurou seu ombro com força. Felix sentiu seu sangue gelar e ouviu uma voz grave ao ouvido:

– Será possível que eu não posso ter nem um momento de paz nesta floresta?

Virou-se.

– Roland?

Roland sorriu.

– Com todo o barulho que vocês fazem, todos os animais de caça vão desaparecer.

Felix virou-se para ele, desesperado.

– Escute, Roland. Tem um demônio atrás de mim. Na verdade, um não, três. E eu preciso da sua ajuda.

Roland levantou uma das mãos.

– Espera aí. Um demônio?

As palavras saíram numa cascata de Felix.

– Olhe, fiz um feitiço para meu irmão voltar a andar e usei meus amigos no feitiço, mas todos nós viemos parar aqui neste mundo, onde não existimos, e agora o demônio da restauração quer me ver morto.

– Certo. – Roland pensou naquilo por um instante. – Bem, tudo bem. Já ouvi histórias mais estranhas do que essa no bar de Bremin. – Ele aproximou o rosto do de Felix. – Como posso ajudar?

– Precisamos encontrar os outros e trazê-los pra cá. Só assim conseguiremos derrotar o demônio da restauração.

Roland franziu a testa.

– Os outros devem estar tão bravos com você por ter feito esse feitiço quanto o demônio da restauração, não é?

Felix olhou para ele, surpreso.

– Como é que é?

– Bom. Você usou os caras para seus próprios objetivos. O que eles ganharam com isso?

Felix foi deslizando de costas pela árvore, até ficar sentado. Roland tinha razão. Por que os outros iriam ajudá-lo? Eles o odiavam. Ele havia acabado com a vida deles. Talvez fosse melhor se ele simplesmente deixasse o demônio apanhá-lo e pronto, acabar logo com tudo aquilo.

Afastou-se da árvore e estendeu os dois braços.

– Estou aqui! – berrou, o mais alto que pôde. – Venham me pegar.

Roland cobriu a boca de Felix com sua mão, com toda a força.

– Você enlouqueceu?

Felix o empurrou para o lado.

– Eu mereço morrer, não é? Você mesmo disse isso. Tudo o que aconteceu foi por culpa minha. A queda de Oscar. Isto. Talvez, se o demônio me pegar, tudo volte ao normal.

Roland balançou a cabeça.

– Pode parar com o teatrinho, rapaz. Você tem uma dívida com seus amigos: levar todo mundo de volta. Sabe como fazer isso?

Felix olhou para ele. Sabia. Pelo menos, achava que sim. Assentiu.

– Ótimo. Então vamos procurá-los.

– Não vão, não.

Felix e Roland viraram-se depressa.

Bates estava atrás deles, ladeado por Oscar e o sargento Riles. Na mão de Bates havia uma longa corda enrolada.

Felix virou-se para Roland.

– Você precisa dar o fora. Depressa, antes que eles possuam você.

Roland zombou da ideia.

– Não tenho medo desse bando. – Apontou para Oscar. – Olhe só pra esse aí. Ele não passa de um menino.

Oscar explodiu num urro gutural. Os galhos dos eucaliptos tremeram, e folhas e gravetos caíram do alto ao redor deles.

– Certo. Já fui. – Roland desapareceu rapidamente no meio do mato enquanto Bates, Oscar e o sargento Riles, todos possuídos pelo demônio, voltavam toda a atenção para Felix.

– Você não tem a menor chance – disseram juntos, com voz rouca.

Felix tentou atrair o olhar de Oscar desesperadamente.

– Lute contra ele, Oscar. Vamos. Este aí não é você.

Oscar rugiu de novo, com tanta força que parecia que a terra estava estremecendo junto com ele.

– Nós vamos destruir você – disseram os demônios em coro. Bates aproximou-se de Felix e o segurou pelos dois braços.

Felix deixou-se arrastar pela floresta. Não havia o menor sentido em lutar. Ele não era páreo para aqueles demônios. Olhou para o talismã. Nada. Vamos, Roland! Vamos, Sam, Jake e Andy! Se vierem pra cá, levo todo mundo de volta, prometo.

Tum.

Felix foi lançado contra alguma coisa dura. Olhou para trás. Era o altar de Alice. Então, eles estavam ali. Onde tudo começou. E, de alguma maneira, os demônios sabiam da existência daquele altar.

Bates desenrolou a corda e ele e o sargento Riles começaram a rodear Felix em direções opostas, amarrando-o com o máximo possível de força na cabeceira de pedra do altar. Enquanto andavam, recitavam:

Em breve o distúrbio se findará,
Em breve a ordem se restaurará.

Felix observou Oscar colocar pedras na base do altar. Ele estava criando o mesmo padrão espiralado que Felix viu em todos os ataques do demônio.

– Oscar, pare – implorou Felix, mas não houve resposta. Olhou para o talismã. Nada, nem sequer um brilho suave.

Como que numa deixa, Bates esticou a mão e puxou a corda que estava amarrada no pescoço de Felix. Atirou o talismã para o meio do mato enquanto continuava a recitação:

Todos os problemas se acabarão,
Todos os problemas terminarão.

Felix olhou para o local onde Bates havia atirado o talismã e o avistou, caído sobre um monte de folhas.

Um relâmpago cortou o céu e uma ventania começou a soprar. Apesar das cordas que o amarravam, rajadas de vento golpearam Felix de um lado a outro.

Bates e o sargento Riles haviam terminado de prendê-lo e agora ajudavam Oscar a completar o padrão de espirais. Enquanto trabalhavam, iam recitando em voz baixa:

Restaure a ordem,
Restaure a ordem,
Restaure a ordem,
Para que possas reinar.

Oscar colocou a última pedra aos pés de Felix, que ao olhar para baixo percebeu que o padrão era uma seta espiralada, apontando diretamente para ele.

O vento aumentou e Felix ouviu um zumbido agudo vindo lá de cima.

Virou o pescoço e avistou um tufão de forma perfeita rodopiando por cima da copa das árvores em sua direção. Era exatamente igual àquele que os perseguiu logo no início, porém, desta vez, Felix não tinha como correr. Ele lutou para se desvencilhar das cordas que o amarravam, mas não conseguiu soltar os braços. Os rostos de Bates, Oscar e o sargento Riles estavam voltados para o céu, e eles recitavam imperiosamente enquanto o tufão ganhava força e girava em sua direção.

Felix olhou ao redor, desesperado, e um brilho caído no chão chamou sua atenção. O talismã! Os outros deviam estar próximos dali.

Felix começou a recitar o mais alto que pôde:

– *Água, fogo, terra e ar...*

O talismã brilhou com maior intensidade.

– *Elementos que precisamos partilhar.*

Enquanto recitava, Oscar de repente cambaleou e caiu no chão.

– Oscar! – gritou Felix por cima do vento ululante. – Lute contra ele!

Oscar cambaleou, tentando se levantar, e olhou ao redor, espantado.

– Felix?

– Vamos, Oscar! Lute contra ele! – berrou Felix.

Oscar olhou em torno, chocado.

– O que está acontecendo?

– Pegue o talismã! – gritou Felix.

Oscar saiu aos trambolhões na direção do talismã, justamente quando Jake, Sam, Andy, Phoebe e Roland irromperam do meio dos arbustos.

Eles lutaram para chegar perto de Felix, mas o vento agora o sacudia com tanta força que era como se um helicóptero estivesse prestes a pousar. Folhas e gravetos eram atirados para cima.

Roland levantou o *nulla-nulla* bem alto e saiu correndo a toda velocidade na direção de Bates, que, com um único olhar, fez o *nulla--nulla* cair no chão. Roland começou a tremer descontroladamente.

Sam conseguiu alcançar Felix e puxou as amarras, aflito, tentando libertá-lo. Soltou uma de suas mãos.

– Eles trocaram Oscar por Roland! – berrou Felix.

Oscar àquela altura tinha quase alcançado o talismã, mas sentia muita dificuldade em suportar a força do vento. Jake correu até ele, para ajudar. Apanhou o talismã e o atirou na direção de Felix.

Felix segurou a pedra com a mão que estava livre e o estendeu para Bates, Roland e Riles. Agora, o talismã brilhava intensamente.

– A água lava nossos pecados,
A terra nos guia para um lugar.

Roland, Bates e Riles recuaram, confusos. O tufão parou de rodopiar e a brisa arrefeceu, enquanto Felix continuava a recitar:

– O vento traz consigo o medo,
Chamas que precisamos enfrentar.

Estava dando certo. Os demônios estavam enfraquecendo.

Porém, naquele instante, a cabeça dos três se levantou de repente e eles ergueram-se com força renovada surpreendente. Abriram as bocas em uníssono e um grito aterrorizante e grave pareceu irromper de dentro da terra. Fez seus corpos tremerem e saiu com força das suas bocas. Três pares de olhos vermelhos se voltaram como faróis para os garotos e começaram a avançar em sua direção.

– Vamos! – gritou Jake, enquanto ele, Andy e Sam lançavam-se sobre os demônios. Porém, foram atirados para o lado como se não passassem de mosquitos irritantes.

Os demônios voltaram os olhos para Felix, que era o seu verdadeiro alvo, e as cordas que ainda o amarravam caíram sozinhas. Como cobras desejosas de escapar, elas se afastaram do garoto.

Felix pulou de cima do altar e segurou bem alto o talismã, cujo poder, entretanto, parecia estar enfraquecendo. Olhou para o tufão, que agora rodopiava furiosamente no céu. Havia alguma coisa em seu vértice.... uma imagem estava se formando ali. O que era? Um rosto?

As pernas de Felix amoleceram e ele sentiu que era arrastado pelo chão. O talismã caiu da sua mão. O vento era tão forte que não dava para lutar contra ele. O tufão começou a descer. Felix seria tragado para dentro dele – já podia sentir.

Continuou recitando a plenos pulmões, porém os demônios já não eram mais afetados por isso. Ficaram olhando seu corpo ser arrastado pelo chão como uma boneca de pano, os olhos vermelhos brilhando de satisfação.

Uma mão segurou a perna de Felix, e ele olhou para ver o que era: Andy estava segurando seu tornozelo com o máximo de força de que era capaz. Na outra mão, segurava o celular de Felix, e o apontou para Bates.

Por entre o vento que rugia, Felix ouviu sua música, baixinho – a música que os colocara em toda aquela encrenca; a música que poderia levá-los de volta.

Era o feitiço para desfazer algo. *Feito novamente, do mesmo jeito e no mesmo lugar, o feitiço pode ser revertido.*

Bates, o sargento Riles e Roland cobriram os ouvidos com as mãos e balançaram a cabeça. A música estava afetando seu poder.

– Aumenta o volume! – berrou Felix para Andy, sentindo que começava a ser sugado novamente para dentro do tufão. – Todo mundo! Cantem!

Ouviu as vozes baixinhas de Sam, Jake, Phoebe e Andy cantando:

– Água, fogo, terra e ar,
Elementos que precisamos partilhar.

A canção parecia tão insignificante diante do vento furioso. Porém, na verdade, tinha poder.

Os demônios caíram de repente no chão. E agora não mais rugiam, e sim berravam – gritos de dor indescritível, de gelar o sangue. Felix olhou para o tufão, que estava congelado no céu. O rosto que havia no meio agora ficou claro: Felix conhecia aquele rosto. Já o tinha visto antes. Olhou para Phoebe, atônito.

– Alice! – gritou Phoebe.

Felix lutou para se levantar e virou-se para Phoebe. Lágrimas desciam pelo rosto dela.

– É Alice – chorou. – Ela é o demônio.

Alice retorceu-se em fúria enquanto o tufão começava a girar em falso, para dentro de si mesmo.

Andy apanhou o talismã enquanto Felix berrava as últimas frases:

– *A água lava nossos pecados...*

Sam, Jake e Andy o rodearam e juntos gritaram para a terra, para o vento, para o relâmpago e a chuva:

– *A terra nos guia para um lugar.*
O vento traz consigo o medo,
Chamas que precisamos enfrentar.

O céu se abriu de repente com um relâmpago estrondoso, e tudo ficou branco.

voltamos, esquisitão!

O suave som melódico das arapongas ecoava pela floresta. Os garotos olharam ao redor da clareira: a luz dourada do sol atravessava a copa das árvores ao seu redor. O céu estava perfeito, azul. Não havia nem sinal da tempestade, do tufão ou dos atacantes demoníacos.

– Cadê a Phoebe? – perguntou Sam.
– Cadê Oscar? – perguntou Felix.
Andy apanhou o talismã, que estava caído no chão entre eles:
– A questão mais importante é: onde estamos?
Os garotos se entreolharam, ousando ter esperanças de que talvez... quem sabe...
Felix levantou-se num pulo. Ouviu algo se movendo no meio dos arbustos e fez um sinal para que os outros ficassem em silêncio.
Ouviram o som de galhos sendo afastados e o murmúrio suave de vozes aproximando-se. Tentando ser o mais silenciosos possível, os garotos foram caminhando de fininho pela floresta, na direção daqueles ruídos.
Jake apanhou o maior graveto que conseguiu encontrar e se preparou para enfrentar o que aparecesse pela frente.
Felix ia na frente. Parou e ergueu a mão. Os outros o rodearam. Pelos galhos densos, avistaram o sr. Bates e o pai de Jake.
– Estão procurando a gente – sussurrou Felix. – Todo mundo, apanhem uma arma.
Jake empurrou um galho para o lado.
– Esperem aí. – Deu um sorriso tão grande que ameaçava partir seu rosto em dois. – É meu Pai Sem noção!

Os outros olharam de novo. Era mesmo: o pai de Jake não estava mais vestido com um uniforme de policial e sim com calças de ginástica, uma camiseta cheia de buracos e chinelos.

– Quem usa chinelo no meio do mato? – murmurou Andy.

– O Pai Sem noção usa! – gritou Jake, e começou a dar pulos sem parar. – Voltamos! Você conseguiu, Felix! Você é uma lenda!

Felix olhou fixo para ele. Tinha dado certo? Seria possível?

Jake saiu correndo pelo mato, em direção ao seu pai. O rosto do pai se iluminou de alegria enquanto ele o envolvia num forte abraço.

– Nunca pensei que ficaria tão feliz em ver você – disse Jake.

Lágrimas inundaram os olhos de seu pai.

– Ah, filho, a gente estava tão preocupado.

Bates apitou o mais alto possível.

– Eles estão aqui! – gritou. – Nós os encontramos! – Sua voz ecoou pela floresta.

Ouviram mais gritos e o som de pés arrastando-se por cima do mato.

Felix virou-se para Sam e Andy.

– Desculpem, desculpem de verdade, por tudo que fiz vocês passarem.

Sam lhe deu um tapinha nas costas.

– Tudo bem. Voltamos, esquisitão.

Felix sorriu.

– Acho que, depois de tudo o que fiz pra vocês, vocês têm todo o direito de me chamar de esquisitão.

Sam sorriu.

– Ah, isso é só o começo.

Felix virou-se para Andy.

– Sabe, se você não se lembrasse do celular, a gente nunca teria conseguido voltar.

– Eu falei: é a confluência da ciência com a magia.

– Você mandou muito bem, nerd – disse Sam.

Andy sorriu, timidamente.

– Abraço?

Jake veio saltando de volta, e os quatro rapazes deram tapinhas nas costas uns dos outros e se abraçaram, felicíssimos.

Haviam conseguido. Estavam de volta.

– Andy! – gritou uma voz.

Andy saiu correndo em direção ao seu pai, que o abraçou como se nunca mais quisesse soltá-lo.

– A gente sabia que a natureza australiana não era lugar para você.

Andy tentou se soltar do abraço, para conseguir respirar.

– Não foi assim tão mau, pai. Sério.

– Nunca mais – disse seu pai, com firmeza. – Sua *nai nai* vai colocar você em prisão domiciliar, agora.

O pai de Sam chegou cambaleando. Sam correu até ele e seu pai o abraçou com força.

– Eu sabia que nada aconteceria com você. Não parava de dizer a eles: "Sam conhece a floresta. Ele vai ficar bem!"

– Mas, pai, o problema não era a floresta. A gente ficou preso num universo paralelo, onde...

– Sam – avisou Felix, olhando-o fixo. – A gente se perdeu, só isso.

– Felix?

Felix se virou. Seu pai estava de pé na sua frente. Parecia mais velho do que ele se lembrava. Seus ombros estavam curvos e as rugas em seu rosto pareciam mais fundas.

– Ah, filho – disse sua voz, emocionada. – Pensamos que você... – Ele parou, a emoção ameaçando dominá-lo.

– Estou bem, pai – disse Felix, em voz baixa. – A gente não estava conseguindo achar o caminho de volta, só isso.

As mãos do pai de Felix tremiam quando ele o abraçou.

– Você sabe que nós o amamos, Felix. Amamos de verdade.

Felix engoliu fundo. Fazia anos que ele não ouvia aquelas palavras.

– Como está o Oscar?

Seu pai enxugou os olhos com a manga da camisa.
– Arrasado sem você, parceiro. Como todos nós.

A mãe de Jake desabou ao lado dele, na toalha de piquenique, e bagunçou seu cabelo.
– Eu já falei o quanto estou inacreditavelmente feliz com a sua volta?
Jake sorriu.
– Só umas 3.568 vezes.
Sua mãe riu.
– E não vai parar aí. – Colocou um prato de plástico na frente dele, onde havia um perfeito sanduíche de bacon com salada.
– Sabe o quanto sonhei com este dia? – Enquanto dava uma mordida no sanduíche, Jake sentiu uma onda de felicidade pura.
Os dois estavam no gramado do jardim malcuidado da sua casa caindo aos pedaços, mas Jake não trocaria aquele lugar por nenhum outro no mundo. Não era nenhum palácio, mas era sua casa, exatamente igual ao jeito como dela se lembrava. Nada mudara, a não ser seu sentimento em relação a ela. Não conseguia imaginar-se desejando mais do que tinha agora.
Sua mãe não parava de matraquear, enquanto servia bebidas para os dois.
– Ele é um homem adorável e estava péssimo com tudo o que aconteceu.
Jake virou-se para ela.
– Ele quem?
– Brian Bates – disse sua mãe. – Ele veio aqui algumas vezes quando você estava desaparecido. Na verdade, a gente estava pensando em levar você para assistir ao jogo dos Bandicoots no sábado. – Os lábios dela estavam se mexendo, mas Jake já não conseguia mais ouvir suas palavras.

Bates? Bates tinha vindo ver sua mãe? Fechou os punhos com força e mentalmente contou até dez bem devagar, tentando manter a calma.

– Ops, esqueci a maionese. Volto num segundo. – Ela se levantou e entrou em casa.

Enquanto ela se afastava, Jake olhou para seu prato. Seu sanduíche estava tremendo. Na verdade, o prato inteiro estava tremendo.

Ele ouviu um tremor sair da terra e seu prato tombou no seu colo. Mas o que...? Todo o jardim parecia estar se movendo.

Aos poucos, Jake foi relaxando as mãos fechadas e, quando sua mãe voltou para fora, o chão estremeceu pela última vez e se imobilizou.

Um banquete havia sido preparado em homenagem a Andy. A mesa rotatória estava repleta de pés de galinha ao vapor, pés de porco ao vinagre e uma gama completa dos pratos preferidos do garoto.

Andy inclinou o corpo para trás e deu um tapinha no estômago. Não conseguia comer mais nada.

Desde o momento em que ele se sentou, sua mãe não largava seu braço.

– O que mais me preocupou foi quando encontraram suas coisas no meio da trilha.

– É verdade – disse seu pai. – A gente sabia que você jamais jogaria fora os bolinhos *xiaolongbao* da sua *nai nai*.

– Nem meu poncho! – acrescentou *nai nai*. – Só pessoa maluca fazer isso.

– Achei que um assassino tivesse atacado você – disse sua mãe, estremecendo ao pensar naquilo.

Andy deu um tapinha em seu braço.

– Não foi nada disso, mãe.

– Então o que foi? – intrometeu-se Viv, que estava olhando atentamente para ele. – Você ainda não contou o que aconteceu de verdade.

– Foi... – Como colocar aquilo em palavras? – Foi meio incrível, na verdade. – Ao dizer aquilo, percebeu que era verdade. Adorava sua família, mas parte dele sentia saudades de cuidar de si mesmo, de lutar contra demônios e... bem, de uma garota estar apaixonada por ele.

Nai nai bateu com força em sua cabeça com as costas da mão.

– Incrível? Garoto estúpido. Você quase morrer. Sua família quase morrer de preocupação. Não incrível.

Andy esfregou a cabeça.

Nai nai brandiu um dedo para ele.

– De agora em diante vou a pé com você ida para escola, vou a pé com você volta da escola. Você não sair mais da vista.

Andy suspirou. Aquele almoço tinha sido demais. Empurrou a cadeira para trás.

– Vou ao banheiro.

A cadeira de *nai nai* arrastou-se no chão também.

– Vou com você.

– Mãe – censurou seu pai, balançando a cabeça.

Andy entrou apressado no banheiro do restaurante. Sentia-se meio sufocado. Abriu a torneira e molhou o rosto e o pescoço. Assim era melhor. O que não daria para mergulhar na água fria daquele rio, naquele instante. Mergulhar completamente, e não apenas até a cintura.

Desligou a torneira, mas a água continuou a fluir. Fluía da torneira e depois começou a fluir diretamente até o teto, onde rodopiou num padrão elegante. Andy olhou para aquilo, impressionado, antes de a água voltar a cair e ensopá-lo da cabeça aos pés.

A família de Sam olhava para ele, sem acreditar. Ele estava sentado na cabeceira, enfiando comida na boca enquanto contava a todos tudo o que acontecera nas últimas duas semanas.

– E vocês tinham outro filho, chamado Sammy, que era um paspalho. E acreditem só... isso é muito, muito estranho... – Ele virou-se para Mia, que estava sentada ao seu lado com uma expressão preocupada. – Você namorava com ele. E sua melhor amiga era aquela menina gótica, a Ellen.

– Ah, tá... – disse Mia, devagar, puxando o cardigã para se aquecer.

– Meu amor – disse sua mãe, com gentileza. – Achamos que o trauma do que você passou...

– Foi um trauma mesmo, é verdade. Morrer de fome, não ter família, nem namorada...

– Sam, achamos que talvez seja melhor você conversar com alguém sobre isso – disse seu pai.

Sam parou no meio da mastigação e olhou para eles.

– Tão achando que fiquei louco?

– Nada disso – disse Vince.

– Só completamente pirado – disse Pete.

– Tô falando a verdade!

– Certo – disse seu pai, com calma. – Mas talvez seja melhor contar a verdade a outra pessoa.

Sam respirou fundo. A foto tirada em estúdio da sua família, que estava pendurada na parede, chamou sua atenção. Lá estava ele, sorrindo confiante, rodeado pelos seus irmãos e pelos pais. Nem sinal de Sammy. Aquela era a casa de Sam. *Ele* é quem morava ali.

Então, por que as pessoas que ele mais amava no mundo estavam olhando para ele como se ele estivesse maluco?

Mia se levantou de repente.

– Obrigada pelo almoço, sr. e sra. Conte, mas preciso ir.

Sam segurou sua mão.

– Espere um minuto. Para onde você vai?

Mia olhou ao redor e então falou baixinho com Sam.

– Que tal se a gente se encontrar em particular, mais tarde, pra conversar?

Sam absorveu aquelas palavras. *Conversar.* Ele sabia o que aquilo queria dizer na linguagem das garotas. Ele não era idiota.

Mia retirou a mão da dele.

– Preciso ir.

Sam observou-a ir embora, descendo os degraus. Pela janela, viu o esguicho no canto do jardim, girando com a brisa.

Todo aquele tempo a única coisa que ele queria era estar com Mia, mas agora, justamente quando estava preparado para ser o melhor namorado deste mundo, ela iria terminar com ele.

O esguicho ganhou velocidade e começou a girar cada vez mais rápido. Era estranho. Não parecia estar ventando lá fora, mas o varal rodopiava enlouquecidamente, fazendo as toalhas e lençóis agitarem-se e finalmente saírem voando pelos ares e caírem num montinho sobre a grama.

– Não acredito que você me trocou por um atleta, um nerd e um babaca. – Ellen balançou a cabeça para Felix, sem acreditar.

Ele sorriu.

– Eu sei. Onde eu estava com a cabeça?

Sua mãe saiu pela porta dos fundos com duas saladas. Seu pai estava fazendo churrasco.

– Não sei como vocês conseguiram sobreviver lá na floresta por duas semanas – disse a mãe de Felix, empilhando comida em seu prato.

– Ah, a gente comeu frutas silvestres, e Andy conhecia bastante sobre ervas daninhas. Sam tinha um chocolate, também. – Ele mexia com a barra da camiseta enquanto falava.

– Bom, você está magro como um pedaço de pau. Vamos, coma.

Ellen olhou para Felix com atenção enquanto ele enfiava salada na boca. Inclinou-se para sussurrar em seu ouvido:

– Você sempre mexe na barra da camiseta quando não está falando a verdade.

Será? Felix abaixou o garfo. Ellen o conhecia melhor do que ninguém. Era tão bom vê-la de novo.

— E aí? – disse ela, com a testa franzida, como acontecia quando ela estava decidida a extrair algo dele.

— Senti saudades suas – soltou Felix. Saiu sem querer, mas enfim, agora estava dito. Ver Andy com Ellen o deixara louco da vida. E olha que aquela nem era a verdadeira Ellen. *Esta* era a garota de quem ele realmente sentira saudades.

Ellen pareceu meio pega de surpresa. Olhou para a toalha de mesa.

— É. Eu também senti saudade.

Felix olhou ao redor. Seu pai estava ocupado com o churrasco e sua mãe passava manteiga em pãezinhos na outra ponta da mesa. Ele esticou a mão por baixo da mesa e segurou a mão de Ellen. – Você não entendeu. Senti saudades *de verdade*.

Por um momento, Ellen ficou imóvel e, em seguida, para o enorme alívio de Felix, ela apertou a sua mão de volta.

— Acabou o gás disso aqui – declarou o pai de Felix, atirando o isqueiro na mesa. – Vou pegar fósforos – avisou, e saiu andando em direção à casa.

— Deixe eu tentar – disse Felix. Sorriu para Ellen, que sorriu timidamente para ele também.

Felix pegou o isqueiro e o acendeu. Seu pai estava certo, não tinha mais gás. Foi até a churrasqueira e uma chama irrompeu da grelha.

Mas o que...? Será que seu pai não tinha percebido que já havia acendido o fogo?

Porém, ao abaixar a cabeça, a chama desapareceu. Felix olhou para ela. Levantou a cabeça e a chama levantou-se novamente. Abaixou a cabeça e a chama abaixou-se. Felix sorriu. Que loucura. Agora ele conseguia controlar o fogo?

Seu pai voltou.

— Valeu, parceiro. Mandou bem. – Despejou um prato de linguiças na grelha.

– Oscar? – chamou sua mãe. – O almoço está quase pronto.
– Vou procurá-lo, mãe – disse Felix.

Oscar estava sentado na sua cadeira de rodas, na varanda da casa, desenhando em seu caderno de artista.

– Mamãe mandou avisar que o almoço está quase pronto.

Oscar olhou para ele.

– Droga, e eu aqui achando que, agora que você voltou, ela só iria usar um de nós para enfiar comida goela abaixo.

Felix sentou-se ao seu lado. Oscar olhou-o de relance.

– Sabe que, há duas semanas, eles só falam de você.

– Isso deve ter sido um inferno.

Oscar sorriu.

– Na verdade, foi ótimo. Ninguém dava a menor bola pra mim, foi muito bom pra variar. – Sua expressão mudou. – Acharam que você tinha fugido por causa do... você sabe. Por causa do que aconteceu.

– Não foi por isso – disse Felix, depressa.

Oscar olhou determinado para o assoalho, como se estivesse tentando não chorar.

– Nada disso importa, Felix. Porque, sem você aqui... tudo ficou uma bosta.

Felix engoliu em seco.

– Desculpe. – Abraçou o irmão. – Não vou mais embora, prometo.

Oscar enxugou os olhos e estendeu o seu caderno a Felix.

– Tome. Enquanto você não estava, eu fiz esses desenhos. Isso meio que me fez sentir melhor.

Saiu, arrastando a cadeira de rodas para dentro da casa. Felix sorriu e abriu o caderno. Ali estava uma história em quadrinhos feita à mão, estrelada por ele, Jake, Andy e Sam. Lá estavam eles, correndo pela floresta e combatendo alienígenas e outros monstros. Felix riu, depois alguma coisa na história chamou sua atenção. Olhou mais de perto. O que era aquilo ao redor do seu pescoço? Examinou melhor.

Oscar havia desenhado uma réplica perfeita do talismã.

Mas não era possível. Oscar não tinha como saber como era o talismã.

– Ainda não acabou – sussurrou uma voz.

Felix olhou para cima. Uma brisa começou a soprar do nada, e as árvores do jardim oscilavam suavemente. Não havia ninguém por ali. Ele balançou a cabeça e entrou em casa.

– Ainda não acabou – disse novamente o sussurro.

Virou-se, depressa.

– Quem está aí?

Uma mulher saiu de trás do olmo. Seus olhos eram tão vazios quanto poços secos e seu rosto branco era rígido como pedra.

Felix olhou para ela. Conhecia aquele rosto. Jamais se esqueceria dele.

– Felix – sussurrou Alice, e o som de seu nome parecia um suspiro no vento.

Às costas dele, a porta de tela se abriu.

– Felix? – Ele se virou e viu Ellen, parada diante da porta. – Tá tudo bem?

Felix olhou para o olmo mais uma vez. Não havia ninguém ali.

– Claro.

Ellen sorriu.

– Venha. Sua mãe mal aguenta de vontade de brindar a volta do seu filho perdido.

Enquanto Felix caminhava atrás dela, a voz disse de novo:

– Felix.

Ele se virou. Esperou um instante, ouvindo com atenção, mas o único som era o do murmúrio do vento. Ele devia estar imaginando coisas.

Entrou em casa e deixou a porta telada bater atrás dele. Como que em resposta, as folhas estremeceram no olmo e o vento sussurrante dançou, galhos acima, até atingir os fios dos postes, onde começou a vibrar com um zumbido suave.

agradecimentos

Escrever o livro *Garotos de lugar nenhum* foi um imenso prazer, que se tornou ainda maior por ter Hardie Grant na equipe editorial. Agradeço a Hilary Rogers e Beth Hall por toda a sua incrível paciência, sua orientação profissional e sua fé incondicional em mim como autora estreante.

Quero agradecer aos meus pais, David e Yvonne McCredie; Anna Howard por todo o seu apoio; ao meu maravilhoso marido, David Pledger, por habitar este mundo comigo por tanto tempo sem se cansar; e aos meus filhos aventureiros, Cassidy e Rafael. Gostaria de agradecer principalmente a Cass pelo seu talento editorial precoce e sua paixão pela história.

Devo a todos os escritores que criaram episódios para a primeira temporada da série: Roger Monk, Craig Irvin, Rhys Graham, Polly Staniford e Shanti Gudgeon. Suas ideias e diálogos inteligentes foram fundamentais para fazer a série renascer como livro.

Aos Garotos de lugar nenhum em si, Joel Lok, Dougie Baldwin, Matt Testro e Rahart Sadiqzai: foi fabuloso trabalhar com vocês. Observá-los e tê-los sempre em mente enquanto escrevia este livro foi uma imensa alegria.

A todos da Matchbox Pictures, principalmente os produtores excepcionais, Michael McMahon e Beth Frey: obrigada pelo apoio a este projeto.

Acima de tudo, gostaria de agradecer a Tony Ayres por criar os Garotos de lugar nenhum. Obrigada, Tony, do fundo do coração, por me levar junto nessa jornada e por me delegar a tarefa de transformar sua série brilhante, aventurosa e ímpar em livro.

Impressão e Acabamento:
LIS GRÁFICA E EDITORA LTDA.